TRANZLATY

Language is for everyone

Kieli kuuluu kaikille

Folk Tales of Bengal

Bengalin kansantarinoita

Part One
Osa yksi

1 / 2

Lal Behari Day

English / Suomi

Published by Tranzlaty
ISBN: 978-1-80572-924-2
Original text by Reverend Lal Behari Day
Folk Tales of Bengal
First published in 1912
www.tranzlaty.com

Folk Tales of Bengal
Bengalin kansantarinoita

Life's Secret
Elämän salaisuus

Once upon a time there was a king.
Olipa kerran kuningas.
This King had married two Queens.
Tämä kuningas oli nainut kaksi kuningatarta.
The two queens were called Duo and Suo.
Kahden kuningattaren nimet olivat Duo ja Suo.
Both of the queens were childless.
Molemmat kuningattaret olivat lapsettomia.
One day a Faquir came to the palace gate.
Eräänä päivänä muuan fakiiri tuli palatsin portille.
The Faquir had come to ask for alms.
Fakiiri oli tullut pyytämään almuja.
Queen Suo went to the door.
Kuningatar Suo meni ovelle.
And she gave him a handful of rice.
Ja hän antoi hänelle kourallisen riisiä.
The mendicant asked her a question.
Kerjäläinen esitti hänelle kysymyksen.
"Do you have any children?"
"Onko sinulla lapsia?"
The queen had no children.
Kuningattarella ei ollut lapsia.
"I wish had children, but I have none"
"Toivoisin lapsia, mutta minulla ei ole"
The holy man refused to take alms from her.
Pyhä mies kieltäytyi ottamasta häneltä almuja.
In these times there were different traditions.
Näinä aikoina oli erilaisia perinteitä.
And the people believed many different things.
Ja ihmiset uskoivat moniin eri asioihin.
Don't take charity from the hands of a childless woman.
Älä ota almuja lapsettoman naisen kädestä.
Such hands were ceremonially unclean.
Sellaiset kädet olivat seremoniallisesti epäpuhtaita.

The mendicant offered her a drug.
Kerjäläinen tarjosi hänelle lääkettä.
This drug was to remove her barrenness.
Tämän lääkkeen oli tarkoitus poistaa hänen
hedelmättömyytensä.
She expressed her willingness to take the drug.
Hän ilmaisi halukkuutensa ottaa lääkkeen.
The mendicant told her how to take the drug.
Kerjäläinen kertoi hänelle, miten lääkettä otetaan.
"This is the potion you must swallow"
"Tämä on se juoma, joka sinun on nieltävä"
"Prepare the juice of a pomegranate flower"
"Valmista granaattiomenan kukan mehu"
"Swallow the drug with the juice"
"Niele lääke mehun kanssa"
"If you do this, you will soon have a son"
"Jos teet tämän, saat pian pojan"
"Your son will be exceedingly handsome"
"Poikasi tulee olemaan tavattoman komea"
"His complexion will be beautiful"
"Hänen ihonsa tulee olemaan kaunis"
"He will have the colour of pomegranate flowers"
"Hänellä on granaattiomenankukkien väri"
"And you shall call him Dalim Kumar"
"Ja sinun on kutsuttava häntä Dalim Kumariksi"
"But he will also have enemies"
"Mutta hänellä tulee olemaan myös vihollisia"
"They will try to take your son's life"
"He yrittävät viedä poikasi hengen"
"But there is a secret to his life"
"Mutta hänen elämässään on salaisuus"
"And I will tell you this secret"
"Ja minä kerron sinulle tämän salaisuuden"
"In front of your palace is a pond"
"Palatsisi edessä on lampi"
"In that pond there is a big Boal fish"
"Tuossa lammessa on iso boal-kala"

"Your son's life is connected to that fish"
"Poikasi elämä on yhteydessä tuohon kalaan"
"In the heart of the fish is a small box"
"Kalan sydämessä on pieni laatikko"
"This small box is made of wood"
"Tämä pieni laatikko on tehty puusta"
"In the box of wood is a necklace of gold"
"Puulaatikossa on kultainen kaulakoru"
"That necklace is the life of your son"
"Tuo kaulakoru on poikasi elämä"
The mendicant gave her the drugs.
Kerjäläinen antoi hänelle lääkkeet.
And they said their farewells.
Ja he sanoivat jäähyväiset.

Soon all in the palace whispered of an heir.
Pian kaikki palatsissa kuiskasivat perijästä.
Great was the joy of the King.
Suuri oli kuninkaan ilo.
He had visions of an heir to the throne.
Hänellä oli näkyjä valtaistuimen perijästä.
A never-ending succession of powerful monarchs.
Loputon sarja mahtavia monarkkeja.
He dreamt of how they perpetuated his dynasty.
Hän unelmoi siitä, kuinka he jatkoivat hänen dynastiansa jatkumista.
These ideas floated before his mind.
Nämä ajatukset leijuivat hänen mielessään.
It made him the happiest he had ever been.
Se teki hänestä onnellisimman kuin koskaan ennen.
Many ceremonies were performed for the occasion.
Tilaisuuteen liittyen suoritettiin monia seremonioita.
The people of the kingdom played loud music.
Kuningaskunnan kansa soitti kovaäänistä musiikkia.
The birth of a prince was a truly special event.
Prinssin syntymä oli todella erityinen tapahtuma.
Soon queen Suo gave birth to a son.

Pian kuningatar Suo synnytti pojan.
He was more beautiful than anyone had imagined.
Hän oli kauniimpi kuin kukaan oli kuvitellut.
The King saw his son's face.
Kuningas näki poikansa kasvot.
And his heart leaped with joy.
Ja hänen sydämensä hypähti ilosta.
Soon the child ate his first rice.
Pian lapsi söi ensimmäisen riisinsä.
Mukhe bhaat was celebrated with great joy.
Mukhe bhaatia juhlittiin suurella ilolla.
And the whole kingdom was filled with gladness.
Ja koko valtakunta täyttyi ilosta.

Dalim Kumar grew up to be a fine boy.
Dalim Kumarista kasvoi hieno poika.
There was one activity he particularly liked.
Yksi aktiviteetti oli hänelle erityisen mieluisa.
He loved playing with the pigeons.
Hän rakasti leikkiä kyyhkysten kanssa.
However, the pigeons often flew to Queen Duo.
Kyyhkyset lensivät kuitenkin usein Queen Duolle.
Nobody knows why they did this.
Kukaan ei tiedä, miksi he tekivät tämän.
And they flew into her apartment.
Ja he lensivät hänen asuntoonsa.
So Dalim Kumar often met Queen Duo.
Joten Dalim Kumar tapasi usein Queen Duon.
At first, she happily gave the pigeons back.
Aluksi hän antoi kyyhkyset mielellään takaisin.
But later she wasn't as willing to return the pigeons.
Mutta myöhemmin hän ei ollut yhtä halukas palauttamaan
kyyhkysiä.
She gave the pigeons up with some reluctance.
Hän luopui kyyhkyistä hieman vastahakoisesti.
She felt she could use this to her advantage.
Hän tunsi voivansa hyödyntää tätä hyödykseen.

She naturally hated the child.
Hän luonnostaan vihasi lasta.
Since Dalim's birth the king had neglected her.
Dalimin syntymästä lähtien kuningas oli laiminlyönyt hänet.
And the King idolized the mother of Dalim.
Ja kuningas jumaloi Dalimin äitiä.
Somehow, she had heard of the mendicant.
Jostain syystä hän oli kuullut kerjäläisestä.
She heard he had given queen Suo a medicine.
Hän kuuli, että hän oli antanut kuningatar Suolle lääkettä.
She had also heard about what he had said.
Hän oli myös kuullut, mitä mies oli sanonut.
There was a secret to the prince's life.
Prinssin elämässä oli salaisuus.
She had heard his life was bound to something.
Hän oli kuullut, että hänen henkensä oli johonkin sidottu.
But she did not know what his life was bound to.
Mutta hän ei tiennyt, mihin hänen elämänsä oli sidottu.
She was determined to get the secret.
Hän oli päättänyt saada salaisuuden selville.

Of course, the pigeons came back to her.
Tietenkin kyyhkyset palasivat hänen luokseen.
And the pigeons flew into her room again.
Ja kyyhkyset lensivät taas hänen huoneeseensa.
This time she refused to give the pigeons back.
Tällä kertaa hän kieltäytyi antamasta kyyhkysiä takaisin.
"I won't just give you your pigeon back"
"En aio noin vain antaa sinulle kyyhkysesi takaisin"
"First, you have to tell me something"
"Ensin sinun täytyy kertoa minulle jotakin"
"What do you want, aunty?" the boy asked.
"Mitä haluat, täti?" poika kysyi.
"Oh, my darling, do not worry"
"Voi, rakas ystäväni, älä huoli"
"It's just a small thing I want"
"Se on vain pieni asia, jonka haluan"

"I want to know where your life is hidden"
"Haluan tietää, missä elämäsi on piilossa"
The boy was very confused by this.
Poika oli tästä hyvin hämmentynyt.
"What is that, aunty?"
"Mikä tuo on, täti?"
"Where can my life be, except in me?"
"Missä voisi elämäni olla, ellei minussa?"
"No, child, that is not what I meant"
"Ei, lapsi, sitä en tarkoittanut"
"A holy mendicant told your mother a secret"
"Pyhä kerjäläinen kertoi äidillesi salaisuuden"
"Your life is bound up with something"
"Elämäsi on johonkin sidoksissa"
"I wish to know what that thing is"
"Haluaisin tietää, mikä tuo juttu on "
The boy was confused by what she said.
Poika oli hämmentynyt naisen sanoista.
"I never heard of any such thing"
"En ole koskaan kuullutkaan mistään sellaisesta"
But Queen Duo insisted it was true.
Mutta Queen Duo väitti sen olevan totta.
"Promise to find out from your mother"
"Lupaat ottaa selvää äidiltäsi"
"Ask her where your life is hidden"
"Kysy häneltä, missä elämäsi on piilossa"
"Then I will let you have the pigeons"
"Sitten annan sinulle kyyhkyset"
"Otherwise, I will keep the pigeons"
"Muuten pidän kyyhkyset"
The boy wanted his pigeons back.
Poika halusi kyyhkysensä takaisin.
So he agreed to get the information.
Niinpä hän suostui ottamaan tiedon haltuunsa.
But first she made him promise.
Mutta ensin hän sai hänet lupaamaan.
"Promise me you won't tell your mother"

"Lupaa ettet kerro äidillesi"
And the boy promised not to tell her.
Ja poika lupasi olla kertomatta hänelle.
"I promise I won't tell my mum"
"Lupaan etten kerro äidilleni"
Queen Duo freed the prince's pigeons.
Kuningatar Duo vapautti prinssin kyyhkyset.
Dalim was overjoyed to have his birds again.
Dalim oli riemuissaan saadessaan taas lintujaan.
And he forgot the entire conversation.
Ja hän unohti koko keskustelun.

The next day Dalim was playing again.
Seuraavana päivänä Dalim soitti taas.
You can imagine what happened again.
Voit kuvitella, mitä taas tapahtui.
The pigeons flew to Queen Duo's apartment.
Kyyhkyset lensivät kuningatar Duon asuntoon.
And they flew into her room again.
Ja he lensivät taas hänen huoneeseensa.
Dalim went in to his stepmother's apartment.
Dalim meni äitipuolensa asuntoon.
And he asked her for the pigeons.
Ja hän pyysi häneltä kyyhkysiä.
Of course she asked him for the information.
Tietenkin hän kysyi häneltä tiedot.
Dalim could not tell her where his life was hidden.
Dalim ei voinut kertoa hänelle, missä hänen henkensä oli
piilossa.
"I promise I will ask her today"
"Lupaan kysyä häneltä tänään"
"But please can I have my pigeons"
"Mutta saisinko kyyhkyseni?"
She didn't give the pigeons back so quickly.
Hän ei antanut kyyhkysiä takaisin niin nopeasti.
But, in the end, he got his pigeons again.
Mutta lopulta hän sai kyyhkysensä takaisin.

After playing, Dalim went to his mother.
Leikkimisen jälkeen Dalim meni äitinsä luo.
"Mamma, please tell me where my life is hidden"
"Äiti, kerro minulle, missä elämäni on piilossa"
"What do you mean, child?" asked the mother.
"Mitä tarkoitat, lapsi?" äiti kysyi.
She was astonished at the question.
Hän oli hämmästynyt kysymyksestä.
Why would her child ask her this?
Miksi hänen lapsensa kysyisi häneltä tällaista?
"Yes, mamma," replied the child.
"Niin, äiti", vastasi lapsi.
"I have heard of a holy mendicant"
"Olen kuullut pyhästä kerjäläisestä"
"He told you something about my life"
"Hän kertoi sinulle jotakin elämästäni"
"He said my life is hidden in something"
"Hän sanoi, että elämäni on kätketty johonkin"
"Tell me what that thing is"
"Kerro minulle, mikä tuo juttu on"
"My child, my darling, my treasure"
"Lapseni, rakas, aarteeni"
"My golden moon," his mother pleaded.
"Kultainen kuuni", hänen äitinsä aneli.
"Do not ask such a question"
"Älä kysy tuollaista kysymystä"
"Cover my enemies' mouths with ashes"
"Peitä vihollisteni suut tuhkalla"
"Let my Dalim live forever," she begged.
"Anna Dalimini elää ikuisesti", hän aneli.
But the child insisted knowing the secret.
Mutta lapsi vaati tietävänsä salaisuuden.
He refused to eat or drink until he knew.
Hän kieltäytyi syömästä tai juomasta ennen kuin saisi tietää.
Queen Suo had no choice but to tell him.

Kuningatar Suolla ei ollut muuta vaihtoehtoa kuin kertoa hänelle.

Eventually she told him the secret of his life.

Lopulta hän kertoi hänelle hänen elämänsä salaisuuden.

The next day Dalim was playing again.

Seuraavana päivänä Dalim soitti taas.

You can imagine where the pigeons flew.

Voit kuvitella, minne kyyhkyset lensivät.

Dalim chased after the birds into the apartment.

Dalim ajoi lintuja takaa asuntoon.

His stepmother told him many sweet words.

Hänen äitipuolensa kertoi hänelle paljon suloisia sanoja.

And finally, she got his secret from him.

Ja lopulta hän sai selville hänen salaisuutensa.

She wasted no time to start her wicked plan.

Hän ei tuhlannut aikaa aloittaakseen ilkeän suunnitelmansa.

And she gave orders to her servants.

Ja hän antoi käskyjä palvelijoilleen.

"Get some dried stalk from the hemp plant"

"Ota kuivattua hampunvartta"

"Make sure the stalks are very brittle"

"Varmista, että varret ovat hyvin hauraita"

Brittle hemp stalks make a cracking sound.

Hauraat hampunvarret raksevat.

The sound is similar to the cracking of joints.

Ääni on samanlainen kuin nivelten naksahtelu.

And it sounds like the bones of old people.

Ja se kuulostaa vanhojen ihmisten luilta.

She put the brittle hemp stalks under her bed.

Hän laittoi hauraat hampunvarret sänkynsä alle.

And then she lied on her bed.

Ja sitten hän makasi sängyllään.

She wanted to test the hemp stalks.

Hän halusi testata hampunvarsia.

The stalks cracked just as much as she wanted.

Varret halkeilivat juuri niin paljon kuin hän halusi.

She was satisfied with how her plan was going.
Hän oli tyytyväinen siihen, miten hänen suunnitelmansa eteni.
She gave more orders to her servants.
Hän antoi lisää käskyjä palvelijoilleen.
"Tell the King I am very ill"
"Kerro kuninkaalle, että olen hyvin sairas"
"He must come to see me immediately"
"Hänen täytyy tulla tapaamaan minua heti"
The king did not love this queen.
Kuningas ei rakastanut tätä kuningatarta.
But he still had a duty to care for her.
Mutta hänellä oli silti velvollisuus pitää hänestä huolta.
If she was ill, he had to look after her.
Jos hän oli sairas, hänen täytyi pitää hänestä huolta.
The King came to her bedroom.
Kuningas tuli hänen makuuhuoneeseensa.
She rolled on the bed in pain.
Hän pyörähti sängyllä kivusta.
The King heard the cracking of her bones.
Kuningas kuuli hänen luidensa naksahduksen.
He ordered his best physician to attend her.
Hän määräsi parhaan lääkärinsä hoitamaan häntä.
But the queen had thought of this.
Mutta kuningatar oli ajatellut tätä.
She had already spoken with the physician.
Hän oli jo puhunut lääkärin kanssa.
"There is only one remedy," he told the king.
"On vain yksi lääke", hän sanoi kuninkaalle.
"There's a pond in front of the palace"
"Palatsin edessä on lampi"
"In the pond there's a large Boal fish"
"Lammessa on iso boal-kala"
"The remedy is in that fish"
"Lääke on siinä kalassa"
So the king let the physician catch the fish.
Niinpä kuningas antoi lääkärin pyytää kalaa.
Meanwhile Dalim was busy playing.

Samaan aikaan Dalim oli kiireinen soittaessaan.
He knew nothing of his aunt's illness.
Hän ei tiennyt mitään tätinsä sairaudesta.
The fish was taken out the water.
Kala nostettiin vedestä.
Dalim fell to the ground immediately.
heti maahan .
He flopped around on the floor.
Hän pyöri lattialla ympäriinsä.
And he could not breathe.
Eikä hän saanut henkeä.
The guards immediately noticed.
Vartijat huomasivat heti.
Dalim was taken to his mother's room.
Dalim vietiin äitinsä huoneeseen.
And the King was informed of his son.
Ja kuninkaalle ilmoitettiin pojastaan.
He couldn't believe his son's illness.
Hän ei voinut uskoa poikansa sairautta.
The fish was taken to Queen Duo.
Kala vietiin Queen Duolle.
Queen Duo was being saved.
Queen Duoa oltiin pelastamassa.
At the same time Dalim was dying.
Samaan aikaan Dalim oli kuolemassa.
The fish was cut open.
Kala leikattiin auki.
And they found the wooden box.
Ja he löysivät puisen laatikon.
In the box lay a necklace of gold.
Laatikossa makasi kultainen kaulakoru.
Queen Duo put on the necklace.
Queen Duo laittoi kaulakorun päähänsä.
And Dalim died at the very same moment.
Ja Dalim kuoli juuri samalla hetkellä.

News of the tragedy reached the king.
Tieto tragediasta tavoitti kuninkaan.
He was plunged into an ocean of grief.
Hänet syöksyi surun valtamereen.
News of Queen Duo's recovery did not help.
Uutiset Queen Duon toipumisesta eivät auttaneet asiaa.
He wept painful and bitter tears.
Hän itki tuskallisia ja katkeria kyyneleitä.
No one thought he would recover.
Kukaan ei uskonut hänen toipuvan.
He could not bear to bury his son.
Hän ei kestänyt haudata poikaansa.
Nor did he allow his body to be burned.
Hän ei myöskään antanut ruumistaan polttaa.
He could not accept that his son had died.
Hän ei voinut hyväksyä sitä, että hänen poikansa oli kuollut.
His death was so sudden and senseless.
Hänen kuolemansa oli niin äkillinen ja järjetön.
He had the dead body moved to a garden-houses.
Hän siirrätti ruumiin puutarhamökkiin.
This garden-house was in the suburbs.
Tämä puutarhatalo sijaitsi lähiössä.
Here his son was laid in state.
Täällä hänen poikansa asetettiin juhlaan.
All sorts of provisions were put there.
Sinne laitettiin kaikenlaisia tarvikkeita.
Although everyone knew it was unnecessary.
Vaikka kaikki tiesivät sen olevan tarpeetonta.
The young boy did not need food anymore.
Nuori poika ei enää tarvinnut ruokaa.
The house was kept locked day and night.
Talo pidettiin lukossa päivin ja öin.
Dalim had had one very close friend.
Dalimilla oli ollut yksi hyvin läheinen ystävä.
Only this friend was allowed to visit.
Vain tämä ystävä sai tulla käymään.
He was the son of the prime minister.

Hän oli pääministerin poika.
He was entrusted with the key of the house.
Hänelle oli uskottu talon avain.
Once a day he could visit his dead friend.
Kerran päivässä hän sai käydä katsomassa kuollutta
ystäväänsä.

Queen Suo retired after the loss of her son.
Kuningatar Suo jäi eläkkeelle poikansa menetyksen jälkeen.
Now the King spent the nights with Queen Duo.
Nyt kuningas vietti yöt kuningatar Duon luona.
The Queen wanted to avoid suspicion.
Kuningatar halusi välttää epäilyksiä.
So she took the necklace off at night.
Niinpä hän otti kaulakorun pois yöksi.
But Dalim's life was tied to the necklace.
Mutta Dalimin elämä oli sidottu kaulakoruun.
And his death was not so simple.
Eikä hänen kuolemansa ollutkaan niin yksinkertainen.
He was dead when the queen wore the necklace.
Hän oli kuollut, kun kuningatar käytti kaulakorua.
But when she took the necklace off, he returned to life.
Mutta kun hän otti kaulakorun pois, mies palasi eloon.
And so he returned to life every night.
Ja niin hän palasi eloon joka yö.
Every morning she put the necklace on again.
Joka aamu hän pani kaulakorun taas päähänsä.
And so, he died again every morning.
Ja niin hän kuoli uudelleen joka aamu.
At night he ate whatever food he liked.
Yöllä hän söi mitä tahansa ruokaa, mistä piti.
Because there was plenty of food for him.
Koska hänelle oli yllin kyllin ruokaa.
He walked around in the premises.
Hän käveli tiloissa.
And he meditated on the strangeness of his life.
Ja hän pohti elämänsä outoutta.

Dalim's friend only visited him during the day.
Dalimin ystävä kävi hänen luonaan vain päivisin.
So he always saw him as a lifeless corpse.
Niinpä hän näki hänet aina elottomana ruumiina.
But his body never seemed to change.
Mutta hänen kehonsa ei koskaan tuntunut muuttuvan.
There was no sign of putrefaction.
Mädäntymisestä ei ollut merkkejä.
The body was lifeless and pale.
Ruumis oli eloton ja kalpea.
But there were no symptoms of death.
Mutta kuoleman oireita ei ollut.
It all seemed too strange for him.
Kaikki tuntui hänestä liian oudolta.
So he decided to watch the corpse more closely.
Niinpä hän päätti tarkkailla ruumista tarkemmin.
And he visited his friend at night.
Ja hän kävi ystävänsä luona yöllä.
He was astonished at what he saw that night.
Hän oli hämmästynyt siitä, mitä hän näki sinä yönä.
His dead friend was walking about in the garden.
Hänen kuollut ystävänsä käveli puutarhassa.
At first he thought Dalim might a ghost.
Aluksi hän luuli Dalimin olevan aave.
So he went to see if he could touch him.
Niinpä hän meni katsomaan, voisiko hän koskettaa häntä.
And then he saw it was really his friend.
Ja sitten hän näki, että se olikin oikeasti hänen ystävänsä.
Dalim told his friend everything that had happened.
Dalim kertoi ystävälleen kaiken, mitä oli tapahtunut.
He told him all the circumstances of his death.
Hän kertoi hänelle kaikki kuolemaansa liittyvät olosuhteet.
And soon they solved the mystery.
Ja pian he ratkaisivat mysteerin.
They understood why he revived only at night.
He ymmärsivät, miksi hän heräsi henkiin vain yöllä.
Every night the king came to see Queen Duo.

Joka ilta kuningas tuli tapaamaan kuningatar Duoa.
When the King visited, she took off her necklace.
Kuningas vieraili, hän otti kaulakorunsa pois.
The life of the prince depended on the necklace.
Prinssin henki riippui kaulakorusta.
So the two friends worked on a plan.
Niinpä kaksi ystävää laativat suunnitelman.
Night after night they consulted together.
Yö toisensa jälkeen he neuvottelivat keskenään.
But they could not think of any feasible scheme.
Mutta he eivät kyenneet keksimään mitään
toteuttamiskelpoista suunnitelmaa.

Eventually the Gods must have taken pity.
Lopulta jumalten on täytynyt armahtaa.
And they decided to free Dalim.
Ja he päättivät vapauttaa Dalimin.
But we must understand how the Gods work.
Mutta meidän on ymmärrettävä, miten jumalat toimivat.
These things are planned long before.
Nämä asiat on suunniteltu jo kauan sitten.
The sister of Bidhata-Purusha had had a daughter.
Bidhata-Purushan sisarella oli tytär.
Bidhata-Purusha was a great fortune teller.
Bidhata-Purusha oli suuri ennustaja.
He had written something on the child's forehead.
Hän oli kirjoittanut jotakin lapsen otsaan.
"This child will marry the dead bridegroom"
"Tämä lapsi menee naimisiin kuolleen sulhasen kanssa"
Her mother was very saddened by this.
Hänen äitinsä oli tästä hyvin surullinen.
She did not want this destiny for her daughter.
Hän ei halunnut tätä kohtaloa tyttärelleen.
But she could not argue with him.
Mutta hän ei voinut väitellä hänen kanssaan.
He never changed what he had written.
Hän ei koskaan muuttanut kirjoittamaansa.

The child became exceedingly beautiful.
Lapsesta tuli tavattoman kaunis.
But the mother could not take any pleasure in this.
Mutta äiti ei voinut nauttia tästä.
Because she knew the destiny of her child.
Koska hän tiesi lapsensa kohtalon.
Eventually the girl came to marriageable age.
Lopulta tyttö tuli avioliittoikään.
She had to find a way to avoid her fate.
Hänen täytyi löytää keino välttää kohtalonsa.
So the mother fled the country with her child.
Niinpä äiti pakeni maasta lapsensa kanssa.
Perhaps she could avoid her dreadful destiny.
Ehkä hän voisi välttää kamalan kohtalonsa.
But what was written was written.
Mutta mikä kirjoitettiin, se kirjoitettiin.
And fate cannot be overruled like this.
Eikä kohtaloa voi tällä tavalla ohittaa.
Together they journeyed through the land.
Yhdessä he matkustivat halki maan.
You can imagine how fate was working.
Voit kuvitella, miten kohtalo toimi.
They wandered past Dalim's resting place.
He vaeltelivat Dalimin leposijan ohi.
The shade of the evening was approaching.
Illan varjo lähestyi.
"Mother, I am thirsty," said her child.
"Äiti, minulla on jano", sanoi hänen lapsensa.
"Sit at this gate," replied her mother.
"Istu tällä portilla", vastasi hänen äitinsä.
"I will search for water in the village"
"Minä etsin vettä kylästä"
The girl was curious about the garden.
Tyttö oli utelias puutarhaa kohtaan.
And in the garden she saw strange house.
Ja puutarhassa hän näki oudon talon.
She pushed the gate, which opened itself.

Hän työnsi porttia, joka aukesi itsestään.
When she went in, she saw a beautiful palace.
Sisään astuessaan hän näki kauniin palatsin.
But she had an uneasy feeling about the palace.
Mutta hänellä oli levoton tunne palatsia kohtaan.
However, the door had shut itself.
Ovi oli kuitenkin sulkeutunut itsestään.
So she had no way of getting out.
Joten hänellä ei ollut mitään keinoa päästä ulos.

When night came the prince revived.
Yön tullen prinssi virkosi.
As usual, he walked around in the garden.
Kuten tavallista, hän käveli puutarhassa.
But this time he saw a female figure.
Mutta tällä kertaa hän näki naisen hahmon.
The figure was standing near the gate.
Hahmo seisoi portin lähellä.
Soon he saw that it was a girl.
Pian hän näki, että se oli tyttö.
And he saw she was of unsurpassed beauty.
Ja hän näki, että nainen oli vertaansa vailla olevan kauneuden omaava.
"Who are you?" he asked her.
"Kuka sinä olet?" hän kysyi häneltä.
She told Dalim everything that had happened.
Hän kertoi Dalimille kaiken, mitä oli tapahtunut.
All the details of her little history.
Kaikki hänen pienen historiansa yksityiskohdat.
"My uncle is the divine Bidhata-Purusha"
"Setäni on jumalallinen Bidhata-Purusha"
"He wrote on my forehead at birth"
"Hän kirjoitti otsaani syntymässäni"
"This child will marry the dead bridegroom"
"Tämä lapsi menee naimisiin kuolleen sulhasen kanssa"
"My mother did not want that life for me"
"Äitini ei halunnut minulle sellaista elämää"

"So we left our house and city"
"Joten lähdimme talostamme ja kaupungistamme"
"And we wandered through the country"
"Ja me vaeltelimme halki maan"
"We had come to the gate of your palace"
"Olimme tulleet palatsinne portille"
"After our journey I was thirsty"
"Matkan jälkeen minua janotti"
"So my mother went to look for water"
"Niin äitini meni etsimään vettä"
"And now I am standing here before you"
"Ja nyt minä seison tässä edessäsi"
Dalim Kumar knew the meaning of the story.
Dalim Kumar tiesi tarinan merkityksen.
"I am the dead bridegroom," he told the girl.
"Minä olen kuollut sulhanen", hän sanoi tytölle.
"It is me who you will marry"
"Minun kanssani sinä menet naimisiin"
"Come with me to the house," he asked of her.
"Tule kanssani taloon", hän pyysi naista.
But the girl wasn't so easily persuaded.
Mutta tyttöä ei ollut niin helppo suostutella.
"You are standing and speaking to me"
"Seisot ja puhut minulle"
"How can you be the dead bridegroom?"
"Kuinka sinä voit olla kuollut sulhanen?"
The prince understood her objection.
Prinssi ymmärsi hänen vastalauseensa.
"You will understand it afterwards"
"Ymmärrät sen kyllä myöhemmin"
The girl followed the prince into the house.
Tyttö seurasi prinssiä taloon.
She had been fasting the whole day.
Hän oli paastonnut koko päivän.
So the prince gave her wonderful food.
Niinpä prinssi antoi hänelle ihanaa ruokaa.
Meanwhile, the girl's mother had come back.

Sillä välin tytön äiti oli palannut.
She was standing at the gates of the garden.
Hän seisoi puutarhan portilla.
But her daughter was not there anymore.
Mutta hänen tytärtään ei enää ollut siellä.
She cried out for her daughter.
Hän itki tytärtään.
But she got no reply from her daughter.
Mutta hän ei saanut vastausta tyttäreltään.
So she went looking for her in the village.
Niinpä hän lähti etsimään häntä kylästä.

As usual, Dalim's friend came that night.
Kuten tavallista, Dalimin ystävä tuli sinä iltana.
Dalim was still entertaining his guest.
Dalim viihdytti yhä vierastaan.
He was not expecting to see a stranger.
Hän ei odottanut näkevänsä vierasta miestä.
And the girl retold him her story.
Ja tyttö kertoi hänelle tarinansa uudelleen.
You can imagine his surprise when she told him.
Voit kuvitella hänen yllätyksensä, kun hän kertoi sen hänelle.
He was able to confirm Dalim's story.
Hän pystyi vahvistamaan Dalimin tarinan.
Soon they had all accepted destiny.
Pian he kaikki olivat hyväksyneet kohtalon.
That night they fulfilled their fates.
Sinä yönä he täyttivät kohtalonsa.
They decided to unite the couple in matrimony.
He päättivät yhdistää parin avioliitossa.
It was going to be impossible to get a priest.
Papin saaminen olisi mahdotonta.
So Dalim's friend performed the hymeneal rites.
Niinpä Dalimin ystävä suoritti hymeneaalirituaalit.
The friend of the bridegroom left the palace.
Sulhasen ystävä lähti palatsista.
The newly-weds had the palace to themselves.

Vastavihityt saivat palatsin omaan käyttöönsä.
The happy couple did not sleep much that night.
Onnellinen pari ei nukkunut paljoa sinä yönä.
So it was long after sunrise that they woke up.
Niinpä he heräsivät vasta kauan auringonnousun jälkeen.
Of course it was only the young wife that woke up.
Tietenkin vain nuori vaimo heräsi.
The prince had become a cold corpse again.
Prinssi oli jälleen muuttunut kylmäksi ruumiiksi.
The queen had put on her necklace.
Kuningatar oli pannut kaulakorunsa päähänsä.
And life had departed from him again.
Ja elämä oli jälleen lähtenyt hänestä.
You can imagine how the young wife felt.
Voit kuvitella, miltä nuoresta vaimosta tuntui.
She shook her husband to try and wake him.
Hän ravisteli miestään yrittäen herättää hänet.
She kissed him on his cold lips.
Hän suuteli häntä kylmille huulille.
But all her efforts were in vain.
Mutta kaikki hänen ponnistelunsa olivat turhia.
He was as lifeless as a marble statue.
Hän oli yhtä eloton kuin marmoripatsas.
The young wife was stricken with horror.
Nuori vaimo oli kauhun vallassa.
She smote her breast with her fists.
Hän löi nyrkeillään rintaansa.
She struck her forehead with her palms.
Hän löi otsaansa kämmenillään.
And she tore her hair from her head.
Ja hän repi hiuksensa päästään.
She ran through the garden like a mad woman.
Hän juoksi puutarhan läpi kuin hullu nainen.
Dalim's friend did not come during the day.
Dalimin ystävä ei tullut päivällä.
He did not want to see his friend this way.
Hän ei halunnut nähdä ystäväänsä tällä tavalla.

The poor girl did not know what to do.
Köyhä tyttö ei tiennyt mitä tehdä.
Time could not pass quickly enough.
Aika ei voinut kulua tarpeeksi nopeasti.
The day seemed as long as a year.
Päivä tuntui vuoden mittaiselta.
But the even longest day has its end.
Mutta pisimmälläkin päivällä on loppunsa.
The shades of evening were descending.
Illan varjot olivat laskeutumassa.
Her dead husband was awakened into consciousness.
Hänen kuollut miehensä heräsi tajuihinsa.
He rose up from his bed again.
Hän nousi taas sängystään.
And he embraced his new wife.
Ja hän halasi uutta vaimoaan.
Again they ate, drank, and became merry.
Jälleen he söivät, joivat ja pitivät hauskaa.
His friend made his usual appearance.
Hänen ystävänsä esiintyi tavalliseen tapaansa.
And the whole night was spent celebrating.
Ja koko ilta kului juhlien merkeissä.

They spent the next seven years this way.
He viettivät seuraavat seitsemän vuotta tällä tavalla.
During the day Dalim was lifeless.
Päivän aikana Dalim oli eloton.
But at night he came to life.
Mutta yöllä hän heräsi eloon.
And their life was quite usual.
Ja heidän elämänsä oli aivan tavallista.
The princess gave her husband two lovely boys.
Prinsessa antoi miehelleen kaksi suloista poikaa.
They were the exact image of their father.
He olivat isänsä täydellinen kuva.
Of course the king and Queens did not know.
Kuningas ja kuningattaret eivät tietenkään tienneet.

They did not know they were grandparents.
He eivät tienneet olevansa isovanhempia.
And they did not know Dalim was alive.
Eivätkä he tienneet Dalimin olevan elossa.
To be precise I should say he was alive at night.
Tarkemmin sanottuna minun pitäisi sanoa, että hän oli elossa yöllä.
They all thought he had long been dead.
He kaikki luulivat hänen kuolleen jo kauan sitten.
They assumed his corpse would now be gone.
He olettivat, että hänen ruumiinsa olisi nyt poissa.
But the heart of Dalim s wife was yearning.
Mutta Dalimin vaimon sydän kaipasi.
She wanted nothing more than her mother-in-law.
Hän ei halunnut mitään enempää kuin anoppiaan.
Over the years she had come up with a plan.
Vuosien varrella hän oli keksinyt suunnitelman.
Perhaps she could see her mother-in-law.
Ehkä hän näkisi anoppinsa.
Maybe they could get hold of the necklace.
Ehkä he saisivat kaulakorun haltuunsa.
She asked for the consent of her husband.
Hän pyysi miehensä suostumusta.
And he allowed her to disguise herself.
Ja hän antoi hänen naamioida itsensä.
She took on the appearance of a female barber.
Hän otti naisparturin ulkonäön.
Like every female barber, she needed equipment.
Kuten jokainen naisparturi, hän tarvitsi laitteita.
She took the following tools;
Hän otti seuraavat työkalut;
An iron instrument for preparing finger nails.
Rautainen väline sormenkynsien valmisteluun.
Another iron instrument for scraping the feet.
Toinen rautainen väline jalkojen raapimiseen.
A piece of burnt jhama brick.
Pala palanutta jhama-tiiltä.

For rubbing the soles of the feet.
Jalkapohjien hieromiseen.
And paint for the edges of the feet.
Ja maalaa jalkojen reunat.
She took all her tools with her.
Hän otti kaikki työkalunsa mukaansa.
And she stood at the gate of the King's palace.
Ja hän seisoi kuninkaan palatsin portilla.
I forgot something else she brought.
Unohdin vielä jotain, mitä hän toi mukanaan.
She had come with her two sons.
Hän oli tullut kahden poikansa kanssa.
She spoke with the guards.
Hän puhui vartijoiden kanssa.
"I work as a barber"
"Työskentelen parturina"
"I have come to offer my services"
"Olen tullut tarjoamaan palveluksiani"
"I desire to see Queen Suo"
"Haluaisin nähdä kuningatar Suon"
Queen Suo quickly gave her an interview.
Kuningatar Suo antoi hänelle nopeasti haastattelun.
The queen was quite fond of the two little boys.
Kuningatar oli hyvin ihastunut kahteen pieneen poikaan.
They strangely reminded her of her own son.
Ne muistuttivat häntä oudolla tavalla hänen omasta pojastaan.
And she remembered her lost treasure.
Ja hän muisti kadonneen aartensa.
Tears fell profusely from her eyes.
Kyyneleet valuivat vuolaasti hänen silmistään.
She had not the remotest idea who they were.
Hänellä ei ollut aavistustakaan, keitä he olivat.
Of course we know who they are.
Tietenkin tiedämme keitä he ovat.
The two little boys are her grandsons.
Kaksi pientä poikaa ovat hänen pojanpoikiaan.
She spoke to the barber.

Hän puhui parturille.
"My son died when he was young"
"Poikani kuoli nuorena"
"I have given up these vanities"
"Olen luopunut näistä turhamaisuuksista"
"I stopped having my feet ceremoniously dyed"
"Lopetin jalkojeni seremoniallisen värjäämisen"
"But I would be glad to see your two fine boys"
"Mutta olisin iloinen nähdessäni kaksi hienoa poikaasi"
The barber agreed to let Queen Suo see her boys.
Parturi suostui antamaan kuningatar Suon nähdä poikansa.
But she had one question before she went.
Mutta hänellä oli yksi kysymys ennen lähtöä.
"Are there other ladies in the palace?
"Onko palatsissa muita naisia?"
"Someone else I could provide my service to"
"Joku muu, jolle voisin tarjota palveluni"
She was told there was another queen.
Hänelle kerrottiin, että oli olemassa toinenkin kuningatar.
And she was also allowed to go to that queen.
Ja hänen sallittiin myös mennä tuon kuningattaren luo.
Queen Duo allowed her to prepare her nails.
Kuningatar Duo antoi hänen valmistella kyntensä.
And she was allowed to scrape her feet.
Ja hänen annettiin raapia jalkojaan.
She painted her feet with alakta.
Hän maalasi jalkansa alaktalla.
And the queen was very pleased with her skill.
Ja kuningatar oli erittäin tyytyväinen taitoonsa.
She also enjoyed the sweetness of her disposition.
Hän nautti myös tämän suloisesta luonteesta.
So she booked to have more of her services.
Niinpä hän varasi lisää palvelujaan.
The female barber had come for something else.
Naisparturi oli tullut jonkin muun asian takia.
And she quickly noticed the necklace.
Ja hän huomasi nopeasti kaulakorun.

The necklace was around the Queen's neck.
Kaulakoru oli kuningattaren kaulassa.

The day of her second visit had come.
Hänen toisen vierailunsa päivä oli koittanut.
She gave her eldest son the instructions.
Hän antoi ohjeet vanhimmalle pojalleen.
"We are going into the palace again"
"Menemme taas palatsiin"
"When in the palace you have to cry"
"Palatsissa on pakko itkeä"
"Say you would like the queen's necklace"
"Sano, että haluaisit kuningattaren kaulakorun"
"Don't stop crying until you have her necklace"
"Älä lopeta itkemistä ennen kuin saat hänen kaulakorunsa"
The female barber went to queen Duo's apartment.
Naisparturi meni kuningatar Duon asuntoon.
Soon the elder boy started to cry.
Pian vanhempi poika alkoi itkeä.
The boy acted his role well.
Poika näytteli rooliaan hyvin.
Nothing would console the boy.
Mikään ei lohduttaisi poikaa.
"What is wrong?" Queen Duo asked.
"Mikä on vialla ?" kysyi kuningatar Duo.
They boy could hardly speak.
Poika pystyi tuskin puhumaan.
"Your necklace is so beautiful"
"Kaulakorusi on niin kaunis"
And he continued to sob.
Ja hän jatkoi itkemistä.
"Can I please hold the necklace?"
"Saanko pitää kaulakorua?"
Queen Duo did not want to let him.
Kuningatar Duo ei halunnut päästää häntä.
"I cannot part with my necklace"
"En voi luopua kaulakorustani"

"It is my most valuable jewel"
"Se on arvokkain jalokiveni"
But the boy did not stop crying.
Mutta poika ei lakannut itkemästä.
So she took the necklace off her neck.
Niinpä hän otti kaulakorun pois kaulastaan.
And she put the necklace into the boy's hand.
Ja hän antoi kaulakorun pojan käteen.
The boy quickly stopped crying.
Poika lakkasi nopeasti itkemästä.
And he held the necklace in his hand.
Ja hän piti kaulakorua kädessään.
The female barber had finished her work.
Naisparturi oli saanut työnsä valmiiksi.
She was packing up her tools.
Hän oli pakkailemassa työkalujaan.
And she was about to leave the palace.
Ja hän oli juuri lähdössä palatsista.
So the queen wanted the necklace back.
Joten kuningatar halusi kaulakorun takaisin.
But the boy would not let her have the necklace.
Mutta poika ei antanut hänen ottaa kaulakorua.
His mother attempted to snatch the necklace from him.
Hänen äitinsä yritti riistää kaulakorun häneltä.
But he wept bitterly when she tried.
Mutta hän itki katkerasti, kun nainen yritti.
And he cried as if his heart would break.
Ja hän itki kuin hänen sydämensä olisi särkymässä.
The female barber politely asked the queen;
Naisparturi kysyi kohteliaasti kuningattarelta;
"Please let the boy take the necklace home"
"Anna pojan viedä kaulakoru kotiin"
"He will fall asleep after drinking his milk"
"Hän nukahtaa juotuaan maitonsa"
"And then I will bring your necklace back"
"Ja sitten tuon kaulakorusi takaisin"
She could see she had no choice.

Hän näki, ettei hänellä ollut vaihtoehtoa.
The boy would not allow her to take the necklace.
Poika ei antanut hänen ottaa kaulakorua.
So she agreed to the proposal.
Niinpä hän suostui ehdotukseen.
"Dalim must now be long dead," she thought.
"Dalim on varmaan jo kauan sitten kuollut", hän ajatteli.
And she had nothing to worry about.
Eikä hänellä ollut mitään hätää.

The princess had the prized necklace.
Prinsessalla oli arvokas kaulakoru.
The treasure bound to her husband's life.
Aarre, joka oli sidottu hänen miehensä elämään.
She rushed back to the garden-house.
Hän kiiruhti takaisin puutarhamökkiin.
And she gave the necklace to Dalim.
Ja hän antoi kaulakorun Dalimille.
Dalim had been alive all morning.
Dalim oli ollut elossa koko aamun.
It was the first time he saw the sun again.
Se oli ensimmäinen kerta, kun hän näki auringon taas.
Their joy of his life knew no bounds.
Heidän ilonsa hänen elämästään ei tuntenut rajoja.
Their friend advised them to go to the palace.
Heidän ystävänsä neuvoi heitä menemään palatsiin.
"Go to the palace tomorrow"
"Mene palatsiin huomenna"
"Present yourselves to the King and Queen"
"Esittelekää itsenne kuninkaalle ja kuningattarelle"
"Let them know you're alive and well"
"Kerro heille, että olet elossa ja voi hyvin"
The couple accepted their friend's advice.
Pari otti ystävänsä neuvon vastaan.
And they prepared everything for their arrival.
Ja he valmistelivat kaiken saapumistaan varten.
An elephant was brought for the prince.

Prinssille tuotiin norsu.
A pair of ponies were brought for the boys.
Pojille tuotiin pari ponia.
And there was a grand chaturdala.
Ja siellä oli suuri chaturdala.
It was furnished with curtains of gold lace.
Se oli sisustettu kultaisista pitsistä valmistetuilla verhoilla.
Word was sent to the king and the Queen Suo.
Sana lähetettiin kuninkaalle ja kuningatar Suolle.
"Prince Dalim Kumar is alive and well"
"Prinssi Dalim Kumar on elossa ja voi hyvin"
"And he is coming to visit you"
"Ja hän tulee käymään luonasi"
"Now he has a wife and two sons"
"Nyt hänellä on vaimo ja kaksi poikaa "
The King and Queen Suo could hardly believe it.
Kuningas ja kuningatar Suo tuskin uskoivat sitä.
But they were assured that it was all true.
Mutta heille vakuutettiin, että kaikki oli totta.
Queen Duo quickly realized her predicament.
Kuningatar Duo tajusi nopeasti ahdinkonsa.
And she became overwhelmed with grief.
Ja suru valtasi hänet.
A band of musicians followed the prince.
Muusikoiden joukko seurasi prinssiä.
Prince Dalim Kumar approached the palace-gate.
Prinssi Dalim Kumar lähestyi palatsin porttia.
The King and Queen Suo went to the gates.
Kuningas ja kuningatar Suo menivät porteille.
And they welcomed their long-lost son.
Ja he ottivat tervetulleeksi kauan kadoksissa olleen poikansa.
You can imagine how happy they were.
Voit kuvitella, kuinka onnellisia he olivat.
Dalim told his parents of his death.
Dalim kertoi kuolemastaan vanhemmilleen.
He told them of the pond by the palace.
Hän kertoi heille palatsin vieressä olevasta lammesta.

And he told them of the fish in the pond.
Ja hän kertoi heille lammessa olevista kaloista.
He told them of the wooden box in the fish.
Hän kertoi heille kalan sisällä olevasta puisesta laatikosta.
He told them of the necklace in the wooden box.
Hän kertoi heille puulaatikossa olevasta kaulakorusta.
And he told them the secret of his life.
Ja hän kertoi heille elämänsä salaisuuden.
He told them how he died each night.
Hän kertoi heille joka yö, kuinka hän kuoli.
Of course he also mentioned his new wife.
Tietenkin hän mainitsi myös uuden vaimonsa.
The king was inflamed with rage at the news.
Kuningas oli raivoissaan kuultuaan uutisen.
He ordered Queen Duo into his presence.
Hän käski kuningatar Duon tulla luokseen.
A large hole was dug in the ground.
Maahan kaivettiin suuri kuoppa.
The hole was as deep as the height of a man.
Kuoppa oli miehen pituisen syvyyden mittainen.
Queen Duo was made to stand in the hole.
Queen Duo tehtiin seisomaan koloon.
Prickly thorns were heaped around her.
Piikiköitä orjantappuja oli kasattu hänen ympärilleen.
The thorns went up to the crown of her head.
Orjantappurat nousivat hänen päälaelleen asti.
And in this manner she was buried alive.
Ja tällä tavoin hänet haudattiin elävältä.

Phakir Chand
Phakir Chand

There was once a king, who had a son.
Olipa kerran kuningas, jolla oli poika.
The king's minister also had a son.
Kuninkaan ministerillä oli myös poika.
The two sons loved each other dearly.
Kaksi poikaa rakastivat toisiaan syvästi.
And they did everything together.
Ja he tekivät kaiken yhdessä.
The two sons sat and stood up together.
Kaksi poikaa istuutuivat ja nousivat seisomaan yhdessä.
They walked together to the same places.
He kävelivät yhdessä samoihin paikkoihin.
They ate their meals together.
He söivät ateriansa yhdessä.
They slept and got up together.
He nukkuivat ja nousivat yhdessä.
They spent years in each other's company.
He viettivät vuosia toistensa seurassa.
One day they both felt a new desire.
Eräänä päivänä he molemmat tunsivat uuden halun.
They wanted to see foreign lands.
He halusivat nähdä vieraita maita.
And so they set out on their journey.
Ja niin he lähtivät matkaan.
One of them was the son of a king.
Yksi heistä oli kuninkaan poika.
One of them was the son of his chief minister.
Yksi heistä oli hänen pääministerinsä poika.
So of course they were both quite rich.
Joten tietenkin he olivat molemmat melko rikkaita.
But they did not take any servants with them.
Mutta he eivät ottaneet mukaansa palvelijoita.
They went by themselves, on horseback.
He menivät omin päin, hevosen selässä.

The horses were beautiful to look at.
Hevoset olivat kauniita katsella.
They were Pakshirajes horses.
Ne olivat Pakshirajesin hevosia.
Such horses are known as the kings of birds.
Tällaisia hevosia kutsutaan lintujen kuninkaiksi.
The two sons rode together for many days.
Kaksi poikaa ratsastivat yhdessä monta päivää.
They passed through extensive plains.
He kulkivat laajojen tasankojen läpi.
And the plains were covered with paddy.
Ja tasangot olivat riisipeltojen peitossa.
And they passed through strange cities.
Ja he kulkivat outojen kaupunkien läpi.
And they passed through towns, and villages.
Ja he kulkivat kaupunkien ja kylien läpi.
They passed through treeless deserts.
He kulkivat puuttomien aavikoiden läpi.
And they passed through forests.
Ja he kulkivat metsien läpi.
And the forests were dense with trees.
Ja metsät olivat täynnä puita.
These forests were the abode of the tiger.
Nämä metsät olivat tiikerin asuinalueita.
And the bear also lived in these forests.
Ja karhu asui myös näissä metsissä.
One evening they were overtaken by the night.
Eräänä iltana yö yllätti heidät.
They had not seen any human habitations.
He eivät olleet nähneet yhtään ihmisasutusta.
But it was getting darker and darker.
Mutta pimenemistä ja pimenemistä oli tulossa.
So they dismounted beneath a lofty tree.
Niinpä he laskeutuivat hevosilta korkean puun alle.
They tied their horses to the tree.
He sitoivat hevosensa puuhun.
And then they climbed up the tree.

Ja sitten he kiipesivät puuhun.
They covered the branches with thick foliage.
Ne peittivät oksat paksulla lehdistöllä.
So that they could sit on the branches.
Jotta he voisivat istua oksilla.
The tree had grown near a large body of water.
Puu oli kasvanut suuren vesistön lähellä.
The water was as clear as the eye of a crow.
Vesi oli yhtä kirkasta kuin variksen silmä.
The two friends made themselves comfortable.
Kaksi ystävää asettuivat mukavasti paikoilleen.
Of course it wasn't very comfortable in a tree.
Puussa ei tietenkään ollut kovin mukavaa.
But it wasn't uncomfortable in the tree either.
Mutta ei puussakaan ollut epämukavaa.
They had decided to spend the night there.
He olivat päättäneet viettää yön siellä.
They sometimes chatted together in whispers.
Joskus he juttelivat kuiskaten keskenään.
They felt whispering was better than talking.
Heistä kuiskaaminen tuntui paremmalta kuin puhuminen.
Because the region seemed very strange to them.
Koska seutu tuntui heille hyvin oudolta.
And soon they were falling into a doze.
Ja pian he vaipuivat torkkumaan.
But their attention was suddenly jolted.
Mutta heidän huomionsa herpaantui yhtäkkiä.
From the water they heard a noise.
Vedestä he kuulivat äänen.
It sounded like the rushing of water.
Se kuulosti veden kohinalta.
In front of them was a terrible sight!
Heidän edessään oli kamala näky!
A huge serpent came from under the water.
Veden alta nousi valtava käärme.
The snake swam ashore and slithered around.
Käärme ui rantaan ja luikerteli ympäriinsä.

But something else attracted their attention.
Mutta heidän huomionsa kiinnittyi johonkin muuhun.
The crested hood of the serpent was shining.
Käärmeen harjashuppu loisti.
The snake had a brilliant manikya embedded.
Käärmeeseen oli upotettu loistava manikya.
The jewel shone like a thousand diamonds.
Jalokivi loisti kuin tuhat timanttia.
The crystal lit up the water in the tank.
Kristalli valaisi säiliössä olevan veden.
The embankments and trees were irradiated.
Pengerrykset ja puut säteilytettiin.
The serpent doffed the jewel from its crest.
Käärme irrotti jalokiven harjastaan.
And the serpent threw the jewel on the ground.
Ja käärme heitti jalokiven maahan.
And then the serpent went in search of food.
Ja sitten käärme lähti etsimään ruokaa.
They could not believe what they had seen.
He eivät voineet uskoa näkemäänsä.
They stayed in the safety of the tree.
He pysyivät puun turvassa.
But they greatly admired the jewel.
Mutta he ihailivat jalokiveä suuresti.
The ruby shed an ineffable luster.
Rubiinista levisi sanoinkuvaamaton kiilto.
Everything had a magical glow around it.
Kaikessa oli maaginen hehku ympärillään.
They had never seen anything like it.
He eivät olleet koskaan nähneet mitään vastaavaa.
Although, they had heard of this treasure.
Vaikka he olivatkin kuulleet tästä aarteesta.
The jewel equaled the treasures of seven kings.
Jalokivi oli yhtä arvokas kuin seitsemän kuninkaan aarteet.
But their admiration soon changed to fear.
Mutta pian heidän ihailunsa muuttui peloksi.
The serpent came to the foot of their tree.

Käärme tuli heidän puunsa juurelle.
The serpent had found their horses!
Käärme oli löytänyt heidän hevosensa!
The poor horses had been tied to the tree.
Köyhät hevoset oli sidottu puuhun.
The animals had no way of escaping.
Eläimillä ei ollut mitään keinoa paeta.
One by one the serpent ate their horses.
Käärme söi heidän hevosensa yksi kerrallaan.
But the serpent's appetite did not seem satisfied.
Mutta käärmeen ruokahalu ei näyttänyt tyydyttyvän.
They feared they would be the next victims.
He pelkäsivät olevansa seuraavat uhrit.
But their fears were soon relieved.
Mutta heidän pelkonsa hälvenivät pian.
The gigantic cobra had not seen them.
Jättimäinen kobra ei ollut nähnyt heitä.
And eventually the snake left again.
Ja lopulta käärme lähti taas.
The minister's son saw an opportunity.
Pastorin poika näki tilaisuuden.
This was his chance to take the gem.
Tämä oli hänen tilaisuutensa napata jalokivi.
But there was one problem they had.
Mutta heillä oli yksi ongelma.
The jewel shone incredibly bright.
Koru loisti uskomattoman kirkkaasti.
The serpent would know what had happened.
Käärme tietäisi, mitä oli tapahtunut.
But there was a way to overcome this problem.
Mutta tähän ongelmaan oli olemassa ratkaisu.
And the minister's son knew the solution.
Ja ministerin poika tiesi ratkaisun.
He had to cover the stone with horse-dung.
Hänen täytyi peittää kivi hevosenlannalla.
And there was some horse-dung by the tree.
Ja puun vieressä oli jonkin verran hevosenlantaa.

He quietly came down from the tree.
Hän laskeutui hiljaa puusta.
He picked up the horse-dung off the floor.
Hän nosti hevosenlannan lattialta.
And he threw the dung upon the precious stone.
Ja hän heitti lannan kallisarvoisen kiven päälle.
And then he climbed up into the tree again.
Ja sitten hän kiipesi taas puuhun.
The serpent noticed something had happened.
Käärme huomasi, että jotakin oli tapahtunut.
The light of the jewel had vanished.
Jalokiven valo oli kadonnut.
The serpent rushed back with great fury.
Käärme ryntäsi takaisin suurella raivolla.
The serpent returned to where it had left the stone.
Käärme palasi sinne, mihin se oli kiven jättänyt.
The serpent let out a frightful hiss at the night.
Käärme päästi kauhistuttavan sihinän yössä.
The snake's groans and convulsions were terrible.
Käärmeen voihkelut ja kouristukset olivat kauheita.
The snake went round and round the jewel.
Käärme kiersi ja kiven ympäri.
But the stone was covered with horse-dung.
Mutta kivi oli hevosenlannan peitossa.
This way the serpent could not see its treasure.
Tällä tavoin käärme ei voinut nähdä aarrettaan.
Finally, the serpent breathed its last breath.
Lopulta käärme veti viimeisen henkäyksensä.

The two friends did not sleep much that night.
Kaksi ystävää eivät nukkuneet paljon sinä yönä.
In the morning they came down from the tree.
Aamulla he tulivat alas puusta.
They went to where the crest-jewel was.
He menivät sinne, missä vaakuna-jalokivi oli.
The mighty serpent was still laying there.
Mahtava käärme makasi yhä siinä.

But now the snake's body was perfectly lifeless.
Mutta nyt käärmeen ruumis oli täysin eloton.
The friend of the prince stepped over the dead snake.
Prinssin ystävä astui kuolleen käärmeen yli.
And he picked up the dung covered jewel.
Ja hän nosti lantaan peitetyn jalokiven.
Both of them went to the bank of the water.
Molemmat menivät veden rannalle.
And they washed the precious stone.
Ja he pesivät kallisarvoisen kiven.
Finally, all the dung had been washed off.
Lopulta kaikki lanta oli pesty pois.
And the jewel shone as brilliantly as before.
Ja jalokivi loisti yhtä kirkkaasti kuin ennenkin.
The jewel lit up the entire bed of the tank of water.
Jalokivi valaisi koko vesisäiliön pohjan.
Now they could see the innumerable fishes.
Nyt he näkivät lukemattomat kalat.
But the light also revealed something else.
Mutta valo paljasti myös jotain muuta.
This astonished them more than all the fishes.
Tämä hämmästytti heitä enemmän kuin kaikkia kaloja.
In the bottom of the water there was something.
Veden pohjassa oli jotakin.
They could see there were lofty walls.
He näkivät korkeita muureja.
The walls were from a magnificent palace.
Seinät olivat peräisin upeasta palatsista.
The prince's friend was feeling venturesome.
Prinssin ystävä tunsi itsensä uhkarohkeaksi.
He convinced the king's son to follow him.
Hän sai kuninkaan pojan seuraamaan häntä.
And then they wanted to swim to the palace below.
Ja sitten he halusivat uida alla olevaan palatsiin.
The prince's friend took the jewel in his hand.
Prinssin ystävä otti jalokiven käteensä.
And they both dived into the waters.

Ja molemmat sukelsivat veteen.
Soon they stood at the gate of the palace.
Pian he seisoivat palatsin portilla.
To their surprise the gate was open.
Heidän yllätyksekseen portti oli auki.
They saw no being, human or superhuman.
He eivät nähneet ketään, ei ihmistä eikä yli-inhimillistä.
So they decided to venture inside the gate.
Niinpä he päättivät uskaltautua portin sisälle.
Inside the walls there was a beautiful garden.
Muurien sisäpuolella oli kaunis puutarha.
In the middle of the garden was a house.
Puutarhan keskellä oli talo.
No one had ever seen so many flowers.
Kukaan ei ollut koskaan nähnyt niin paljon kukkia.
There were roses of all imaginable varieties.
Siellä oli kaikenlaisia kuviteltavissa olevia ruusulajikkeita.
There were endless numbers of yellow jessamine.
Keltaista jasmiinia oli loputtomasti.
And there were numerous white bell flowers.
Ja siellä oli lukuisia valkoisia kellokukkia.
These flowers were the king of smells.
Nämä kukat olivat tuoksujen kuninkaita.
The most scented lily of the valley.
Tuoksuimman tuoksuinen kielo.
There were the flowers from the champaka tree.
Siellä oli champaka-puun kukkia.
And a thousand other sweet-scented flowers.
Ja tuhat muuta ihanan tuoksuista kukkaa.
Acres covered with the delicious jessamine.
Herkullisen jasmiinin peittämiä eekkereitä.
All the plants were gemmed with flowers.
Kaikki kasvit olivat täynnä kukkia.
And all the flowers were in full bloom.
Ja kaikki kukat olivat täydessä kukassa.
So the air was loaded with rich perfume.
Niinpä ilma oli täynnä rikasta tuoksua.

A wilderness of sweet scents everywhere.
Makeiden tuoksujen erämaa kaikkialla.
They went through this paradise of perfumery.
He kulkivat läpi tämän hajuvesien paratiisin.
And eventually they reached the house.
Ja lopulta he saapuivat talolle.
The house was surrounded by lofty trees.
Taloa ympäröivät korkeat puut.
Soon they stood at the door of the house.
Pian he seisoivat talon ovella.
Now they could see it was a fairy palace.
Nyt he näkivät, että se oli keijujen palatsi.
The walls were of burnished gold.
Seinät olivat kiillotettua kultaa.
Here and there shone diamonds of dazzling hue.
Siellä täällä loistivat säihkyvän sävyiset timantit.
But they did not see any beings.
Mutta he eivät nähneet mitään olentoja.
So they went inside the palace.
Niinpä he menivät palatsiin sisälle.
The palace was richly furnished.
Palatsi oli runsaasti sisustettu.
They went from room to room.
He kulkivat huoneesta toiseen.
But they did not see anyone.
Mutta he eivät nähneet ketään.
It seemed to be a deserted house.
Se näytti olevan autio talo.
At last, however, they found a special room.
Lopulta he kuitenkin löysivät erikoisen huoneen.
In this room there was a young lady.
Tässä huoneessa oli nuori nainen.
She was sleeping on a golden bed.
Hän nukkui kultaisella sängyllä.
The young lady was of exquisite beauty.
Nuori nainen oli ihastuttavan kaunis.
Her complexion was a mixture of red and white.

Hänen ihonsa oli sekoitus punaista ja valkoista.
She seemed to be about sixteen years of age.
Hän näytti olevan noin kuusitoistavuotias.
The two friends gazed upon her.
Kaksi ystävää katsoivat häntä.
They were enchanted by her beauty.
He olivat lumoutuneita hänen kauneudestaan.
But they could not admire her for long.
Mutta he eivät voineet ihailla häntä kauan.
Because the young lady opened her eyes.
Koska nuori nainen avasi silmänsä.
Her eyes seemed like the eyes of a gazelle.
Hänen silmänsä näyttivät gasellin silmiltä.
On seeing the strangers she said;
Nähdessään vieraat hän sanoi;
"How have you come here, ye unfortunate men?"
"Kuinka te olette tänne joutuneet, te onnettomat miehet?"
"Be gone, be gone! I beg of you two"
"Mene, mene! Minä pyydän teitä kahta"
"This is the abode of a mighty serpent"
"Tämä on mahtavan käärmeen asuinpaikka "
"The serpent which has devoured my parents"
"Käärme, joka söi minun vanhempani"
"And my brothers, and all my relatives"
"Ja veljeni ja kaikki sukulaiseni"
"I am the only one that he has spared"
"Olen ainoa, jonka hän on säästänyt"
"Flee for your lives while you still can"
"Pakenekaa henkenne edestä, niin kauan kuin vielä voitte"
"Or else the serpent will eat you both"
"Muuten käärme syö teidät molemmat"
The prince's friend told her what had happened.
Prinssin ystävä kertoi hänelle, mitä oli tapahtunut.
"The serpent has breathed his last breath"
"Käärme on hengitetty viimeisen kerran"
"The snake's body lies lifeless on the floor"
"Käärmeen ruumis makaa elottomana lattialla"

"We took the head-jewel of the serpent"
"Me otimme käärmeen pääjalokiven"
"The jewel's light showed us to the palace.
"Jalokiven valo näytti meille palatsin."
She thanked the strangers for their bravery.
Hän kiitti vieraita heidän rohkeudestaan.
"You have freed me from the infernal serpent"
"Olet vapauttanut minut helvetin käärmeen kynsistä"
"Please live with me in my palace"
"Asukaa kanssani palatsissani"
"But please promise never to desert me"
"Mutta lupaathan, ettet koskaan hylkää minua"
They gladly accepted the invitation.
He ottivat kutsun mielellään vastaan.
The king's son was smitten with the princess.
Kuninkaan poika oli ihastunut prinsessaan.
He adored the charms of the peerless princess.
Hän ihaili vertaansa vailla olevan prinsessan viehätysvoimaa.
And he married her after a short time.
Ja hän meni naimisiin hänen kanssaan lyhyen ajan kuluttua.
There was no priest at the palace.
Palatsissa ei ollut pappia.
So the hymeneal knot was tied by other means.
Joten hymeneaalisolmu sidottiin muilla keinoin.
A simple exchange of garlands of flowers.
Yksinkertainen kukkaseppeleiden vaihto.
The king's son became inexpressibly happy.
Kuninkaan poika tuli sanoinkuvaamattoman onnelliseksi.
He delighted in the company of the princess.
Hän nautti prinsessan seurasta.
The prince's friend also had a wife.
Prinssin ystävällä oli myös vaimo.
Of course she was living in the upper world.
Tietenkin hän eli ylämaailmassa.
But he participated in his friend's happiness.
Mutta hän osallistui ystävänsä onneen.
The time they spent together passed merrily.

Heidän yhdessä viettämänsä aika kului iloisesti.
But they could not live here forever.
Mutta he eivät voineet asua täällä ikuisesti.
The prince had to return to his kingdom.
Prinssin oli palattava valtakuntaansa.
But he knew the return would require some planning.
Mutta hän tiesi, että paluu vaatisi jonkin verran suunnittelua.
The occasion would come with a lot of pomp.
Tilaisuus tulisi suurella loistolla.
There were going to be many ceremonies.
Seremonioita oli luvassa paljon.
Because there was a lot to be celebrated.
Koska juhlittavaa oli paljon.
First the prince's friend was going to go.
Ensin prinssin ystävä aikoi mennä.
And then he was going to return with the attendants.
Ja sitten hän aikoi palata palvelijoiden kanssa.
Horses, and elephants for the happy pair.
Hevosia ja norsuja onnelliselle parille.
The prince accompanied his friend.
Prinssi seurasi ystäväänsä.
Together they went back to the surface.
Yhdessä he palasivat pintaan.
And they saw the upper world again.
Ja he näkivät jälleen ylämaailman.
The two friends bid each other adieu.
Kaksi ystävää jättävät toisilleen hyvästit.
The prince returned to his lovely wife.
Prinssi palasi rakkaan vaimonsa luokse.
Before leaving everything had been organized.
Ennen lähtöä kaikki oli järjestetty.
The prince's friend arranged his return.
Prinssin ystävä järjesti hänen paluunsa.
He said when he was going to go the embankment.
Hän sanoi, milloin hän aikoi mennä pengerrykselle.
He was going to have the horses that they needed.
Hän saisi tarvitsemansa hevoset.

Elephants were going to be there too, and attendants.
Norsuja ja niiden avustajia tulisi myös olemaan siellä.
They were going to wait upon the prince and princess.
He aikoivat odottaa prinssiä ja prinsessaa.
The snake-jewel gave them the rights to this.
Käärmeenjalokivi antoi heille oikeuden tähän.
The prince's friend went back to his country.
Prinssin ystävä palasi kotimaahansa.
To prepare for the return of his friend.
Valmistautuakseen ystävänsä paluuseen.

One day the prince was sleeping.
Eräänä päivänä prinssi nukkui.
He had just had his midday meal.
Hän oli juuri syönyt päivällisen.
The princess had never seen the upper regions.
Prinsessa ei ollut koskaan nähnyt ylämaita.
She felt the desire to see the upper world.
Hän tunsi halua nähdä ylämaailman.
For this she needed the snake-jewel.
Tätä varten hän tarvitsi käärmeenjalokiven.
Only this could help her through the water.
Vain tämä voisi auttaa häntä veden läpi.
The jewel was shining its bright light in the room.
Jalokivi loisti kirkkaalla valollaan huoneessa.
She took the snake-jewel into her hand.
Hän otti käärmejalokiven käteensä.
And then she left the palace and the garden.
Ja sitten hän lähti palatsista ja puutarhasta.
She successfully swam to the upper world.
Hän ui onnistuneesti ylämaailmaan.
No mortal had caught sight of her.
Yksikään kuolevainen ei ollut nähnyt häntä.
At the edge of the water were some steps.
Veden reunalla oli joitakin portaita.
The steps were for the convenience of bathers.
Portaat olivat uimareiden mukavuutta varten.

And this is also where she sat.
Ja tässä hän myös istui.
She scrubbed her body with the sand.
Hän hankasi vartaloaan hiekalla.
She washed her hair with the fresh water.
Hän pesi hiuksensa raikkaalla vedellä.
And she played with the water for fun.
Ja hän leikki vedellä huvikseen.
She walked about on the water's edge.
Hän käveli veden reunalla.
And she admired all the scenery around.
Ja hän ihaili kaikkia ympärillään olevia maisemia.
But finally she returned back to her palace.
Mutta lopulta hän palasi takaisin palatsiinsa.
Her husband was still deep in sleep.
Hänen miehensä nukkui vielä sikeästi.
But eventually he had slept enough.
Mutta lopulta hän oli nukkunut tarpeeksi.
She did not tell him about her adventures.
Hän ei kertonut hänelle seikkailuistaan.
The next day her husband fell asleep again.
Scuraavana päivänä hänen miehensä nukahti uudelleen.
And again she paid a visit the upper world.
Ja jälleen hän vieraili ylämaailmassa.
And she remained unnoticed by mortal man.
Ja kuolevainen mies ei häntä huomannut.
Her success was starting to give her courage.
Hänen menestyksensä alkoi antaa hänelle rohkeutta.
So she repeated her adventure a third time.
Niinpä hän toisti seikkailunsa kolmannen kerran.
The rajah's son was out hunting that day.
Rajahin poika oli metsästämässä sinä päivänä.
He had his tent not far from the water.
Hänen telttansa oli lähellä vettä.
His attendants were cooking his meal.
Hänen palvelijansa laittoivat hänelle ateriaa.
So, he wandered about along the water.

Niinpä hän vaelteli veden äärellä.
Nearby an old woman was gathering sticks.
Lähistöllä vanha nainen keräsi oksia.
She was collecting dried branches of trees.
Hän keräsi kuivia puiden oksia.
She needed the sticks for kindling wood.
Hän tarvitsi tikkuja sytykkeeksi.
This was when the princess came out the water.
Tämä tapahtui, kun prinsessa tuli vedestä.
She gazed around and she saw a man.
Hän katseli ympärilleen ja näki miehen.
And then she saw there was also a woman.
Ja sitten hän näki, että siellä oli myös nainen.
The princess knew she didn't want to be seen.
Prinsessa tiesi, ettei halunnut tulla nähdyksi.
So she went back down to her palace.
Niinpä hän palasi takaisin palatsiinsa.
But the rajah's son had caught a glimpse of her.
Mutta rajahin poika oli nähnyt hänet vilauksen.
And the old woman gathering sticks saw her too.
Ja vanha nainen, joka keräsi oksia, näki hänet myös.
The rajah's son stood gazing on the waters.
Rajahin poika seisoi katsellen vesille.
He had never seen such a beautiful woman.
Hän ei ollut koskaan nähnyt niin kaunista naista.
She seemed to him to be a deva-kanyas.
Hänestä hän näytti deva-kanyalta.
Heavenly goddesses he had read of in old books.
Taivaallisista jumalattarista hän oli lukenut vanhoista kirjoista.
They are said to visit the upper world.
Heidän sanotaan vierailevan ylämaailmassa.
And the upper world is honored to have them.
Ja ylempi maailma on ylpeä voidessaan heidät saada.
But it is said to happen only rarely.
Mutta sitä kuulemma tapahtuu vain harvoin.
The way that angels only visit rarely.
Niin kuin enkelit käyvät luonamme vain harvoin.

He had seen the princess' unearthly beauty.
Hän oli nähnyt prinsessan epätodellisen kauneuden.
She had made a deep impression on his heart.
Hän oli tehnyt syvän vaikutuksen hänen sydämeensä.
Although he had seen her only for a moment.
Vaikka hän oli nähnyt hänet vain hetken.
But her beauty distracted his mind.
Mutta hänen kauneutensa vei hänen mielensä muualle.
He stood there like a statue, for hours.
Hän seisoi siinä kuin patsas, tuntikausia.
All he could do was gaze into the waters.
Hän saattoi vain tuijottaa veteen.
In the hope of seeing the lovely figure again.
Toivoen näkeväni ihanan hahmon uudelleen.
But all his time was spent in vain.
Mutta kaikki hänen aikansa oli mennyt hukkaan.
The princess did not appear again.
Prinsessa ei enää ilmestynyt.
The rajah's son became mad with love.
Rajahin poika tuli hulluksi rakkaudesta.
He kept muttering, "now here, now gone!"
Hän mutisi jatkuvasti: "nyt täällä, nyt poissa!"
He refused to leave the water's edge.
Hän kieltäytyi poistumasta veden reunalta.
His attendants had to forcibly remove him.
Hänen palvelijoidensa täytyi poistaa hänet väkisin.
They took him to his father's palace.
He veivät hänet isänsä palatsiin.
But he was in a state of hopeless insanity.
Mutta hän oli toivottoman mielenvikaisuuden tilassa.
He couldn't be made to speak to anyone.
Häntä ei voitu pakottaa puhumaan kenellekään.
And he spent his days sobbing heavily.
Ja hän vietti päivänsä itkien raskaasti.
No others words came out of his mouth.
Muita sanoja ei hänen suustaan tullut.
"Now here, now gone!"

"Nyt täällä, nyt poissa!"
"Now here, now gone!"
"Nyt täällä, nyt poissa!"
You can imagine the rajah's grief.
Voit kuvitella rajahin surun.
"What could have deranged my son's mind?"
"Mikä olisi voinut saada poikani mielen sekaisin?"
"'Now here, now gone,' what does it mean?"
"Mitä se tarkoittaa?" "Nyt täällä, nyt poissa?"
He could not unravel the words' meaning.
Hän ei pystynyt selvittämään sanojen merkitystä.
His attendants couldn't decipher the words either.
Hänen palvelijansakaan eivät kyenneet tulkitsemaan sanoja.
The land's best physicians were consulted.
Maan parhaita lääkäreitä kuultiin.
But their consultation had no effect.
Mutta heidän neuvotteluillaan ei ollut vaikutusta.
The sons of æsculapius were not able to help.
Aisculapiuksen pojat eivät kyenneet auttamaan.
No one could ascertain the cause of the madness.
Kukaan ei pystynyt selvittämään hulluuden syytä.
Without knowing the cause there was no cure.
Tietämättä syytä ei ollut parannuskeinoa.
The physicians tried to ask the prince.
Lääkärit yrittivät kysyä prinssiltä.
But all he said was, "now here, now gone!"
Mutta hän sanoi vain: "Nyt täällä, nyt poissa!"
The rajah was distracted with grief.
Rajah oli surun vallassa.
Day and night he worried for his son.
Yötä päivää hän oli huolissaan pojastaan.
He wished for his son's intellects to return.
Hän toivoi poikansa älyn palaavan.
A proclamation was made in the capital.
Pääkaupungissa annettiin julistus.
Town criers were sent into the city.
Kaupungin kuuluttajat lähetettiin kaupunkiin.

And they beat their drums for attention.
Ja he hakkasivat rumpujaan saadakseen huomiota.
"The rajah's son has lost his mental faculties"
"Rajahin poika on menettänyt älylliset kykynsä"
"The rajah seeks a cure for his son"
"Radža etsii parannuskeinoa pojalleen"
"A reward is offered for the cure"
"Parannuksesta luvataan palkkio"
"The hand of the rajah's daughter"
"Rajahin tyttären käsi"
"Her hand comes with half his kingdom"
"Hänen kätensä tuo puolet hänen valtakunnastaan"
The drum was beaten around the city.
Rumpua lyötiin ympäri kaupunkia.
But no one felt they could touch the drum.
Mutta kukaan ei tuntenut voivansa koskea rumpuun.
No one knew the cause of his madness.
Kukaan ei tiennyt hänen hulluutensa syytä.
At last an old woman came forward.
Viimein esiin astui vanha nainen.
And she stepped up to touch the drum.
Ja hän astui esiin koskettaakseen rumpua.
"I will discover the cause of his madness"
"Minä selvitän hänen hulluutensa syyn"
"And I will cure him from his disease"
"Ja minä parannan hänet hänen sairaudestaan"
She had seen what happened to the boy.
Hän oli nähnyt, mitä pojalle oli tapahtunut.
She was at the water's edge that day.
Hän oli sinä päivänä veden äärellä.
It was her who was gathering up sticks.
Hän oli se, joka keräsi oksia.
This woman had a crack-brained son.
Tällä naisella oli sekava poika.
Her son was named of Phakir-Chand.
Hänen poikansa nimeksi annettiin Phakir-Chand.
So she was called Phakir's mother.

Niinpä häntä kutsuttiin Phakirin äidiksi.
The woman was brought before the rajah.
Nainen vietiin rajahin eteen.
And the following conversation took place.
Ja seuraava keskustelu käytiin.
"You are the woman that touched the drum"
"Sinä olet se nainen, joka kosketti rumpua"
"You know the cause of my son's madness?"
"Tiedätkö poikani hulluuden syyn?"
"Yes, oh incarnation of justice!"
"Kyllä, oi oikeudenmukaisuuden ruumiillistuma!"
"I know the cause of your son's madness"
"Tiedän poikasi hulluuden syyn"
"But I will not say the cause of his madness"
"Mutta en kerro hänen hulluutensa syytä"
"First I will cure your son of his madness"
"Ensin parannan poikasi hulluudesta"
"How can I believe you are able to?"
"Kuinka voin uskoa, että pystyt siihen?"
"The best physicians of the land have failed"
"Maan parhaat lääkärit ovat epäonnistuneet"
"You need not now believe, my king"
"Sinun ei tarvitse enää uskoa, kuninkaani"
"Wait till I have performed the cure"
"Odota, kunnes olen suorittanut parannuskeinon"
"Many an old woman knows many secrets"
"Moni vanha nainen tietää monia salaisuuksia"
"Secrets wise men are unacquainted with"
"Salaisuudet, joita viisaat miehet eivät tunne"
"Very well, let me see what you can do"
"Hyvä on, katsotaanpa mitä osaat"
"In what time will you perform the cure?"
"Missä ajassa aiotte suorittaa parannuskeinon?"
"It is impossible to fix the time"
"Ajan määrääminen on mahdotonta"
"Ff course I will begin work immediately"
"Totta kai aloitan työt heti"

"But I need your lordship's assistance"
"Mutta tarvitsen teidän herruudenne apua"
"What help do you require from me?"
"Mitä apua minulta tarvitset?"
"Your lordship will please order a hut"
"Teidän ylhäisyytenne tilatkoon mökin"
"Have the hut raised on the embankment of the water"
"Nostakaa mökki veden pengerryksen päälle"
"Where your son first caught the disease"
"Missä poikasi sai tartunnan ensimmäisen kerran"
"I mean to live in that hut for a few days"
"Aion asua tuossa mökissä muutaman päivän"
"And please order some of your servants"
"Ja ole hyvä ja tilaa joitakin palvelijoitasi"
"They have to be in attendance at a distance"
"Heidän on oltava läsnä etäältä"
"Tell them to be about a hundred yards away"
"Käske heidän olla noin sadan metrin päässä"
"That way I can call them over when we need them"
"Näin voin soittaa heille, kun tarvitsemme heitä"
The king had listened attentively.
Kuningas oli kuunnellut tarkkaavaisesti.
"I will order that to be immediately done"
"Käsköön se tehtäväksi heti"
"Do you want anything else?"
"Haluatko jotain muuta?"
"Those are all the preparations I need"
"Nämä ovat kaikki valmistelut, joita tarvitsen"
"But let me remind you of the agreement"
"Mutta haluan muistuttaa teitä sopimuksesta"
"You promised the hand of your daughter"
"Lupasit tyttäresi käden"
"And you promised half your kingdom"
"Ja lupasit puolet valtakunnastasi"
"But I can't marry your daughter"
"Mutta en voi mennä naimisiin tyttäresi kanssa"
"Because your daughter has to marry a man"

"Koska tyttäresi täytyy mennä naimisiin miehen kanssa"
"But I also have a son of marriageable age"
"Mutta minulla on myös avioliittoiässä oleva poika"
"Allow my son to marry your daughter"
"Anna poikani mennä naimisiin tyttäresi kanssa"
"Allow him to have half of your kingdom"
"Anna hänen saada puolet valtakunnastasi"
The king was agreed with the terms.
Kuningas oli samaa mieltä ehdoista.
"If you find a cure, he marries my daughter"
"Jos löydät parannuskeinon, hän menee naimisiin tyttäreni
kanssa"
"And half of my kingdom shall be his"
"Ja puolet valtakunnastani on oleva hänen"
A temporary hut was quickly erected.
Väliaikainen mökki pystytettiin nopeasti.
The hut was built on the embankment of the water.
Mökki rakennettiin veden pengerrykselle.
And Phakir's mother took up her abode.
Ja Phakirin äiti asettui asumaan.
An outpost was also erected at some distance.
Jonkin matkan päähän pystytettiin myös etuvartio.
Because the woman might require some attendance.
Koska nainen saattaa tarvita jonkin verran läsnäoloa.
Strict orders were given by Phakir's mother.
Phakirin äiti antoi tiukat määräykset.
No one was allowed to go near the water.
Kenenkään ei sallittu mennä veden lähelle.
Only she was allowed to stay by the water.
Vain hän sai oleskella veden äärellä.

But let us leave Phakir's mother at the water.
Mutta jätetään Phakirin äiti veden ääreen.
Let us hasten down the subterranean palace.
Kiirehditään alas maanalaiseen palatsiin.
To see what the prince and the princess are doing.
Nähdäkseen, mitä prinssi ja prinsessa tekevät.

The princess did want to go up again.
Prinsessa halusi nousta ylös uudelleen.
But she now knew that it would be dangerous.
Mutta nyt hän tiesi, että se olisi vaarallista.
And she had given up the idea of a fourth visit.
Ja hän oli luopunut ajatuksesta neljännestä vierailusta.
But women generally have greater curiosity.
Mutta naisilla on yleensä suurempi uteliaisuus.
And the princess was no exception to the rule.
Ja prinsessa ei ollut poikkeus säännöstä.
One day her husband was asleep.
Eräänä päivänä hänen miehensä nukkui.
He always slept after his noonday meal.
Hän nukkui aina päivällisen jälkeen.
She took the snake-jewel in her hand.
Hän otti käärmeenjalokiven käteensä.
And she rushed out of the palace.
Ja hän ryntäsi ulos palatsista.
And she came up to the upper world.
Ja hän nousi ylempään maailmaan.
There was an upheaval in the waters.
Vesillä oli kuohuntaa.
And Phakir's mother was on high alert.
Ja Phakirin äiti oli erittäin valppaana.
She was hiding in the hut.
Hän piileskeli mökissä.
And she was looking through the chinks.
Ja hän katseli raoista.
The princess saw no human being nearby.
Prinsessa ei nähnyt lähellä ketään ihmistä.
So she came to the bank of the water.
Niinpä hän tuli veden rannalle.
Phakir's mother showed herself outside the hut.
Phakirin äiti näyttäytyi mökin ulkopuolella.
And she addressed the princess politely.
Ja hän puhutteli prinsessaa kohteliaasti.
"Come, my child, thou queen of beauty"

"Tule, lapseni, sinä kauneuden kuningatar"
"Come to me, and I will help you to bathe"
"Tule minun luokseni, niin autan sinua peseytymään"
So saying, she approached the princess.
Näin sanoen hän lähestyi prinsessaa.
The princess saw she was just an old woman.
Prinsessa huomasi olevansa vain vanha nainen.
So she made no resistance to her offer.
Niinpä hän ei vastustellut tarjoustaan.
The old woman was washing the princess' hair.
Vanha nainen pesi prinsessan hiuksia.
And she noticed the bright jewel in her hand.
Ja hän huomasi kädessään olevan kirkkaan jalokiven.
"Out the jewel here till you are bathed"
"Pidä jalokiveä täällä, kunnes olet kylpenyt"
Now the jewel was in the hands of Phakir's mother.
Nyt jalokivi oli Phakirin äidin käsissä.
She wrapped the jewel up in a cloth.
Hän kääri korun kankaaseen.
And she wrapped the cloth around her waist.
Ja hän kietoi kankaan vyötärönsä ympärille.
Now the princess was unable to escape.
Nyt prinsessa ei päässyt pakoon.
And Phakir's mother gave the signal.
Ja Phakirin äiti antoi merkin.
The attendants rushed to the water.
Palvelijat ryntäsivät veden ääreen.
And they took the princess captive.
Ja he ottivat prinsessan vangiksi.
The news soon reached the city.
Uutinen kantautui pian kaupunkiin.
"Phakir's mother had captured a water-nymph"
"Phakirin äiti oli pyydystänyt vesinymfin"
And the people rejoiced at the news.
Ja kansa iloitsi uutisesta.
All came to see the"daughter of the immortals"
Kaikki tulivat katsomaan "kuolemattomien tytärtä"

She was brought to the palace.
Hänet tuotiin palatsiin.
And she was brought to the rajah's son.
Ja hänet vietiin rajahin pojan luo.
The rajah's son was still of impaired intellect.
Rajahin poika oli edelleen älyllisesti heikentynyt.
But that cloud on his brain soon dissipated.
Mutta tuo pilvi hänen päässään hälveni pian.
"I have found you! I have found you!"
"Olen löytänyt sinut! Olen löytänyt sinut!"
His eyes had been vacant and lusterless.
Hänen silmänsä olivat olleet tyhjät ja kiiltämättömät.
But now his eyes had the fire of intelligence.
Mutta nyt hänen silmissään loisti älykkyyden liekki.
He had almost lost the use of his tongue.
Hän oli melkein menettänyt kielenkäyttötaitonsa.
"Now here, now gone!" was all he had been able to say.
"Nyt täällä, nyt poissa!" oli kaikki, mitä hän oli saanut
sanottua.
But this sense too was restored.
Mutta tämäkin tunne palautui.
The joy of the rajah knew no bounds.
Rajahin ilo ei tuntenut rajoja.
There was great festivity in the city.
Kaupungissa oli suuri juhlatunnelma.
The people praised Phakir-Chand's mother.
Ihmiset ylistivät Phakir-Chandin äitiä.
And everyone soon expected the marriage.
Ja pian kaikki odottivat häitä.
The rajah's son was to wed the water-nymph.
Rajahin pojan oli määrä naida vesinymfi.
The princess, however, had made a promise.
Prinsessa oli kuitenkin tehnyt lupauksen.
She told Phakir's mother of her promise.
Hän kertoi Phakirin äidille lupauksestaan.
"I won't as much as look at another man"
"En edes katso toista miestä"

"For one year my vows shall last"
"Vuoden kestävät lupaukseni"
"The marriage cannot happen in that time"
"Avioliittoa ei voi solmia tuossa ajassa"
The rajah's son was somewhat disappointed.
Rajahin poika oli hieman pettynyt.
But he readily agreed to the delay.
Mutta hän suostui lykkäykseen helposti.
"Delay enhances the sweetness of the pleasure"
"Viive lisää nautinnon makeutta"
Of course the princess spent her time in sorrow.
Prinsessa tietenkin vietti aikansa surussa.
She spent her days and nights sighing.
Hän vietti päivänsä ja yönsä huokaillen.
And she lamented her idle curiosity.
Ja hän valitteli joutavaa uteliaisuuttaan.
The curiosity that led her to the upper world.
Uteliaisuus, joka johdatti hänet ylempään maailmaan.
The curiosity that separated her from her husband.
Uteliaisuus, joka erotti hänet miehestään.
She thought of her unfortunate husband.
Hän ajatteli onnettomaa aviomiestään.
She had left him all alone below the waters.
Hän oli jättänyt hänet aivan yksin veden alle.
And she wept bitter tears each day.
Ja hän itki katkeria kyyneleitä joka päivä.
She wished that she could run away.
Hän toivoi voivansa paeta.
But that would have been impossible.
Mutta se olisi ollut mahdotonta.
Because she was immured within walls.
Koska hän oli suljettu muurien sisään.
And there were walls within the walls.
Ja seinien sisällä oli seiniä.
And what use was getting out the palace?
Ja mitä hyötyä oli päästä ulos palatsista?
She couldn't get to her husband anyway.

Hän ei kuitenkaan päässyt miehensä luokse.
She didn't have the serpent jewel.
Hänellä ei ollut käärmeenjalokiveä.
The ladies of the palace tried to comfort her.
Palatsin naiset yrittivät lohduttaa häntä.
And Phakir's mother tried to divert her mind.
Ja Phakirin äiti yritti kääntää hänen ajatuksensa muualle.
But their efforts were in vain.
Mutta heidän ponnistelunsa olivat turhia.
She took pleasure in nothing.
Hän ei nauttinut mistään.
She hardly spoke to anyone.
Hän tuskin puhui kenellekään.
She wept throughout the day.
Hän itki koko päivän.
And she wept through the night.
Ja hän itki läpi yön.

The year of her vow was drawing to a close.
Hänen lupauksensa vuosi oli lähestymässä loppuaan.
But she was still disconsolate.
Mutta hän oli yhä epätoivoinen.
The marriage, however, had to be celebrated.
Häät oli kuitenkin juhlittava.
The rajah consulted the astrologers.
Rajah kysyi neuvoa astrologeilta.
The day and the hour had been decided.
Päivä ja kellonaika olivat päätettyinä.
The nuptial knot was to be tied.
Aviosolmu oli määrä sitoa.
Great preparations were made.
Tehtiin suuria valmisteluja.
The confectioners were busy day and night.
Konditoriat olivat kiireisiä päivin ja öin.
They prepared all sorts of sweetmeats.
He valmistivat kaikenlaisia herkkuja.
Milkmen supplied the palace with tanks of curds.

Maitomiehet toimittivat palatsille rahkasäiliöitä.
Great quantities of gunpowder were manufactured.
Ruutia valmistettiin suuria määriä.
There were going to be grand fireworks.
Luvassa oli mahtavat ilotulitukset.
Stages were erected everywhere.
Lavoja pystytettiin kaikkialle.
And musicians were selected to play music.
Ja muusikot valittiin soittamaan musiikkia.
All the city assumed an air of mirth.
Koko kaupunki oli hilpeän oloinen.
All looked forward to the festivities.
Kaikki odottivat juhlallisuuksia innolla.

We must return out attention to the minister's son.
Meidän on jälleen kiinnitettävä huomiomme ministerin
poikaan.
He had left his friend in the subterranean palace.
Hän oli jättänyt ystävänsä maanalaiseen palatsiin.
And he had gone to his country.
Ja hän oli mennyt kotimaahansa.
He was bringing horses and elephants.
Hän toi mukanaan hevosia ja norsuja.
And he had with him many attendants.
Ja hänellä oli mukanaan paljon palvelijoita.
For the return of the king's son.
Kuninkaan pojan paluun kunniaksi.
And for the return of his lovely princess.
Ja hänen ihanan prinsessansa paluulle.
So that the ceremony had due pomp.
Jotta seremoniassa olisi asianmukainen loisto.
The preparations took him many months.
Valmistelut veivät häneltä useita kuukausia.
But eventually all was prepared.
Mutta lopulta kaikki oli valmista.
And the minister's son started on his journey.
Ja ministerin poika aloitti matkansa.

He was accompanied by a long train of elephants.
Häntä seurasi pitkä norsujen jono.
And behind the elephants were horses.
Ja norsujen takana olivat hevoset.
And all the horses had their own attendants.
Ja kaikilla hevosilla oli omat hoitajansa.
He reached the water ahead of schedule.
Hän pääsi veteen etuajassa.
So he had two or three days to spare.
Niinpä hänellä oli kaksi tai kolme päivää aikaa.
Tents were pitched in the mango slopes.
Telttoja oli pystytetty mangovuorten rinteille.
So the men and cattle had accommodation.
Niinpä miehillä ja karjalla oli majoitus.
The minister's son kept his eyes on the water.
Pastorin poika piti katseensa vedessä.
The sun of the appointed day sank below the horizon.
Määräpäivän aurinko laski horisontin taakse.
But there was no sign of the prince.
Mutta prinssistä ei näkynyt merkkiäkään.
Nor did the princess come to the surface.
Prinsessa ei myöskään tullut pintaan.
He waited two or three days longer.
Hän odotti vielä kaksi tai kolme päivää.
Still the prince did not make his appearance.
Prinssi ei kuitenkaan ilmestynyt paikalle.
What could have happened to his friend?
Mitä hänen ystävälleen olisi voinut tapahtua?
And where was his beautiful wife?
Ja missä oli hänen kaunis vaimonsa?
Had another serpent beaten them to death?
Oliko joku toinen käärme lyönyt heidät kuoliaaksi?
Possibly the mate of the one that had died.
Mahdollisesti kuolleen puoliso.
Had they somehow lost the serpent-jewel?
Olivatko he jotenkin kadottaneet käärmeenjalokiven?
Or had they perhaps visited the upper world?

Vai olivatko he kenties käyneet ylämaailmassa?
And had they been captured in the upper world?
Ja oliko heidät vangittu ylämaailmassa?
Such were the reflections of the prince's friend.
Sellaisia olivat prinssin ystävän mietteet.
The prince's friend was overwhelmed with grief.
Prinssin ystävä oli surun murtama.
The waters were quite close to the city.
Vedet olivat melko lähellä kaupunkia.
And often the sound of music could be heard.
Ja usein kuului myös musiikin ääniä.
He asked passers-by what that music meant.
Hän kysyi ohikulkijoilta, mitä tuo musiikki tarkoitti.
He was told about the rajah's son.
Hänelle kerrottiin rajahin pojasta.
And he was told of a wonderful young lady.
Ja hänelle kerrottiin ihanasta nuoresta naisesta.
And he was told they were going to marry.
Ja hänelle kerrottiin, että he aikovat mennä naimisiin.
And he was told more about the wonderful lady.
Ja hänelle kerrottiin lisää tuosta ihanasta naisesta.
She had come out of the waters he was waiting by.
Hän oli tullut vesiltä, joiden äärellä hän odotti.
The marriage ceremony was in two days.
Hääseremonia oli kahden päivän päästä.
The minister's son made the connection.
Pastorin poika keksi yhteyden.
The wonderful young lady was the wife of his friend.
Ihana nuori nainen oli hänen ystävänsä vaimo.
He resolved, therefore, to go into the city.
Niinpä hän päätti mennä kaupunkiin.
And he was going to find out all he could.
Ja hän aikoi ottaa selvää kaikesta mahdollisesta.
If he could, he would rescue the princess.
Jos hän voisi, hän pelastaisi prinsessan.
He told the attendants to go home.
Hän käski palvelijoiden mennä kotiin.

And he told them to take the elephants.
Ja hän käski heidän ottaa norsut mukaansa.
And he told them to take the horses.
Ja hän käski heidän ottaa hevoset.
And he himself went to the city.
Ja hän itse meni kaupunkiin.
And he took up his abode in the house of a Brahman.
Ja hän asettui asumaan bramiinin taloon.
First, he rested from his journey.
Ensin hän lepäsi matkastaan.
Then the prince's friend had his dinner.
Sitten prinssin ystävä söi päivällisen.
And then he spoke to the Brahman.
Ja sitten hän puhui brahmanille.
"Throughout the city there are musicians and bands"
"Kaupungissa on muusikoita ja bändejä"
"What is the cause of all the celebrations?
"Mikä on kaikkien juhlien syy?"
The Brahman was rather surprised.
Brahmaani oli melko yllättynyt.
"From what part of the world have you come?"
"Mistä päin maailmaa olet kotoisin?"
"What rock have you been living under?"
"Minkä kiven alla olet elänyt?"
"Have you not heard the wonderful news?"
"Ettekö ole kuulleet noita ihania uutisia?"
"A young lady of heavenly beauty"
"Taivaallisen kaunis nuori nainen"
"She rose out of the waters"
"Hän nousi vedestä"
"And she is going to the son of our rajah"
"Ja hän on menossa rajah-poikiemme luo"
The prince's friend wanted to know more.
Prinssin ystävä halusi tietää lisää.
The information could be useful.
Tiedoista voisi olla hyötyä.
"I have not heard of this news"

"En ole kuullut tästä uutisesta"
"I have come from a distant country"
"Olen tullut kaukaisesta maasta"
"The story has not reached us yet"
"Tarina ei ole vielä saavuttanut meitä"
"Will you kindly tell me the particulars?"
"Voisitteko ystävällisesti kertoa minulle yksityiskohdat?"
The Brahman was happy to relay the story.
Brahmaani kertoi tarinan mielellään.
"The rajah's son went out hunting"
"Rajahin poika lähti metsästämään"
"It must have been about this time last year"
"Sen on täytynyt olla suunnilleen tähän aikaan viime vuonna"
"They pitched their tents by the waters in the suburbs"
"He pystyttivät telttansa vesien äärelle esikaupunkeihin"
"One day, the rajah's son was walking near the water"
"Eräänä päivänä rajahin poika käveli veden lähellä"
"On this day, he saw a young woman"
"Tänä päivänä hän näki nuoren naisen"
"I have to mention she was of uncommon beauty"
"Minun on mainittava, että hän oli epätavallisen kaunis"
"She had risen from the depth of the waters"
"Hän oli noussut vesien syvyyksistä"
"She gazed about for a minute or two"
"Hän katseli ympärilleen minuutin tai pari"
"And then the beautiful lady disappeared"
"Ja sitten kaunis nainen katosi"
"The rajah's son, however, had seen her"
"Rajahin poika oli kuitenkin nähnyt hänet"
"He had been struck by her heavenly beauty"
"Hän oli tehnyt vaikutuksen hänen taivaallisesta
kauneudestaan"
"And so he became desperately enamored by her"
"Ja niin hän ihastui häneen epätoivoisesti"
"Indeed, she had affected him greatly"
"Todellakin, hän oli vaikuttanut häneen suuresti"
"And his mental faculties gave way to passion"

"Ja hänen henkiset kykynsä antoivat tietä intohimolle"
"He was carried home as a mad man"
"Hänet vietiin kotiin hulluna miehenä"
"He spoke no words except a few"
"Hän ei puhunut sanoja, paitsi muutaman"
"'now here, now gone!' was all he said"
"'nyt täällä, nyt poissa!' oli kaikki, mitä hän sanoi."
"The rajah sent for all the best physicians"
"Rajah lähetti hakemaan kaikki parhaat lääkärit"
"They tried to restore his son to reason"
"He yrittivät palauttaa hänen poikansa järkiinsä"
"But the physicians were powerless"
"Mutta lääkärit olivat voimattomia"
"At last the rajah made a proclamation"
"Viimein rajah antoi julistuksen"
"And he had the drum beat around the kingdom"
"Ja hän sai rumpujen takomaan valtakunnassa"
"There was a reward for anyone who cured his son"
"Jokaiselle, joka paransi hänen poikansa, oli palkkio"
"They would become the rajah's son-in-law"
"Heistä tulisi rajahin vävyjä"
"And they would get half the kingdom"
" Ja he saisivat puolet valtakunnasta"
"An old woman answered the call of the drum"
"Vanha nainen vastasi rummun kutsuun"
"All knew her as Phakir's mother"
"Kaikki tunsivat hänet Phakirin äitinä"
"She said she could cure the rajah's son"
"Hän sanoi voivansa parantaa rajahin pojan"
"She had a hut built outside the town"
"Hän rakennutti mökin kaupungin ulkopuolelle"
"In the suburbs, next to the waters"
"Lähiöissä, vesistöjen äärellä"
"An in the hut she took her abode"
"Ja mökkiin hän asettui asumaan"
"She also had some huts erected close by"
"Hänellä oli myös majoja pystytettynä lähelle"

"And in those huts attendants waited"
"Ja noissa majoissa palvelijat odottivat"
"In case she might need their help"
"Jos hän saattaisi tarvita heidän apuaan"
"It seems the goddess rose from the waters"
"Näyttää siltä, että jumalatar nousi vesistä"
"Phakir's mother and the attendants seized her"
"Phakirin äiti ja palvelijat ottivat hänet kiinni"
"And they carried her in a palki to the palace"
"Ja he kantoivat hänet palkissa palatsiin"
"The rajah's son saw the water-nymph"
"Rajahin poika näki vesinymfin"
"And he was soon restored to his senses"
"Ja hän palasi pian järkiinsä"
"They would have married there and then"
"He olisivat menneet naimisiin siinä ja silloin"
"But the water goddess had made a vow"
"Mutta veden jumalatar oli tehnyt lupauksen"
"She wouldn't look at a man for one year"
"Hän ei katsonut miestä vuoteen"
"The year of the vow is now over"
"Lupauksen vuosi on nyt ohi"
"The music is from the rajah's palace"
"Musiikki on rajahin palatsista"
"This, in brief, is the story"
"Tämä on tarina lyhyesti sanottuna"
The prince's friend could put the story together.
Prinssin ystävä osasi koota tarinan.
"a truly wonderful story!"
"Todella upea tarina!"
"So where is Phakir's mother?"
"Missä Phakirin äiti sitten on?"
"And where is Phakir-Chand himself?"
"Ja missä itse Phakir-Chand on?"
"Has he received the hand of the rajah's daughter?"
"Onko hän saanut rajahin tyttären käden?"
"And has he received half the kingdom?"

"Ja onko hän saanut puolet valtakunnasta?"
The Brahman could also answer these questions.
Brahmana voisi myös vastata näihin kysymyksiin.
"No, they have not married yet"
"Ei, he eivät ole vielä menneet naimisiin"
"And he doesn't yet have half the kingdom"
"Eikä hänellä ole vielä puoltakaan valtakunnasta"
"And, I should say, he is a dimwitted lad"
"Ja täytyy sanoa, että hän on tyhmä poika"
"In fact, no one knows where the lad is"
"Itse asiassa kukaan ei tiedä, missä poika on"
"He has been away from home for more than a year"
"Hän on ollut poissa kotoa yli vuoden"
"That is his manner," he explained.
"Se on hänen tapansa", hän selitti.
"He stays away for a long time"
"Hän pysyy poissa pitkään"
"And then suddenly he comes home"
"Ja sitten hän yhtäkkiä tulee kotiin"
"And then suddenly he leaves again"
"Ja sitten yhtäkkiä hän lähtee taas"
"I believe his mother expects him to come soon"
"Uskon, että hänen äitinsä odottaa hänen tulevan pian"
This was very useful information.
Tämä oli erittäin hyödyllistä tietoa.
"What is he like?" he asked.
"Millainen hän on?" hän kysyi.
"And what does he do when he returns home?"
"Ja mitä hän tekee palattuaan kotiin?"
These questions the Brahman could also answer.
Näihin kysymyksiin bramiini osasi myös vastata.
"Well, he is about your height"
"No, hän on suunnilleen sinun pituinen."
"Though he is somewhat younger than you"
"Vaikka hän onkin sinua jonkin verran nuorempi"
"He wears a small piece of cloth round his waist"
"Hänellä on pieni kangaspala vyötäröllään"

"And he rubs his body with ashes"
"Ja hän hieroo ruumistaan tuhkaan"
"He carries the branch of a tree in his hand"
"Hän kantaa puun oksaa kädessään"
"And there is a tune to which he dances"
"Ja on sävelmä, jonka tahtiin hän tanssii"
"He comes to the door of the hut of his mother"
"Hän tulee äitinsä mökin ovelle"
"And he sings 'dhoop! dhoop! dhoop!'"
"Ja hän laulaa "dhoop! dhoop! dhoop!"
"His articulation is very indistinct"
"Hänen artikulaationsa on hyvin epäselvä"
"'Come, stay with your mother,' she says"
" Tule, jää äitisi luokse", hän sanoo.
"And he always gives the same answer"
"Ja hän antaa aina saman vastauksen"
"'No, I won't remain,' he says unintelligibly"
"'Ei, en jää', hän sanoo käsittämättömästi."
"You should hear him when he wants to say yes"
"Sinun pitäisi kuunnella häntä, kun hän haluaa sanoa kyllä"
"To answer in the affirmative he says 'hoom'"
"Vastatakseen myöntävästi hän sanoo 'hum'"
A flood of light entered the prince's friend.
Valon tulva lankesi prinssin ystävän silmiin.
He now saw very well how matters stood.
Hän näki nyt oikein hyvin, miten asiat olivat.
The princess must have taken the snake-jewel.
Prinsessan on täytynyt ottaa käärmejalokivi.
And she must have left the palace alone.
Ja hänen on täytynyt lähteä palatsista yksin.
And she was captured without the king's son.
Ja hänet vangittiin ilman kuninkaan poikaa.
Phakir's mother must have the snake-jewel.
Phakirin äidillä täytyy olla käärmejalokivi.
His friend was still below the water.
Hänen ystävänsä oli yhä veden alla.
The prince had no means of escape.

Prinssillä ei ollut mitään keinoa paeta.
He could imagine his friends desolate state.
Hän saattoi kuvitella ystäviensä avuttoman tilan.
And he could imagine how hopeless he must be.
Ja hän saattoi kuvitella, kuinka toivoton hän oli.
The prince's friend was filled with grief.
Prinssin ystävä oli täynnä surua.
But that was not cause to give up hope.
Mutta se ei ollut syy luopua toivosta.
Perhaps he could rescue his friend.
Ehkä hän voisi pelastaa ystävänsä.
"I must get the jewel from the old woman"
"Minun täytyy saada jalokivi vanhalta naiselta"
"Can I not do it by personating Phakir-Chand?"
"Enkö voi tehdä sitä esiintymällä Phakir-Chandina?"
"His mother is expecting him soon"
"Hänen äitinsä odottaa häntä pian"
"Maybe I can rescue the princess the same way"
"Ehkä voin pelastaa prinsessan samalla tavalla"

He resolved to act the role of Phakir-Chand.
Hän päätti näytellä Phakir-Chandin roolia.
In the morning he left the Brahman's house.
Aamulla hän lähti brahmaanin talosta.
And he went to the outskirts of the city.
Ja hän meni kaupungin laitamille.
He divested himself of his usual clothing.
Hän riisui yltaan tavalliset vaatteensa.
Around his waist he put a narrow piece of cloth.
Vyötärönsä ympärille hän kietoi kapean kangaspalan.
The cloth scarcely reached his knees.
Kangas tuskin ylsi hänen polviinsa.
And he rubbed his body well with ashes.
Ja hän hieroi ruumistaan hyvin tuhkassa.
And finally he broke some twigs off a tree.
Ja lopuksi hän mursi oksia puusta.
And thus he was ready to play his role.

Ja näin hän oli valmis näyttelemään rooliaan.
He went to the door of the hut of Phakir's mother.
Hän meni Phakirin äidin mökin ovelle.
And he commenced the operation by dancing.
Ja hän aloitti operaation tanssimalla.
He danced in a most violent manner.
Hän tanssi erittäin rajusti.
And he sung to the tune of"dhoop! dhoop! dhoop!"
Ja hän lauloi "dhoop! dhoop! dhoop!"
The dancing attracted the notice of the old woman.
Tanssi herätti vanhan naisen huomion.
The critical moment had come.
Kriittinen hetki oli koittanut.
The old woman looked to her door.
Vanha nainen katsoi ovelleen.
"Phakir-Chand, my son, have you come?"
"Phakir-Chand, poikani, oletko tullut?"
"my darling; the gods have become propitious to us"
"Rakas, jumalat ovat olleet meille armollisia"
Her supposed son uttered the monosyllable, "hoom"
Hänen oletettu poikansa lausui yksitavuisen sanan "hum"
And he danced more violent than before.
Ja hän tanssi rajummin kuin ennen.
And he waved the twig in his hand.
Ja hän heilutti oksaa kädessään.
"this time you must not go away"
"Tällä kertaa sinun ei tarvitse lähteä"
"you must remain with me"
"Sinun täytyy pysyä minun kanssani"
"no, I won't remain," said the prince's friend.
"En, en jää", sanoi prinssin ystävä.
"remain with me," the mother tried again.
"Jää minun luokseni", äiti yritti uudelleen.
"i'll get you married to the rajah's daughter"
"Minä nain sinut rajahin tyttären kanssa"
"will you marry, Phakir-Chand?"
"Menetkö naimisiin, Phakir-Chand?"

The minister's son replied—"hoom, hoom"
Pastorin poika vastasi: "hum, hum"
And he danced even more like a madman.
Ja hän tanssi vieläkin enemmän kuin hullu.
"will you come with me to the rajah's house?"
"Tuletko kanssani rajahin talolle?"
"I'll show you a princess of uncommon beauty"
"Näytän sinulle epätavallisen kauniin prinsessan"
"She rose from the waters"
"Hän nousi vesistä"
"hoom, hoom," was the answer from his lips.
"Hum, hum", kuului vastaus hänen huuliltaan.
And his feet stomped violently to"dhoop! dhoop!"
Ja hänen jalkansa tömistivät rajusti: "dhuup! dhuup!"
"Do you wish to see a jewel, Phakir?"
"Haluatko nähdä jalokiven, Phakir?"
"The crest jewel of the serpent"
"Käärmeen vaakunakoru"
"The treasure of seven kings"
"Seitsemän kuninkaan aarre"
"hoom, hoom," was the reply.
"Hum, hum", kuului vastaus.
The old woman went back into the hut.
Vanha nainen palasi mökkiin.
And she brought out the snake-jewel.
Ja hän otti esiin käärmeenjalokiven.
She put the jewel into the hand of her supposed son.
Hän antoi jalokiven oletetun poikansa käteen.
The minister's son took the snake-jewel.
Pastorin poika otti käärmejalokiven.
He wrapped the jewel up in the piece of cloth.
Hän kääri jalokiven kangaspalaan.
And he wrapped the cloth around his waist.
Ja hän kietoi kankaan vyötärönsä ympärille.
Phakir's mother was delighted beyond measure.
Phakirin äiti oli mittaamattoman iloinen.
Her son had come at just the right time.

Hänen poikansa oli tullut juuri oikeaan aikaan.
She went to the rajah's house.
Hän meni rajahin talolle.
She announced the news of Phakir's appearance.
Hän ilmoitti uutisen Phakirin esiintymisestä.
And also in order to show Phakir the princess.
Ja myös näyttääkseen Phakirille prinsessan.
They were given access to the rajah's palace.
Heille annettiin pääsy rajahin palatsiin.
And all parts of the palace were open to them.
Ja kaikki palatsin osat olivat heille avoimia.
The old woman had saved the rajah's son.
Vanha nainen oli pelastanut rajahin pojan.
So she was the most important person in the kingdom.
Joten hän oli valtakunnan tärkein henkilö.
She took her supposed son around the palace.
Hän vei oletettua poikaansa palatsin ympäri.
And she took him to the princess' room.
Ja hän vei hänet prinsessan huoneeseen.
Phakir's mother introduced her son to the princess.
Phakirin äiti esitteli poikansa prinsessalle.
You can imagine the princess was not best impressed.
Voit kuvitella, ettei prinsessa ollut kovin vaikuttunut.
She did not appreciate the company of a madman.
Hän ei arvostanut hullun seuraa.
A madman, half naked, and covered in ash.
Hullu, puolialasti ja tuhkan peitossa.
And he kept dancing in a wild manner.
Ja hän jatkoi tanssimista villisti.

The three had spent the day together.
Kolmikko oli viettänyt päivän yhdessä.
It was soon going to be sunset.
Pian olis auringonlasku.
The woman asked her son to come with her.
Nainen pyysi poikaansa tulemaan mukaansa.
But the supposed Phakir-Chand refused to comply.

Mutta oletettu Phakir-Chand kieltäytyi tottelemasta.
He said he would stay there that night.
Hän sanoi jäävänsä sinne sinä yönä.
His mother tried to persuade him to come with her.
Hänen äitinsä yritti suostutella häntä tulemaan mukaansa.
But he persisted in his determination.
Mutta hän pysyi lujana päättäväisyydessään.
He said he would remain with the princess.
Hän sanoi jäävänsä prinsessan luokse.
Phakir's mother went home without him.
Phakirin äiti meni kotiin ilman häntä.
And she told the guards to look after her son.
Ja hän käski vartijoiden pitää huolta pojastaan.
Eventually all the palace retired to rest.
Lopulta koko palatsi vetäytyi levolle.
The supposed Phakir spoke to the princess again.
Oletettu Phakir puhui prinsessalle uudelleen.
But this time he spoke in his own voice.
Mutta tällä kertaa hän puhui omalla äänellään.
"Princess! do you not recognize me?"
"Prinsessa, etkö tunne minua?"
"I am the prince's friend"
"Olen prinssin ystävä"
"I am the friend of your princely husband"
"Olen ruhtinaallisen aviomiehesi ystävä"
The princess was astonished for a moment.
Prinsessa hämmästyi hetken.
"Who? the prince's friend?"
"Kuka? Prinssin ystävä?"
"Oh, my husband's best friend"
" Voi, mieheni paras ystävä"
"Please rescue me from this terrible captivity"
"Pelasta minut tästä kauheasta vankeudesta"
"This is worse than death"
"Tämä on pahempaa kuin kuolema"
"All of this is my own fault"
"Kaikki tämä on omaa syytäni"

"Rescue me, oh please, thou best of friends!"
"Pelasta minut, oi olkaa hyvä, te parhaat ystävät!"
She then burst into tears.
Sitten hän puhkesi kyyneliin.
The prince's friend spoke again.
Prinssin ystävä puhui taas.
"Do not be disconsolate"
"Älä ole epätoivoinen"
"I will try my best to rescue you"
"Teen parhaani pelastaakseni sinut"
"I will try to have you out of here tonight"
"Yritän saada sinut pois täältä tänä iltana"
"But you must do whatever I tell you"
"Mutta sinun täytyy tehdä mitä tahansa minä käsken"
The princess trusted the prince's friend.
Prinsessa luotti prinssin ystävään.
"I will do anything you tell me"
"Teen mitä tahansa, mitä käsket"
After this the supposed Phakir left the room.
Tämän jälkeen oletettu Phakir poistui huoneesta.
He passed through the courtyard of the palace.
Hän kulki palatsin pihan läpi.
Some of the guards challenged him.
Jotkut vartijoista haastoivat häntä.
"hoom hoom!" he replied.
"Hum hum!" hän vastasi.
"I'm just going out for a minute"
"Lähden vain hetkeksi ulos"
"And then I will come back again"
"Ja sitten minä palaan taas"
They understood that it was the madcap Phakir.
He ymmärsivät, että kyseessä oli hullu Phakir.
True to his word he did come back shortly.
Sanansa mukaisesti hän palasi pian takaisin.
And again he went to the princess.
Ja taas hän meni prinsessan luo.
An hour afterwards he again went out.

Tunnin kuluttua hän meni taas ulos.
And again he was challenged by the guards.
Ja jälleen vartijat haastoivat häntä.
He made the same reply as at the first time.
Hän vastasi samalla tavalla kuin ensimmäisellä kerralla.
The guards began to talk among themselves.
Vartijat alkoivat jutella keskenään.
"This Phakir surely has no sense"
"Tällä Phakirilla ei varmasti ole järkeä"
"He will go out and come in all night"
"Hän menee ulos ja tulee sisään koko yön"
"Let us leave him to do what he likes"
"Annetaan hänen tehdä mitä haluaa"
"There's no use guarding him all night"
"Ei ole mitään järkeä vartioida häntä koko yötä"
The minister's son had worn down the guards.
Pastorin poika oli kuluttanut vartijat loppuun.
And he was looking for a way to escape.
Ja hän etsi pakotietä.
He kept going in and out until three at night.
Hän kulki sisään ja ulos yöllä kolmeen asti.
This time there were no guards there.
Tällä kertaa paikalla ei ollut vartijoita.
Because all the guards had fallen asleep.
Koska kaikki vartijat olivat nukahtaneet.
He was overjoyed at the auspicious circumstance.
Hän oli riemuissaan suotuisasta tilanteesta.
Then he went back to the princess.
Sitten hän palasi prinsessan luo.
"Now, princess, is the time for escape"
"Nyt, prinsessa, on paon aika"
"The guards are all asleep"
"Vartijat nukkuvat kaikki"
"You must mount on my back"
"Sinun täytyy hypätä selkääni"
"Tie the locks of your hair round my neck"
"Sido hiuksesi kaulani ympärille"

"And keep tight hold of me"
"Ja pidä minusta lujasti kiinni"
The princess did what she was asked of.
Prinsessa teki mitä häneltä pyydettiin.
He passed unchallenged through the courtyard.
Hän kulki esteettä pihan läpi.
And he had a lovely burden on his back.
Ja hänellä oli ihana taakka harteillaan.
Eventually he got to the gate of the palace.
Lopulta hän pääsi palatsin portille.
And he went through without being challenged.
Ja hän meni läpi ilman vastaväitteitä.
Then they went to the outskirts of the city.
Sitten he menivät kaupungin laitamille.
Eventually he reached the outer suburbs.
Lopulta hän saapui ulkokaupunkeihin.
They reached the water from which the princess had risen.
He saapuivat veteen, josta prinsessa oli noussut.
The princess rejoiced at her escape.
Prinsessa iloitsi pakoonsa.
But she was still trembling with fear.
Mutta hän vapisi yhä pelosta.
The prince's friend untied the snake-jewel.
Prinssin ystävä avasi käärmeenjalokiven.
And together they ascended into the water.
Ja yhdessä he nousivat veteen.
And soon they found back to the subterranean palace.
Ja pian he löysivät takaisin maanalaiseen palatsiin.
You can imagine how happy the prince was.
Voit kuvitella, kuinka onnellinen prinssi oli.
He had nearly died of grief.
Hän oli melkein kuollut suruun.
And you can imagine the princess' happiness too.
Ja voit kuvitella prinsessan onnenkin.
All the three of them were mad with joy.
Kaikki kolme olivat ilosta raivoissaan.
For three days they remained in the palace.

Kolme päivää he viipyivät palatsissa.
And they retold the prince the whole story.
Ja he kertoivat prinssille koko tarinan.
They told of how the princess was seized.
He kertoivat, kuinka prinsessa vangittiin.
They told him of her captivity in the palace.
He kertoivat hänelle hänen vankeudestaan palatsissa.
They described the marriage that was planned.
He kuvailivat suunniteltua avioliittoa.
They told him of the old woman.
He kertoivat hänelle vanhasta naisesta.
And they told him all about her Phakir-Chand.
Ja he kertoivat hänelle kaiken hänen Phakir-Chandistaan.
They told him how he had impersonated him.
He kertoivat hänelle, kuinka hän oli esiintynyt hänen
henkilöllisyytensä mukaan.
And they told him how he freed the princess.
Ja he kertoivat hänelle, kuinka hän vapautti prinsessan.
I don't need to tell you how grateful they were.
Minun ei tarvitse kertoa, kuinka kiitollisia he olivat.
The prince's friend truly was a good friend.
Prinssin ystävä oli todella hyvä ystävä.
They thanked him in the warmest terms.
He kiittivät häntä lämpimin sanoin.
And they vowed to always follow his counsel.
Ja he vannoivat aina noudattavansa hänen neuvojaan.

They were all resolved to return home.
He olivat kaikki päättäneet palata kotiin.
They wanted to return to their native country.
He halusivat palata kotimaahansa.
The king's son, the minister's son, and the princess.
Kuninkaan poika, ministerin poika ja prinsessa.
They left the subterranean palace together.
He lähtivät maanalaisesta palatsista yhdessä.
They lighted the passage with the snake-jewel.
He valaisivat käytävän käärmekivellä.

And they made their way to the upper world.
Ja he etenivät ylempään maailmaan.
They had neither elephants nor horses waiting for them.
Heillä ei ollut odottamassa norsuja eikä hevosia.
So they had no choice but to travel on foot.
Niinpä heillä ei ollut muuta vaihtoehtoa kuin matkustaa jalan.
The two friends had been bred in the lap of luxury.
Kaksi ystävää oli kasvatettu ylellisyyden sylissä.
Both of them found walking troublesome.
Molemmat kokivat kävelyn hankalaksi.
But the princess found it infinitely more troublesome.
Mutta prinsessa huomasi sen olevan äärettömän paljon
hankalampaa.
She was used to even finer treatment.
Hän oli tottunut vieläkin hienostuneempaan kohteluun.
The stones of the road were too rough for her.
Tien kivet olivat hänelle liian karkeita.
And the rough stones wounded her tender feet.
Ja karkeat kivet haavoittivat hänen herkkiä jalkojaan.
Eventually her feet became very sore.
Lopulta hänen jalkansa kipeytyivät pahasti.
At times the king's son carried her on his shoulders.
Joskus kuninkaan poika kantoi häntä harteillaan.
The load he was carrying was of course lovely.
Hänen kantamansa taakka oli tietenkin ihana.
But although lovely, she was heavy to carry.
Mutta vaikka hän oli ihana, häntä oli raskas kantaa.
And she could not be carried a great distance.
Eikä häntä voitu kantaa pitkän matkaa.
And therefore she too had to walk often.
Ja siksi hänenkin piti kävellä usein.
One evening they arrived beneath a tree.
Eräänä iltana he saapuivat puun alle.
There were no visible signs of human habitations.
Näkyviä merkkejä ihmisasutuksesta ei ollut.
So they decided to make the tree their sleeping place.
Niinpä he päättivät tehdä puusta nukkumapaikkansa.

The prince's friend offered to keep guard.
Prinssin ystävä tarjoutui vartioimaan.
"Both of you can go to sleep"
"Voitte molemmat mennä nukkumaan"
"I will keep watch over you both tonight"
"Pidän teitä molempia silmällä tänä yönä"
"In order to prevent any danger"
"Jotta kaikki vaarat vältetään"
The royal couple soon dozed off.
Kuningaspari nukahti pian.
And they were locked in the arms of sleep.
Ja heidät lukittiin unen syliin.
The faithful friend of the prince did not sleep.
Prinssin uskollinen ystävä ei nukkunut.
He stayed awake and watched for danger.
Hän pysyi hereillä ja tarkkaili vaaraa.
It so happened they camped under a special tree.
Sattumalta he leiriytyivät erityisen puun alle.
In the tree swung the nest of two birds.
Puussa keinui kahden linnun pesä.
The immortal birds Bihangama and Bihangami.
Kuolemattomat linnut Bihangama ja Bihangami.
These birds were endowed with human speech.
Näille linnuille annettiin ihmisen puhekyky.
And they could also see into the future.
Ja he pystyivät myös näkemään tulevaisuuteen.
The minister's son listened the bird's conversation.
Pastorin poika kuunteli linnun keskustelua.
He was more than a little astonished at what he heard!
Hän oli enemmän kuin vähän hämmästynyt kuulemastaan!
Bihangama: "The prince's friend risked his own life"
Bihangama: "Prinssin ystävä vaaransi oman henkensä"
"He did everything for the safety of his friend"
"Hän teki kaikkensa ystävänsä turvallisuuden eteen"
"But more dangers will befall the king's son"
"Mutta kuninkaan poikaa kohtaavat lisää vaaroja"
"And he will find it difficult to save the prince"

"Ja hänen on vaikea pelastaa prinssi"
Bihangami: "Why is that?"
Bihangami: "Miksi niin?"
Bihangama: "Many dangers await the king's son"
Bihangama: "Kuninkaan poikaa odottavat monet vaarat"
"The prince's father will hear of his son's approach"
"Prinssin isä kuulee poikansa lähestymisestä"
"He will send for him an elephant and some horses"
"Hän lähettää hakemaan elefantin ja hevosia"
"And he will arrange attendants to meet him"
"Ja hän järjestää palvelijoita kohtaamaan hänet"
"The king's son will ride the elephant"
"Kuninkaan poika ratsastaa norsulla"
"But he will fall from the back of the elephant"
"Mutta hän putoaa norsun selästä"
"And he will die from his fall from the elephant"
"Ja hän kuolee pudottuaan elefantin selästä"
Bihangami: "But suppose someone prevented this?"
Bihangami: "Mutta entä jos joku estäisi tämän?"
"Suppose the king's son is not going to ride on the elephant"
"Oletetaan, että kuninkaan poika ei aio ratsastaa norsulla"
"What might happen if he rides on a horse instead?"
"Mitä voisi tapahtua, jos hän ratsastaa hevosella?"
"Will he not in that case be saved?"
"Eikö hän siinä tapauksessa pelastu?"
Bihangama: "Yes, in that case he would escape that fate"
Bihangama: "Kyllä, siinä tapauksessa hän välttyisi tuolta kohtalolta."
"But then a fresh danger would await him"
"Mutta silloin häntä odottaisi uusi vaara"
"When the king's son is in sight of his father's palace"
"Kun kuninkaan poika on isänsä palatsin näköpiirissä"
"When he is in the act of passing through the lion-gate"
"Kun hän on kulkemassa leijonaportin läpi"
"In that moment the lion-gate will fall upon him"
"Sillä hetkellä leijonaportti putoaa hänen päälleen"

"And the stones will crush him to death"
"Ja kivet murskaavat hänet kuoliaaksi"
Bihangami: "But suppose someone gets there first"
Bihangami: "Mutta entä jos joku ehtii ensin"
"Suppose someone destroys the lion-gate"
"Oletetaan, että joku tuhoaa Leijonaportin"
"If that happens the king's son couldn't go through the lion-gate"
"Jos niin käy, kuninkaan poika ei pääse Leijonaportin läpi"
"Will not the king's son in that case be saved?"
"Eikö kuninkaan poika siinä tapauksessa pelastu?"
Bihangama: "Yes, in that case he would escape his fate"
Bihangama: "Kyllä, siinä tapauksessa hän välttyisi kohtalolta."
"But then a fresh danger would await him"
"Mutta silloin häntä odottaisi uusi vaara"
"When the king's son reaches the palace"
"Kun kuninkaan poika saapuu palatsiin"
"When he sits at a feast prepared for him"
"Kun hän istuu hänelle valmistettujen pidoissa"
"The head of a fish will be cooked for him"
"Hänelle kypsennetään kalan pää"
"He will put into his mouth the head of the fish"
"Hän panee kalan pään suuhunsa"
"But the head of the fish will stick in his throat"
"Mutta kalan pää jää hänen kurkkuunsa"
"And he will choke to death on the head of the fish"
"Ja hän tukehtuu kuoliaaksi kalan päähän"
Bihangami: "But suppose someone snatches the fish"
Bihangami: "Mutta entä jos joku nappaa kalan"
"Suppose someone takes the head of the fish from his plate"
"Oletetaan, että joku ottaa kalan pään lautaseltaan."
"Suppose he can't put the fish's head in his mouth"
"Oletetaan, ettei hän saa kalan päätä suuhunsa"
"Will not the king's son in that case be saved?"
"Eikö kuninkaan poika siinä tapauksessa pelastu?"
Bihangama: "Yes, in that case he will escape his fate"

Bihangama: "Kyllä, siinä tapauksessa hän välttyy kohtaloltaan."
"But a fresh danger would await him"
"Mutta uusi vaara odottaisi häntä"
"When the prince and princess retire after dinner"
"Kun prinssi ja prinsessa menevät levolle illallisen jälkeen"
"When they go into their sleeping apartment"
"Kun he menevät makuuhuoneeseensa"
"They will lie together in bed"
"He makaavat yhdessä sängyssä "
"A terrible cobra will come into the room"
"Huoneeseen tulee hirveä kobra"
"And the cobra will bite the king's son to death"
"Ja kobra puree kuninkaan pojan kuoliaaksi"
Bihangami: "But suppose someone was in the room"
Bihangami: "Mutta entä jos joku olisi ollut huoneessa"
"Suppose this person was waiting for the snake"
"Oletetaan, että tämä henkilö odotti käärmettä"
"And suppose that this person cuts the snake into pieces"
"Ja entä jos tämä henkilö paloittelee käärmeen palasiksi"
"Will not the king's son in that case be saved?"
"Eikö kuninkaan poika siinä tapauksessa pelastu?"
Bihangama: "Yes, in that case he will escape his fate"
Bihangama: "Kyllä, siinä tapauksessa hän välttyy kohtaloltaan."
"In that case the life of the king's son will be saved"
"Siinä tapauksessa kuninkaan pojan henki pelastuu"
"But he who saves him can't repeat these words"
"Mutta se, joka hänet pelastaa, ei voi toistaa näitä sanoja"
"If he tells his secret he will be turned into marble"
"Jos hän kertoo salaisuutensa, hänestä tulee marmoria."
Bihangami: "Can the statue be returned to life?"
Bihangami: "Voidaanko patsas herättää henkiin?"
Bihangama: "Yes, the marble statue can be restored to life"
Bihangama: "Kyllä, marmoripatsas voidaan herättää henkiin"
"The princess will give birth to a child"
"Prinsessa synnyttää lapsen"

"They must wash the statue with the blood of the infant"
"Heidän täytyy pestä patsas lapsen verellä"
The prophetical birds had spoken until that point.
Profeetalliset linnut olivat puhuneet siihen asti.
But then they were interrupted by the craw of crows.
Mutta sitten heidät keskeytti varisten rähinä.
The eastern sky tinted in a reddish hue.
Itäinen taivas värjäytyi punertavaksi.
And the travelers beneath the tree bestirred themselves.
Ja puun alla olevat matkalaiset heräsivät liikkeelle.
The prophetic conversation came to an end.
Profeetallinen keskustelu päättyi.
But the prince's friend had heard everything.
Mutta prinssin ystävä oli kuullut kaiken.

The next morning they continued their journey.
Seuraavana aamuna he jatkoivat matkaansa.
The prince, the princess, and the prince's friend.
Prinssi, prinsessa ja prinssin ystävä.
Soon they met the king's procession.
Pian he kohtasivat kuninkaan kulkueen.
There was an elephant, a horse, and a palki.
Siellä oli norsu, hevonen ja palki.
And there was a large number of attendants.
Ja paikalla oli suuri määrä vieraita.
These animals and men had been sent by the king.
Nämä eläimet ja miehet olivat kuninkaan lähettämiä.
The king heard his son was with his friend.
Kuningas kuuli poikansa olevan ystävänsä kanssa.
And he had heard that his son had married.
Ja hän oli kuullut, että hänen poikansa oli mennyt naimisiin.
And he heard they were not far from the capital.
Ja hän kuuli, etteivät he olleet kaukana pääkaupungista.
The elephant had been richly caparisoned.
Norsu oli koristeltu runsain mitoin.
The elephant was intended for the prince.
Norsu oli tarkoitettu prinssille.

The framework of the palki was of silver.

Palkin runko oli hopeaa.

The palki was meant for the princess.

Palki oli tarkoitettu prinsessalle.

And the horse was for the prince's friend.

Ja hevonen oli prinssin ystävälle .

The prince was about to mount on the elephant.

Prinssi oli juuri nousemassa elefantin selkään.

But then his friend spoke to him.

Mutta sitten hänen ystävänsä puhui hänelle.

"Allow me to ride on the elephant, please"

"Sallikaa minun ratsastaa elefantilla, kiitos"

"And you can ride back on horseback"

"Ja voit ratsastaa takaisin hevosen selässä"

The prince was not a little surprised.

Prinssi ei ollut vähääkään yllättynyt.

The proposal had been made in a very cold manner.

Ehdotus oli tehty hyvin kylmästi.

Maybe his friend felt a little too entitled.

Ehkä hänen ystävänsä tunsi olonsa hieman liian oikeutetuksi.

And the king's son was slightly annoyed.

Ja kuninkaanpoika oli hieman ärsyyntynyt.

But he remembered what his friend had done for him.

Mutta hän muisti, mitä hänen ystävänsä oli tehnyt hänen hyväkseen.

And he remembered how he saved the princess.

Ja hän muisti, kuinka hän pelasti prinsessan.

So he mounted the horse without objecting.

Niinpä hän nousi hevosen selkään vastustelematta.

But his mind became somewhat alienated from him.

Mutta hänen mielensä vieraantui hänestä jollain tavalla.

The procession towards the capital started again.

Kulkue kohti pääkaupunkia alkoi jälleen.

After some time they came in sight of the palace.

Jonkin ajan kuluttua he näkivät palatsin.

The lion-gate had been gaily adorned.

Leijonaportti oli koristeltu iloisesti.

There was a grand reception for the prince.

Prinssille järjestettiin suuret vastaanotot.

And the princess was equally anticipated.

Ja prinsessaa odotettiin aivan yhtä paljon.

But the prince's friend seemed to have an objection.

Mutta prinssin ystävällä näytti olevan vastalause.

"I want the lion-gate to be broken down"

"Haluan, että leijonaportti murretaan"

The prince was astounded at the proposal.

Prinssi oli ehdotuksesta hämmästynyt.

The request was very out of the ordinary.

Pyyntö oli hyvin epätavallinen.

And he had given no reason for his demand.

Eikä hän ollut antanut mitään syytä vaatimukselleen.

But he remembered all his friend had done for him.

Mutta hän muisti kaiken, mitä hänen ystävänsä oli tehnyt hänen hyväkseen.

And he remembered how he saved the princess.

Ja hän muisti, kuinka hän pelasti prinsessan.

So he complied with the wish of his friend.

Niinpä hän noudatti ystävänsä toivetta.

And the beautiful lion-gate was torn down.

Ja kaunis leijonaportti revittiin alas.

But his mind became even more estranged from him.

Mutta hänen mielensä vieraantui hänestä entistä enemmän.

The procession now went into the palace.

Kulkue meni nyt palatsiin.

The king gave a warm reception to his son.

Kuningas otti poikansa lämpimästi vastaan.

He welcomed his daughter-in-law equally warmly.

Hän otti miniänsä yhtä lämpimästi vastaan.

And he was very pleased to see the prince's friend.

Ja hän oli hyvin iloinen nähdessään prinssin ystävän.

The story of their adventures was related.

Heidän seikkailujensa tarina oli kertomus.

The king expressed great astonishment at the tale.

Kuningas ilmaisi suuren hämmästyksensä kertomuksesta.

And his courtiers were equally impressed.
Ja hänen hovimiehensä olivat yhtä vaikuttuneita.
All praised the minister's son's devotion.
Kaikki ylistivät ministerin pojan omistautumista.
And the ladies of the palace praised the princess.
Ja palatsin naiset ylistivät prinsessaa.
The connoisseurs of beauty praised the princess.
Kauneuden tuntijat ylistivät prinsessaa.
Her complexion was a mixture of milk and vermilion.
Hänen ihonsa oli sekoitus maitoa ja kirkkaanpunaista.
Her neck was like that of a swan.
Hänen kaulansa oli kuin joutsenen kaula.
Her eyes were like those of a gazelle.
Hänen silmänsä olivat kuin gasellin silmät.
Her lips were as red as the berry bimba.
Hänen huulensa olivat yhtä punaiset kuin marjabimba.
Her cheeks were as lovely as they could be.
Hänen poskensa olivat niin ihanat kuin olla ja voi.
And her nose was straight and high.
Ja hänen nenänsä oli suora ja korkea.
Her hair reached down to her ankles.
Hänen hiuksensa ulottuivat nilkkoihin asti.
Her walk was as graceful as that of a young elephant.
Hänen kävelynsä oli yhtä sulavaa kuin nuoren norsun.
The princess whom destiny had brought to them.
Prinsessa, jonka kohtalo oli heille tuonut.
They sat around her wanting to know everything.
He istuivat hänen ympärillään ja halusivat tietää kaiken.
And they put to her a thousand questions.
Ja he esittivät hänelle tuhat kysymystä.
They asked her about her parents.
He kysyivät häneltä hänen vanhemmistaan.
They asked her about the subterranean palace.
He kysyivät häneltä maanalaisesta palatsista.
And they asked her all about the serpent.
Ja he kyselivät häneltä kaikkea käärmeestä.
The serpent which had killed all her relatives.

Käärme, joka oli tappanut kaikki hänen sukulaisensa.
Soon it was time for the new arrivals to dine.
Pian oli tulokkaiden aika mennä syömään.
The dinner was served up in dishes of gold.
Illallinen tarjoiltiin kultaisissa vadeissa.
All sorts of delicacies were on the table.
Pöydässä oli kaikenlaisia herkkuja.
The most conspicuous dish was the head of a rohita fish.
Silmiinpistävin ruokalaji oli rohita-kalan pää.
The large fish's head was placed in a golden cup.
Suuren kalan pää asetettiin kultaiseen kuppiin.
And the cup was placed near the prince's plate.
Ja kuppi asetettiin prinssin lautasen lähelle.
All were eating and retelling the adventure.
Kaikki söivät ja kertoivat seikkailuaan uudelleen.
And suddenly the prince's friend snatched the head.
Ja yhtäkkiä prinssin ystävä nappasi pään.
He took the fish's head from the prince's plate.
Hän otti kalan pään prinssin lautaselta.
"Let me, prince, eat this rohita's head"
"Anna minun, prinssi, syödä tämän rohitan pää"
The king's son was quite indignant.
Kuninkaan poika oli aivan närkästynyt.
But he remembered all his friend had done for him.
Mutta hän muisti kaiken, mitä hänen ystävänsä oli tehnyt
hänen hyväkseen.
And he remembered how he saved the princess.
Ja hän muisti, kuinka hän pelasti prinsessan.
And so he made no objection to the request.
Ja niin hän ei vastustanut pyyntöä.
But he could not hide his terrible rage.
Mutta hän ei voinut peittää kauheaa raivoaan.
Of course the prince's friend noticed this.
Prinssin ystävä tietenkin huomasi tämän.
But there was nothing else he could have done.
Mutta ei hän olisi voinut tehdä muutakaan.
His conduct, however strange, was necessary.

Hänen käytöksensä, olipa se kuinka outoa tahansa, oli välttämätöntä.
It was for the safety of his friend's life.
Se oli hänen ystävänsä hengen suojelemiseksi.
Nor could he tell his friend the reason.
Eikä hän osannut kertoa ystävälleen syytä.
Else he would be transformed into a marble statue.
Muuten hänestä tulisi marmoripatsas.
Soon the dinner was going to be over.
Pian illallinen olisi ohi.
The prince's friend had one more request.
Prinssin ystävällä oli vielä yksi pyyntö.
The two friends had spent every night together.
Kaksi ystävää olivat vieneet jokaisen yön yhdessä.
But tonight he wanted to go to his own house.
Mutta tänä iltana hän halusi mennä omaan kotiinsa.
The prince was also shocked at his strange conduct.
Prinssi oli myös järkyttynyt hänen oudosta käytöksestään.
But he remembered all his friend had done for him.
Mutta hän muisti kaiken, mitä hänen ystävänsä oli tehnyt hänen hyväkseen.
And he remembered how he saved the princess.
Ja hän muisti, kuinka hän pelasti prinsessan.
And he also agreed to this request of his friend.
Ja hän suostui myös tähän ystävänsä pyyntöön.
The prince's friend, however, had other plans.
Prinssin ystävällä oli kuitenkin muita suunnitelmia.
He had no intentions of going to his own house.
Hänellä ei ollut aikomustakaan mennä omaan kotiinsa.
He was resolved to avert the last peril.
Hän oli päättänyt välttää viimeisenkin vaaran.
The last thing to threaten the life of his friend.
Viimeinen asia, joka uhkaisi hänen ystävänsä henkeä.
Accordingly, he took a sword into his hand.
Niinpä hän otti miekan käteensä.
And he stealthily entered the royal room.
Ja hän astui salaa kuninkaalliseen saliin.

The room of the prince and the princess.
Prinssin ja prinsessan huone.
He ensconced himself under the bedstead.
Hän käpertyi sängyn alle.
The bed was furnished with mattresses of down.
Sänky oli kalustettu untuvapatjoilla.
The mosquito curtains were of the richest silk.
Hyttysverhot olivat ylellisintä silkkiä.
And all the bedding was laced with gold.
Ja kaikki vuodevaatteet oli koristeltu kullalla.
Soon the prince and princess came into the bedroom.
Pian prinssi ja prinsessa tulivat makuuhuoneeseen.
They undressed themselves and went to bed.
He riisuivat vaatteensa ja menivät nukkumaan.
And soon the royal couple were asleep.
Ja pian kuningaspari nukahti.
At midnight he heard the slithering of a snake.
Keskiyöllä hän kuuli käärmeen luikertelun.
The sound was coming from a water passage.
Ääni tuli vesikanavasta.
A snake of gigantic size entered the room.
Huoneeseen astui jättimäisen kokoinen käärme.
The serpent climbed up the frame of the bed.
Käärme kiipesi sängyn runkoa pitkin ylös.
The minister's son rushed out with the sword.
Pastorin poika ryntäsi ulos miekka kädessään.
And he killed the serpent with one blow.
Ja hän tappoi käärmeen yhdellä iskulla.
And then he cut the snake into smaller pieces.
Ja sitten hän leikkasi käärmeen pienemmiksi paloiksi.
He put the pieces in the dish for holding betel-leaves.
Hän pani palat betellehtien säilytysastiaan.
But as he did this, he spilled a drop of blood.
Mutta tehdessään näin hän vuodatti pisaran verta.
The drop of blood fell on the breast of the princess.
Veripisara putosi prinsessan rinnalle.
Because the mosquito curtains had not been let down.

Koska hyttysverhoja ei ollut laskettu alas.
He worried for the health of the princess.
Hän oli huolissaan prinsessan terveydestä.
The blood might be of some sort of poison.
Veri voi olla jonkinlaista myrkkyä.
So he resolved to lick up the blood.
Niinpä hän päätti nuolla veren.
But he could not look at the naked princess.
Mutta hän ei voinut katsoa alastonta prinsessaa.
It would have been a great sin.
Se olisi ollut suuri synti.
So he blindfolded himself with seven-fold cloth.
Niinpä hän peitti silmänsä seitsenkertaisella kankaalla.
And he licked off the drop of blood.
Ja hän nuoli veripisaran pois.
But just at this time the princess awoke.
Mutta juuri sillä hetkellä prinsessa heräsi.
Her scream roused her husband from his sleep.
Hänen huutonsa herätti miehensä unesta.
And he could not believe what he was seeing.
Eikä hän voinut uskoa näkemäänsä.
The prince fell into a great rage.
Prinssi raivostui suuresti.
And he was prepared to kill his friend.
Ja hän oli valmis tappamaan ystävänsä.
But he gave his friend a chance to speak.
Mutta hän antoi ystävälleen mahdollisuuden puhua.
"Please, my friend, restrain your anger"
"Ystäväni, ole hyvä ja hillitse vihasi"
"I have done this only to save your life"
"Tein tämän vain pelastaakseni henkesi"
The prince was more confused than before.
Prinssi oli hämmentyneempi kuin ennen.
"I do not understand what you mean"
"En ymmärrä mitä tarkoitat"
"From the time we came out of the subterranean palace"

"Siitä hetkestä lähtien, kun tulimme ulos maanalaisesta
palatsista"
"You have been behaving in a most extraordinary way"
"Olet käyttäytynyt todella omituisella tavalla"
"First, you insisted on riding my elephant"
"Ensinnäkin sinä vaadit saada ratsastaa elefantillani"
"The elephant my father had sent for me"
"Norsu, jonka isäni lähetti minulle"
"I thought it was vain of you to ask"
"Ajattelin, että oli turhaa kysyä"
"But I remembered what you had done for me"
"Mutta muistin, mitä teit hyväkseni"
"And I decided to let the matter pass"
"Ja päätin jättää asian sikseen"
"And instead I rode back on horseback"
"Ja sen sijaan ratsastin takaisin hevosen selässä"
"Secondly, you insisted on destroying the lion-gate"
"Toiseksi, sinä vaadit Leijonaportin tuhoamista"
"The lion-gate my father had adorned for me"
"Leijonaportti, jonka isäni oli minulle koristellut"
"I thought it was strange of you to ask"
"Mielestäni oli outoa, että kysyit"
"But I remembered what you had done for me"
"Mutta muistin, mitä teit hyväkseni"
"And I decided to let the matter pass"
"Ja päätin jättää asian sikseen"
"And I had the lion-gate destroyed"
"Ja minä tuhosin leijonaportin"
"Thirdly, at dinner you behaved most shamefully"
"Kolmanneksi, illallisella käyttäydyit erittäin häpeällisesti"
"You snatched the rohita's head from my plate"
"Nappasit rohitan pään lautaseltani"
"And you insisted on eating the fish head"
"Ja sinä vaadit saada syödä kalan pään"
"I thought you felt too entitled"
"Mielestäni tunsit olosi liian oikeutetuksi"
"But I remembered what you had done for me"

"Mutta muistin, mitä teit hyväkseni"
"So I decided to let the matter pass"
"Päätin siis jättää asian sikseen"
"You then pretended that you were going home"
"Sitten teeskentelit meneväsi kotiin"
"And I was very glad you were going home"
"Ja olin todella iloinen, että pääsit kotiin"
"Because you had made yourself very disagreeable"
"Koska olit tehnyt itsestäsi hyvin epämiellyttävän"
"And now you are actually in my bedroom"
"Ja nyt olet itse asiassa makuuhuoneessani"
"You are bending over the naked bosom of my wife"
"Kumarrut vaimoni paljaan rinnan ylle"
"You must have had some evil plan"
"Sinulla on täytynyt olla jokin ilkeä suunnitelma"
"And now you pretend you are saving my life"
"Ja nyt teeskentelet pelastavasi henkeni"
"But I don't believe you want to save my life"
"Mutta en usko, että haluat pelastaa henkeni"
"I believe you want to destroy my wife's chastity"
"Uskon, että haluat tuhota vaimoni siveyden"
The prince's friend knew how things looked.
Prinssin ystävä tiesi, miltä asiat näyttivät.
"Oh, do not harbor such thoughts in your mind"
"Älä hauto mielessäsi sellaisia ajatuksia"
"Please do not think badly against me"
"Älä ajattele minusta pahaa"
"The gods know what I have done"
"Jumalat tietävät, mitä olen tehnyt"
"They know I did it to save your life"
"He tietävät, että tein sen pelastaakseni henkesi"
"You would see the reasonableness of my conduct"
"Näkisit käytökseni järkeväksi"
"But I don't have liberty to state my reasons"
"Mutta minulla ei ole oikeutta perustella omia syitäni"
The prince asked him to explain himself.
Prinssi pyysi häntä selittämään, mitä hän tarkoitti.

"And why are you not at liberty?"
"Ja miksi ette ole vapaalla jalalla?"
"Who has put a seal upon your mouth?"
"Kuka on sinetin painanut sinun suuhusi?"
And the prince's friend answered.
Ja prinssin ystävä vastasi.
"Destiny has put a seal upon my mouth"
"Kohtalo on sinetin painanut suulleni"
"If I told you, I would be transformed into marble"
"Jos kertoisin sinulle, muuttuisin marmoriksi"
The prince grew angrier with his friend.
Prinssi suuttui ystävälleen yhä enemmän.
"You should be transformed into a marble statue!"
"Sinun pitäisi muuttua marmoripatsaaksi!"
"You must take me to be a simpleton"
"Sinun täytyy pitää minua tyhmänä"
"You can't expect me to believe this nonsense"
"Et voi odottaa minun uskovan tätä hölynpölyä "
The minister's son made one last request.
Pastorin poika esitti viimeisen pyynnön.
"Do you wish me then, friend, for me to tell you?
"Haluatko siis, ystäväni, että kerron sen sinulle?"
"You would make your friend turn into stone?"
"Muuttuisitko sinä ystävästäsi kiveksi?"
The prince wanted to hear the reason.
Prinssi halusi kuulla syyn.
He did not care about the consequences.
Hän ei välittänyt seurauksista.
"Tell me, or else you are a dead man"
"Kerro minulle, tai muuten olet kuollut mies"
The prince's friend wanted to clear his name.
Prinssin ystävä halusi puhdistaa nimensä.
He wanted no foul accusations brought against him.
Hän ei halunnut, että häntä vastaan nostettaisiin ilkeitä
syytöksiä.
And he deemed it his duty to reveal the secret.
Ja hän katsoi velvollisuudekseen paljastaa salaisuuden.

Even if this would put his life at risk.
Vaikka tämä vaarantaisi hänen henkensä.
He again warned the prince not to ask him.
Hän varoitti jälleen prinssiä kysymästä häneltä.
But the prince remained inexorable.
Mutta prinssi pysyi hellittämättömänä.
The prince's friend then told him his secret.
Sitten prinssin ystävä kertoi hänelle hänen salaisuutensa.
"While sleeping under a lofty tree one night"
"Yhtenä yönä nukkuessani korkean puun alla"
"I overheard a conversation between two birds.
"Kuulin sattumalta kahden linnun välisen keskustelun.
"The prophesizing birds Bihangama and Bihangami"
"Ennustavat linnut Bihangama ja Bihangami"
"Bihangama predicted all the dangers in your life"
"Bihangama ennusti kaikki vaarat elämässäsi"
"First the bird predicted your father would send an elephant"
"Ensin lintu ennusti, että isäsi lähettäisi norsun."
"The bird said you would fall from the elephant"
"Lintu sanoi, että putoat norsun selästä"
"And the bird said you would die from the fall"
"Ja lintu sanoi, että sinä kuolet putoamiseen"
At this point the minister's son's legs turned to stone.
Tässä vaiheessa ministerin pojan jalat muuttuivat kivikohdaksi.
"See? my legs have already turned to stone"
"Näetkö? Jalkani ovat jo muuttuneet kiveksi"
"Go on with your story," said the prince.
"Jatka tarinaasi", prinssi sanoi.
And the prince's friend continued the story.
Ja prinssin ystävä jatkoi tarinaa.
"The bird said the lion-gate would be gaily decorated"
"Lintu sanoi, että leijonaportti koristeltaisiin iloisesti"
"And the bird said the lion-gate would collapse on you"
"Ja lintu sanoi, että leijonaportti romahtaisi päällesi"
"If the lion-gate had fallen on you, you would have died"

"Jos leijonaportti olisi kaatunut päällesi, olisit kuollut"
At this point the minister's son's torso turned to stone.
Tässä vaiheessa ministerin pojan vartalo muuttui kiveksi.
But the prince insisted the minister's son continues.
Mutta prinssi vaati ministerin pojan jatkavan.
"Go on with your story," said the prince.
"Jatka tarinaasi", prinssi sanoi.
"The bird said there would be the head of a fish"
"Lintu sanoi, että siellä olisi kalan pää"
"And the bird predicted you would choke on the fish"
"Ja lintu ennusti, että tukehdut kalaan"
Now his head was the only thing not of stone.
Nyt hänen päänsä oli ainoa, mikä ei ollut kivestä.
"See? my whole body has turned to stone"
"Näetkö? Koko kehoni on muuttunut kiveksi"
"If I continue, I will become a man of stone"
"Jos jatkan, minusta tulee kivinen mies"
"Do you wish me to tell the rest"
"Haluatko minun kertovan loput?"
"Go on with your story," said the prince.
"Jatka tarinaasi", prinssi sanoi.
"Very well, I will go on to the end"
"Hyvä on, jatkan loppuun asti"
"But you may repent after I tell you"
"Mutta saatat katua sen jälkeen, kun minä kerron sinulle"
"And you may wish to restore me to life"
"Ja ehkä haluat herättää minut henkiin"
"I will tell you how to reverse the spell"
"Kerron sinulle, miten loitsu kumotaan"
"In a few months the princess will bear a child"
"Muutaman kuukauden kuluttua prinsessa synnyttää lapsen"
"Wait for the birth of the child"
"Odota lapsen syntymää"
"Besmear my statue with the infant's blood"
"Tahrikoi patsaani lapsen verellä"
"Only then will I be restored back to life"
"Vasta silloin minut herätetään takaisin elämään"

The last word left his lips, and he turned to stone.
Viimeinen sana pääsi hänen huuliltaan, ja hän muuttui
kiveksi.
The princess jumped out of bed.
Prinsessa hyppäsi sängystä.
She opened the vessel for betel-leaves and spices.
Hän avasi astian betelpähkinöiden lehtiä ja mausteita varten.
And she saw the pieces of a serpent.
Ja hän näki käärmeen palaset.
The prince and the princess were now convinced.
Prinssi ja prinsessa olivat nyt vakuuttuneita.
They saw the good faith of their departed friend.
He näkivät edesmenneen ystävänsä vilpittömyyden.
They saw the benevolence of his actions.
He näkivät hänen tekojensa hyväntahtoisuuden.
They went to the marble statue.
He menivät marmoripatsaan luo.
But the statue of their friend was lifeless.
Mutta heidän ystävänsä patsas oli eloton.
They let out a loud cry lamentation.
He päästivät kovan valitushuudon.
But their cries were to no purpose.
Mutta heidän huutonsa olivat turhia.
Because the statue was not moved by tears.
Koska patsasta eivät kyyneleet liikuttaneet.
The prince and princess knew what they had to do.
Prinssi ja prinsessa tiesivät, mitä heidän oli tehtävä.
They concealed the marble figure in a safe place.
He kätkivät marmorihahmon turvalliseen paikkaan.
And they waited for the birth of their child.
Ja he odottivat lapsensa syntymää.
In process of time the hour came.
Ajan kuluessa hetki koitti.
The princess's travail had arrived.
Prinsessan synnytysvauhti oli koittanut.
The princess bore a beautiful boy.
Prinsessa synnytti kauniin pojan.

The child was the perfect image of his mother.
Lapsi oli täydellinen kuva äidistään.
The beauty of their child was striking.
Heidän lapsensa kauneus oli silmiinpistävää.
And they were in awe of him.
Ja he olivat häntä kohtaan syvästi halveksivia.
They would have spared his life.
He olisivat säästäneet hänen henkensä.
But they remembered their best friend.
Mutta he muistivat parhaimman ystävänsä.
They remembered all he had done for them.
He muistivat kaiken, mitä hän oli tehnyt heidän hyväkseen.
But now he was a lifeless stone.
Mutta nyt hän oli kuin eloton kivi.
And they remembered the vows they had made.
Ja he muistivat tekemänsä lupaukset.
And they cut the child into two.
Ja he leikkasivat lapsen kahtia.
They besmeared the statue with the child's blood.
He tahrasivat patsaan lapsen verellä.
And their friend became animated back to life.
Ja heidän ystävänsä heräsi henkiin.
They were glad to see him alive again.
He olivat iloisia nähdessään hänet jälleen elossa.
But the prince's friend was overwhelmed with grief.
Mutta prinssin ystävä oli surun murtama.
Because he saw the new-born in a pool of blood.
Koska hän näki vastasyntyneen verilammikossa.
So he picked up the dead infant.
Niinpä hän nosti kuolleen vauvan syliinsä.
He carefully wrapped the child in a towel.
Hän kääri lapsen huolellisesti pyyhkeeseen.
And he resolved to get the child restored to life.
Ja hän päätti herättää lapsen henkiin.
He consulted all the physicians of the country.
Hän konsultoi kaikkia maan lääkäreitä.
They all told him the same thing.

He kaikki sanoivat hänelle samaa asiaa.
A cure can be found for any illness.
Mihin tahansa sairauteen löytyy parannuskeino.
But life requires the spark of life.
Mutta elämä vaatii elämän kipinää.
When the spark is gone, it is beyond their jurisdiction.
Kun kipinä on sammunut, se on heidän toimivallan
ulkopuolella.
And so they had to go on with their lives.
Ja niin heidän oli pakko jatkaa elämäänsä.

Eventually the prince's friend returned to his wife.
Lopulta prinssin ystävä palasi vaimonsa luokse.
She was a devoted worshipper of the goddess kali.
Hän oli omistautunut kali-jumalattaren palvoja.
She was the only one who could return life.
Hän oli ainoa, joka kykeni palauttamaan elämän.
His wife was living in a distant town.
Hänen vaimonsa asui syrjäisessä kaupungissa.
So he set out on a journey to the town.
Niinpä hän lähti matkalle kaupunkiin.
His wife still lived in her father's house.
Hänen vaimonsa asui edelleen isänsä talossa.
Adjoining the house there was a garden.
Talon vieressä oli puutarha.
And in the garden there was a tree.
Ja puutarhassa oli puu.
The child had been stored in that tree.
Lapsi oli säilytetty tuossa puussa.
His wife was overjoyed to see her husband.
Hänen vaimonsa oli riemuissaan nähdessään miehensä.
She had not seen him for a long time.
Hän ei ollut nähnyt häntä pitkään aikaan.
But she was surprised when she saw him.
Mutta hän yllättyi nähdessään hänet.
Her husband was very melancholy that day.
Hänen miehensä oli sinä päivänä hyvin alakuloinen.

He spoke very little to his wife.
Hän puhui vaimolleen hyvin vähän.
And his wife knew that he was not himself.
Ja hänen vaimonsa tiesi, ettei hän ollut oma itsensä.
He was brooding over something in his mind.
Hän pohti mielessään jotakin.
She asked the reason for his melancholy.
Hän kysyi syytä hänen melankoliaansa.
But he kept quiet, and wouldn't tell her.
Mutta hän pysyi hiljaa eikä kertonut hänelle.
One night they were lying together in bed.
Eräänä iltana he makasivat yhdessä sängyssä.
The wife got up and left the marital bed.
Vaimo nousi ja jätti aviovuoteen.
She opened the door and went into the garden.
Hän avasi oven ja meni puutarhaan.
Her husband had not been able to sleep well.
Hänen miehensä ei ollut pystynyt nukkumaan hyvin.
Therefore he awoke from the movement of his wife.
Niinpä hän heräsi vaimonsa liikkeeseen.
He heard her leave in the dead of the night.
Hän kuuli hänen lähtevän keskellä yötä.
And he was determined to follow her.
Ja hän oli päättänyt seurata häntä.
But he was also determined not to be noticed.
Mutta hän oli myös päättänyt olla jäämättä huomattamaksi.
She went to a temple of the goddess kali.
Hän meni jumalatar Kalin temppeliin.
The temple was at no great distance from her house.
Temppeli ei ollut kaukana hänen kodistaan.
She worshipped the goddess with flowers.
Hän palvoi jumalatarta kukkien kanssa.
And she worshiped the goddess with sandal-wood perfume.
Ja hän palvoi jumalatarta santelipuun tuoksulla.
"Oh mother kali! have mercy upon me"
"Oi äiti Kali! armahda minua"
"Deliver me out of all my troubles"

"Päästä minut kaikista ahdistuksistani"
The goddess replied to the woman.
Jumalatar vastasi naiselle.
"Why, what further grievance have you?
"No, mitä muuta valituksen aihetta sinulla on?"
"You long prayed for the return of your husband"
"Olet kauan rukoillut miehesi paluuta"
"And your prayers have been answered"
"Ja rukouksiisi on vastattu"
"Your husband has returned to you"
"Miehesi on palannut luoksesi"
"So then, what ails thee now?"
"No niin, mikä sinua nyt vaivaa?"
The woman answered the goddess.
Nainen vastasi jumalattarelle.
"True, oh mother, my husband has come to me"
"Totta, oi äiti, mieheni on tullut luokseni"
"But he has come to me in a melancholy mood"
"Mutta hän on tullut luokseni alakuloisena"
"He hardly speaks to me when I speak to him"
"Hän tuskin puhuu minulle, kun minä puhun hänelle"
"He takes no delight in me when he is with me"
"Hän ei iloitse minusta ollessaan minun kanssani"
"All he does is sit melancholy in a corner"
"Hän vain istuu melankolisena nurkassa"
The goddess replied to her devotee.
Jumalatar vastasi palvojalleen.
"Ask your husband why he feels melancholy"
"Kysy mieheltäsi, miksi hän on alakuloinen"
"When he tells you, let me know the reason"
"Kun hän kertoo sinulle, kerro minulle syy"
The minister's son overheard the conversation.
Pastorin poika kuuli keskustelun.
But he stayed unnoticed by the goddess.
Mutta jumalatar ei huomannut häntä.
And his wife did not notice him either.
Eikä hänen vaimonsakaan huomannut häntä.

He quietly slunk away before his wife.
Hän hiipi hiljaa pois vaimonsa edestä.
And he returned back to bed before her.
Ja hän palasi takaisin sänkyyn ennen häntä.
The following day the wife asked her husband.
Seuraavana päivänä vaimo kysyi mieheltään.
"My dear husband, why are you in a melancholy mood?"
"Rakas aviomieheni, miksi olet noin alakuloinen?"
Her husband retold the whole story.
Hänen miehensä kertoi koko tarinan uudelleen.
He told her about the jewel serpent.
Hän kertoi hänelle jalokäärmeestä.
He told her about the subterranean palace.
Hän kertoi hänelle maanalaisesta palatsista.
He told her about the princess being captured.
Hän kertoi hänelle prinsessan vangitsemisesta.
He told her how he freed the princess.
Hän kertoi, kuinka hän vapautti prinsessan.
And he told her about Bihangama and Bihangami.
Ja hän kertoi hänelle Bihangamasta ja Bihangamista.
He told her how he had turned to stone.
Hän kertoi hänelle, kuinka hän oli muuttunut kiveksi.
And he told her how he was returned back to life.
Ja hän kertoi hänelle, kuinka hänet herätettiin henkiin.
So he told her also about the killing of the child.
Niinpä hän kertoi hänelle myös lapsen tappamisesta.
That night his wife left the bed again.
Sinä yönä hänen vaimonsa nousi taas sängystä.
And she returned to the goddess kali's temple.
Ja hän palasi jumalatar Kalin temppeliin.
And she told the goddess of her husband's melancholy.
Ja hän kertoi jumalattarelle miehensä melankoliasta.
The goddess listened intently to what was said.
Jumalatar kuunteli tarkkaavaisesti, mitä sanottiin.
"Bring the child here and I will restore it to life"
"Tuo lapsi tänne, niin minä herätän hänet henkiin"
The next night she left the marital bed again.

Seuraavana yönä hän nousi jälleen aviovuoteesta.
She went to the tree in the garden.
Hän meni puutarhassa olevan puun luo.
And she took the child from the tree.
Ja hän otti lapsen puusta.
And she took the child to the goddess kali.
Ja hän vei lapsen jumalatar Kalille.
And the goddess kali returned the child back to life.
Ja jumalatar Kali palautti lapsen elämään.
The prince's friend was entranced with joy.
Prinssin ystävä oli ilosta haltioissaan.
He picked up the reanimated child.
Hän nosti elvytetyn lapsen syliinsä.
And he ran as fast as he could to his friend.
Ja hän juoksi niin nopeasti kuin pystyi ystävänsä luo.
And he gave him his child, alive and well.
Ja hän antoi hänelle lapsensa, elävänä ja terveenä.
They all rejoiced with exceedingly great joy.
He kaikki iloitsivat erittäin suurella ilolla.
And they lived together happily till the day of their death.
Ja he elivät onnellisina yhdessä kuolinpäiväänsä asti.

The Indignant Brahman
Närkästynyt Brahman

There was once a poor Brahman.
Olipa kerran köyhä brahman.
This poor Brahman had a wife.
Tällä köyhällä brahmanilla oli vaimo.
And he also had four children.
Ja hänellä oli myös neljä lasta.
He was a very poor man.
Hän oli hyvin köyhä mies.
And he had no resources in the world.
Eikä hänellä ollut mitään resursseja maailmassa.
He lived from the charity of others.
Hän eli muiden hyväntekeväisyydellä.
During marriages he earned well.
Avioliittojen aikana hän ansaitsi hyvin.
And he earned well during funerals.
Ja hän ansaitsi hyvin hautajaisissa.
But his parishioners did not marry daily.
Mutta hänen seurakuntalaisensa eivät menneet naimisiin päivittäin.
And they did not die every day either.
Eivätkä he kuolleet joka päivä.
It was difficult to make the two ends meet.
Oli vaikea saada päät yhteen.
His wife often rebuked him.
Hänen vaimonsa nuhteli häntä usein.
"Why can you not support me?"
"Miksi et voi tukea minua?"
"Our children run around naked"
"Meidän lapsemme juoksevat alasti ympäriinsä"
"And they suffer from hunger"
"Ja he kärsivät nälästä"
Though poor, he was a good man.
Vaikka hän oli köyhä, hän oli hyvä mies.
And he was diligent in his devotions.

Ja hän oli ahkera hartauksissaan.
Every day he said his prayers.
Joka päivä hän rukoili.
He prayed at the same time each day.
Hän rukoili samaan aikaan joka päivä.
His tutelary deity was the Goddess Durga.
Hänen suojelusjumaluutensa oli jumalatar Durga.
She is the consort of Shiva.
Hän on Shivan puoliso.
She is the creative energy of the universe.
Hän on maailmankaikkeuden luova energia.
Every day he wrote the name of Durga.
Joka päivä hän kirjoitti Durgan nimen.
He wrote the name in red ink.
Hän kirjoitti nimen punaisella musteella.
At least one hundred and eight times.
Ainakin satakahdeksan kertaa.
He did not drink or eat till he did this.
Hän ei juonut eikä syönyt ennen kuin oli tehnyt tämän.
throughout the day he uttered prayers.
pitkin päivää hän lausui rukouksia.
"O Durga! have mercy upon me"
"Oi Durga! armahda minua!"
He prayed whenever he felt anxious.
Hän rukoili aina kun tunsi olonsa ahdistuneeksi.
And he often felt anxious.
Ja hän tunsi usein ahdistusta.
Because he lived in poverty.
Koska hän eli köyhyydessä.
He prayed when his worries were too much.
Hän rukoili, kun hänen huolensa olivat liian suuret.
And there were many things he worried about.
Ja oli monia asioita, joista hän oli huolissaan.
He worried about his wife and children.
Hän oli huolissaan vaimostaan ja lapsistaan.
And he worried about supporting them.
Ja hän oli huolissaan heidän tukemisestaan.

One day he was very sad.

Eräänä päivänä hän oli hyvin surullinen.

On this day he went to a forest.

Tänä päivänä hän meni metsään.

The forest was far outside the village.

Metsä oli kaukana kylän ulkopuolella.

He let out all his grief.

Hän päästi kaiken surunsa ulos.

And he wept bitter tears.

Ja hän itki katkeria kyyneleitä.

"O Durga! O Mother Bhagavati!"

"Oi Durga! Oi äiti Bhagavati!"

"Please put an end to my misery?"

"Voisitko lopettaa kärsimykseni?"

"I wish I were alone in the world"

"Toivon, että olisin yksin maailmassa"

"Then my poverty wouldn't worry me"

"Sitten köyhyyteni ei huolestuttaisi minua"

"But thou hast given me a wife"

"Mutta sinä annoit minulle vaimon"

"And my wife has given me children"

"Ja vaimoni on antanut minulle lapsia"

"O Mother, I beg of you"

"Oi äiti, minä pyydän sinua"

"Give me the means to support them"

"Anna minulle keinot tukea heitä"

Shiva and his wife Durga happened to be there.

Shiva ja hänen vaimonsa Durga sattuivat olemaan siellä.

They were taking their morning walk.

He olivat aamukävelyllään.

The Goddess Durga saw the Brahman at a distance.

Jumalatar Durga näki Brahmanin etäältä.

"O Lord of Kailas, do you see that Brahman?"

"Oi Kailaksen herra, näetkö tuon Brahmanin?"

"He is always taking my name on his lips"

"Hän ottaa aina nimeni huulilleen"

"He prays I deliver him from his troubles"
"Hän rukoilee, että minä vapauttaisin hänet vaikeuksistaan"
"Can we not do something for the poor Brahman?"
"Emmekö voisi tehdä jotain köyhien brahmanien hyväksi?"
"He is oppressed with many cares"
"Häntä painaa paljon huolia"
"And he deeply cares for his growing family"
"Ja hän välittää syvästi kasvavasta perheestään"
"We should make his life more comfortable"
"Meidän pitäisi tehdä hänen elämästään mukavampaa"
"Because the poor man never has enough to eat"
"Koska köyhällä ei ole koskaan tarpeeksi syötävää"
"And his family doesn't have enough to eat either"
"Eikä hänen perheelläänkään ole tarpeeksi syötävää"
"Let us give him a pot"
"Annetaanpa hänelle ruukku"
"A pot with an infinite supply of murukku"
"Ruukku, jossa on ääretön määrä murukkua"
The divine consort was right.
Jumalallinen puoliso oli oikeassa.
The Lord of Kailas agreed to the proposal.
Kailaksen herra suostui ehdotukseen.
On the spot he created a magical pot.
Paikan päällä hän loi taika-astian.
Durga went to the poor Brahman.
Durga meni köyhän brahmanin luo.
"O Brahman! My loyal devotee"
"Oi Brahman! Uskollinen palvojani."
"I have often thought of your pitiable case"
"Olen usein ajatellut surkeaa tapaustasi"
"Your repeated prayers have moved my compassion"
"Toistuvat rukouksesi ovat herättäneet myötätuntoni"
"Here is a pot for you"
"Tässä on sinulle ruukku"
"You must turn the pot upside down"
"Sinun täytyy kääntää pata ylösalaisin"
"And then you must shake the pot"

"Ja sitten sinun täytyy ravistella pataa"
"The finest murukku will pour out"
"Hienoin murukku vuodatetaan ulos"
"The murukku will keep pouring out forever"
"Murukku virtaa ulos ikuisesti"
"Until you put the pot upright again"
"Kunnes nostat kattilan taas pystyyn"
"You can eat as much murukku as you like"
"Voit syödä murukkua niin paljon kuin haluat"
"Your wife and children will hunger no more"
"Vaimosi ja lapsesi eivät enää näe nälkää"
"And you can sell the murukku if you like"
"Ja voit myydä murukun, jos haluat"
The Brahman was delighted beyond measure.
Brahman oli mittaamattoman iloinen.
He had received a truly valuable treasure.
Hän oli saanut todella arvokkaan aarteen.
He made his deepest obeisance to the goddess.
Hän esitti syvimmän kumarruksensa jumalattarelle.
And he expressed his eternal gratefulness.
Ja hän ilmaisi ikuisen kiitollisuutensa.

The Brahman had started walking home.
Brahmaani oli lähtenyt kävelemään kotiin.
But first he had to test his magical pot.
Mutta ensin hänen piti testata taikapurkkiaan.
He wanted to see if the pot really worked.
Hän halusi nähdä, toimiiko kattila todella.
He turned the pot upside down.
Hän käänsi kattilan ylösalaisin.
And he shook the pot, as instructed.
Ja hän ravisti ruukkua, kuten oli käsketty.
Lo and behold! The pot really did work.
Ja katso! Potti todellakin toimi.
The finest murukku fell to the ground.
Hienoin murukku putosi maahan.
He tied the sweetmeat in his sheet.

Hän sitoi makeisen lakanansa sisään.
And he walked on, towards his village.
Ja hän jatkoi matkaansa, kohti kyläänsä.
By noon the Brahman had gotten hungry.
Keskipäivään mennessä bramiini oli tullut nälkäiseksi.
But he could not eat without his ablutions.
Mutta hän ei voinut syödä ilman pesujaan.
First, he had to say his prayers.
Ensin hänen täytyi pitää rukouksensa.
There was an inn on his way.
Hänen matkallaan oli majatalo.
Close to the inn there was a water tank.
Majatalon lähellä oli vesisäiliö.
So, he intended to halt there.
Niinpä hän aikoi pysähtyä siihen.
In order to bathe and say his prayers.
Jotta hän voisi kylpeä ja lausua rukouksensa.
After this he could eat all the murukku.
Tämän jälkeen hän pystyi syömään kaikki murukut.
The Brahman sat at the innkeeper's shop.
Brahmaani istui majatalonpitäjän puodissa.
The shopkeeper was smoking tobacco.
Kauppias poltti tupakkaa.
He put the pot near the shopkeeper.
Hän laski ruukun kauppiaan lähelle.
And he asked him to look after the pot.
Ja hän pyysi häntä pitämään huolta ruukusta.
"Please take special care of this pot"
"Pidä tästä ruukusta erityistä huolta"
"I must bathe and say my prayers"
"Minun täytyy kylpeä ja rukoilla"
"Please look after this pot for me"
"Pidä huolta tästä ruukusta puolestani"
"Make sure nothing happens to this pot"
"Varmista, ettei tälle kattilalle tapahdu mitään"
He thought it was a strange request.
Hän piti sitä outona pyyntönä.

But he agreed to look after the pot.
Mutta hän suostui pitämään huolta ruukusta.
And the Brahman gave him the pot.
Ja bramiini antoi hänelle ruukun.
He besmeared his body with mustard oil.
Hän siveli ruumistaan sinappiöljyllä.
And he went to do his ablutions.
Ja hän meni peseytymään.
The innkeeper grew curious about the pot.
Majatalonpitäjä heräsi uteliaisuus ruukkua kohtaan.
"This pot must have something valuable in it"
"Tässä ruukussa täytyy olla jotain arvokasta"
"Why else would he be so careful?"
"Miksi hän muuten olisi niin varovainen?"
His curiosity had been excited.
Hänen uteliaisuutensa oli kiihtynyt.
So, he opened the pot.
Niinpä hän avasi ruukun.
To his surprise the pot was empty.
Hänen yllätyksekseen astia oli tyhjä.
"What can be the meaning of this?"
"Mitä tämä mahtaa tarkoittaa?"
"Why does he care so much for an empty pot?"
"Miksi hän välittää niin paljon tyhjästä ruukusta?"
He began to examine the pot more carefully.
Hän alkoi tutkia ruukkua tarkemmin.
During his inspection he turned the pot upside down.
Tarkastelunsa aikana hän käänsi purkin ylösalaisin.
And then the finest murukku fell out from the pot.
Ja sitten hienoin murukku putosi ruukusta.
And the murukku didn't stop falling out.
Eikä murukku lakannut putoamasta.
The innkeeper called his wife and children.
Majatalonpitäjä kutsui vaimonsa ja lapsensa luokseen.
He wanted them to witness what had happened.
Hän halusi heidän todistavan, mitä oli tapahtunut.
An unexpected stroke of good fortune!

Odottamaton onnenpotku!
The pot gave copious showers of sugared paddy.
Kattila antoi runsaita suihkuja sokeroitua riisiä.
He filled all his pots and jars.
Hän täytti kaikki ruukkunsa ja ruukkunsa.
He knew he had to have this pot.
Hän tiesi, että hänen oli saatava tämä ruukku.
So, he replaced the pot with another one.
Niinpä hän korvasi ruukun toisella.
He had a pot of the same size and color.
Hänellä oli saman kokoinen ja värinen ruukku.

The Brahman had finished his ablutions.
Brahman oli lopettanut peseytymisensä.
He had performed all of his devotions.
Hän oli suorittanut kaikki hartaustehtävänsä.
He came back to the shop in wet clothes.
Hän palasi kauppaan märissä vaatteissa.
He was still reciting holy texts of the Vedas.
Hän lausui yhä Vedojen pyhiä tekstejä.
He put back on his dry clothes.
Hän puki takaisin kuivat vaatteensa.
In red ink he wrote the name of Durga.
Punaisella musteella hän kirjoitti Durgan nimen.
He wrote her name one hundred and eight times.
Hän kirjoitti hänen nimensä satakahdeksan kertaa.
After doing this he broke his fast.
Tämän tehtyään hän rikkoi paastonsa.
And he ate the murukku he had in his sheet.
Ja hän söi lakanastaan löytyneen murukun.
He was refreshed from the meal.
Hän virkistyi ateriasta.
Now he could resume his journey home.
Nyt hän saattoi jatkaa kotimatkaansa.
So he called to the innkeeper.
Niinpä hän huusi majatalonpitäjälle.
"Please could I get my pot back"

"Voisinko saada pottini takaisin?"
The innkeeper gave him back his pot.
Majatalonpitäjä antoi hänelle ruukkunsa takaisin.
"There, sir, here is your pot"
"Kas tässä, herra, tässä on teidän ruukkunne"
"The pot is exactly where you had put it"
"Ruukku on juuri siinä missä sen laitoit"
"Your pot is just as you left it"
"Pottisi on juuri siinä kunnossa kuin jätit sen"
"I made sure no one has touched your pot"
"Varmistin, ettei kukaan ole koskenut pottiinne"
The Brahman didn't suspect a thing.
Brahmaani ei epäillyt mitään.
He picked up the pot.
Hän nosti ruukun.
And he proceeded on his journey home.
Ja hän jatkoi kotimatkaansa.

On his journey he had to think.
Matkallaan hänen täytyi ajatella.
He congratulated his good fortune.
Hän onnitteli onneaan.
"My wife will be most pleasantly surprised!"
"Vaimoni tulee olemaan mitä positiivisesti yllättynyt!"
"The children will devour the murukku!"
"Lapset syövät murukun!"
"I shall soon become rich"
"Minusta tulee pian rikas"
"I will be able to lift my head up high"
"Pystyn nostamaan pääni korkealle"
The pains of travelling had been reduced.
Matkustamisen tuskat olivat vähentyneet.
Now his problems were much more pleasant.
Nyt hänen ongelmansa olivat paljon miellyttävämpiä.
Only anticipation made the journey difficult.
Vain odotus teki matkasta vaikean.
He finally reached his home again.

Lopulta hän pääsi taas kotiinsa.
He called to his wife and children.
Hän kutsui vaimoaan ja lapsiaan luokseen.
"Look at what I have brought"
"Katsokaa mitä olen tuonut"
"This pot is an unfailing source of wealth".
"Tämä pata on ehtymätön vaurauden lähde."
"We will never have to struggle again"
"Meidän ei enää koskaan tarvitse taistella"
"I will turn the pot upside down"
"Käännän kattilan ylösalaisin"
"And then you will see something.
"Ja sitten näet jotakin."
"Something you've never seen before"
"Jotain, mitä et ole koskaan ennen nähnyt"
"A stream of the finest murukku will flow"
"Hienoimman murukun virta virtaa"
You can imagine what his wife was thinking.
Voit kuvitella, mitä hänen vaimonsa ajatteli.
"My husband has gone mad," she thought.
"Mieheni on tullut hulluksi", hän ajatteli.
She was soon confirmed in her opinion.
Hänen mielipiteensä vahvistui pian.
Nothing fell from the pot, as promised.
Mikään ei pudonnut kattilasta, kuten luvattiin.
He turned the pot upside down again and again.
Hän käänsi kattilan ylösalaisin yhä uudelleen ja uudelleen.
The Brahman was overwhelmed with grief.
Brahman oli surun murtama.
He realized that he had been tricked.
Hän tajusi, että häntä oli huijattu.
The innkeeper must have swapped the pot.
Majatalonpitäjä on varmaankin vaihtanut ruukun.
He must have stolen Durga's pot.
Hänen on täytynyt varastaa Durgan ruukku.
And he must have replaced the pot with a normal one.
Ja hänen on täytynyt vaihtaa ruukku tavalliseen.

He went back to the innkeeper the next day.
Hän palasi majatalonpitäjän luo seuraavana päivänä.
And he accused him of having changed his pot.
Ja hän syytti häntä ruukun vaihtamisesta.
At first the innkeeper acted surprised.
Aluksi majatalonpitäjä näytti yllättyneeltä.
Then he pretended to be angry at the accusation.
Sitten hän teeskenteli olevansa vihainen syytökselle.
Finally, he chased him out of his shop.
Lopulta hän ajoi hänet ulos kaupastaan.

He had no way of getting the pot back.
Hänellä ei ollut mitään keinoa saada kattilaa takaisin.
The Brahman knew what he had to do.
Brahmaani tiesi, mitä hänen oli tehtävä.
He went to see the goddess Durga again.
Hän meni taas tapaamaan jumalatar Durgaa.
Siva and Durga honored him with their presence.
Siva ja Durga kunnioittivat häntä läsnäolollaan.
Durga spoke to the poor Brahman.
Durga puhui köyhälle brahmanille.
"So, you have lost the pot I gave you"
"Joten olet kadottanut ruukun, jonka annoin sinulle."
"I take pity on your situation"
"Otan osaa tilanteeseesi"
"Here is another magical pot"
"Tässä on toinen taika-astia"
"Take this pot, and make good use of it"
"Ota tämä ruukku ja käytä sitä hyvin"
The Brahman was elated with joy.
Brahman oli ilosta haltioissaan.
He made obeisance to the divine couple.
Hän kumarsi jumalalliselle parille.
And he took the pot with him.
Ja hän otti ruukun mukaansa.
Again he had to see if the pot worked.
Jälleen hänen piti tarkistaa, toimiiko kattila.

He turned the pot upside down.
Hän käänsi kattilan ylösalaisin.
And he shook the pot as before.
Ja hän ravisti ruukkua kuten ennenkin.
And he waited for the murukku to fall out.
Ja hän odotti murukun putoavan ulos.
But no, horror of horrors!
Mutta ei, kauhujen kauhu!
Murukku did not fall from the pot.
Murukku ei pudonnut ruukusta.
Instead of murukku, demons jumped out.
Murukkun sijaan demonit hyppäsivät esiin.
They began to beat the astonished Brahman.
He alkoivat hakata hämmästynyttä brahmania.
The Brahman received punches and kicks.
Brahmaani sai nyrkkejä ja potkuja.
But he kept his presence of mind.
Mutta hän säilytti järjissään pysymisen.
He turned the pot the right way up.
Hän käänsi kattilan oikein päin.
And he covered the pot up again.
Ja hän peitti ruukun taas.
Fortunately his quick thinking worked.
Onneksi hänen nopea ajattelunsa toimi.
The demons disappeared as soon as he did this.
Demonit katosivat heti hänen tehtyään tämän.
The Brahman tried to understand what this meant.
Brahmaani yritti ymmärtää, mitä tämä tarkoitti.
It must be to punish the innkeeper!
Sen täytyy olla majatalonpitäjän rankaisemiseksi!
So he went to the innkeeper again.
Niinpä hän meni taas majatalonpitäjän luo.
He gave him the new pot.
Hän antoi hänelle uuden ruukun.
He begged of him to look after the pot.
Hän pyysi hartaasti, että tämä pitäisi huolta ruukusta.
Just like he had done before.

Aivan kuten hän oli tehnyt ennenkin.
He went for his ablutions and prayers.
Hän meni peseytymään ja rukoilemaan.
The innkeeper was delighted.
Majatalonpitäjä oli ihastunut.
He had been given a second godsend.
Hänelle oli annettu toinen jumalan lahja.
He agreed to take the greatest care of the pot.
Hän suostui pitämään ruukusta parasta mahdollista huolta.
He waited for the Brahman to go.
Hän odotti brahmaanin lähtöä.
And he called his wife and children.
Ja hän kutsui vaimonsa ja lapsensa.
"This is another pot from the Brahman"
"Tämä on jälleen yksi ruukku Brahmanilta"
"This time I hope it is not murukku"
"Tällä kertaa toivon, ettei kyseessä ole murukku"
"I hope this pot is full of sandesa"
"Toivottavasti tämä ruukku on täynnä sandesaa"
"Come, be ready with the baskets"
"Tulkaa, olkaa valmiina korien kanssa"
"I will turn the pot upside down"
"Käännän kattilan ylösalaisin"
"And then I will shake the pot"
"Ja sitten ravistan pataa"
And he did what he said he would do.
Ja hän teki, mitä oli sanonut tekevänsä.
But the room did not fill with food.
Mutta huone ei täyttynyt ruoalla.
This time the room filled with demons.
Tällä kertaa huone oli täynnä demoneita.
The demons caught hold of the innkeeper.
Demonit ottivat majatalonpitäjän otteeseensa.
And the demons also caught his family.
Ja demonit saivat myös hänen perheensä kiinni.
And the demons beat them mercilessly.
Ja demonit pieksivät heitä armottomasti.

They would have completely destroyed the shop.
Ne olisivat tuhonneet kaupan täysin.
But the victims ran to the Brahman.
Mutta uhrit juoksivat brahmanien luo.
The Brahman had returned from his ablutions.
Brahman oli palannut peseytymistään.
The Brahman showed mercy to them.
Brahman osoitti heille armoa.
And he accepted their request.
Ja hän hyväksyi heidän pyyntönsä.
But there was one condition to his help.
Mutta hänen avulleen oli yksi ehto.
"I will only help if I get my pot back"
"Autan vain, jos saan pottini takaisin"
The innkeeper didn't have much choice.
Majatalonpitäjällä ei ollut paljon vaihtoehtoja.
He had to accept the Brahman's conditions.
Hänen oli pakko hyväksyä brahmanien ehdot.
The Brahman put the pot upright again.
Brahmaani nosti ruukun taas pystyyn.
And he put the lid on the pot.
Ja hän laittoi kannen kattilan päälle.
He took his pot back from the innkeeper.
Hän otti ruukkunsa takaisin majatalonpitäjältä.
And he returned back to his village.
Ja hän palasi takaisin kyläänsä.
Now the Brahman had two magical pots.
Brahmanilla oli nyt kaksi taika-astiaa.
The Brahman shut the door of his house.
Brahmaani sulki talonsa oven.
And he called his family again.
Ja hän soitti taas perheelleen.
He turned the murukku-pot upside down.
Hän käänsi murukku-ruukun ylösalaisin.
And he shook the murukku-pot as before.
Ja hän ravisti murukku-pataa kuten ennenkin.
This time the magic pot worked.

Tällä kertaa taikapullo toimi.
An endless stream of the finest murukku.
Loputon virta parhainta murukkua.
The family devoured the sweetmeat.
Perhe ahmi makean.
They ate to their hearts' content.
He söivät sydämensä kyllyydestä.
All the pots and pans were filled.
Kaikki kattilat ja pannut olivat täynnä.

The next day the Brahman became confectioner.
Seuraavana päivänä brahmanista tuli kondiittori.
He opened a shop in his house.
Hän avasi kaupan kotiinsa.
And he sold the best murukku.
Ja hän myi parasta murukkua.
The whole village came to the Brahman's house.
Koko kylä tuli brahmaanin talolle.
They all wanted to buy the wonderful murukku.
He kaikki halusivat ostaa ihanan murukun.
They had never seen such murukku in their life.
He eivät olleet koskaan elämässään nähneet sellaista
murukkua.
It was the most delicious murukku they ever had.
Se oli herkullisinta murukkua, mitä heillä oli koskaan ollut.
No one had ever made anything like this dessert.
Kukaan ei ollut koskaan tehnyt mitään tällaista jälkiruokaa.
The reputation of the Brahman's murukku spread.
Brahmaanin murukun maine levisi.
Soon people from outside the city came.
Pian paikalle saapui ihmisiä kaupungin ulkopuolelta.
Cartloads of the sweetmeat were sold every day.
Makeisia myytiin kärryllisiä joka päivä.
The Brahman quickly became very rich.
Brahmanista tuli nopeasti hyvin rikas.
He built a large brick house.
Hän rakensi suuren tiilitalon.

And he lived like a nobleman of the land.
Ja hän eli kuin maan aatelismies.
Once, however, his luck almost changed.
Kerran hänen onnensa kuitenkin melkein kääntyi.
His children had taken the wrong pot.
Hänen lapsensa olivat ottaneet väärän ruukun.
A large number of demons came out.
Suuri määrä demoneita tuli ulos.
And they caught hold of the Brahman's wife.
Ja he ottivat kiinni bramiinin vaimon.
And they also caught his children.
Ja he ottivat kiinni myös hänen lapsensa.
They were striking them mercilessly.
He löivät heitä armottomasti.
Fortunately the Brahman came back into the house.
Onneksi brahman palasi taloon.
He turned the pot back to its proper position.
Hän käänsi kattilan takaisin oikeaan asentoonsa.
He wanted to prevent a similar catastrophe.
Hän halusi estää vastaavan katastrofin.
So the Brahman had a private room built.
Niinpä bramiini rakennutti yksityishuoneen.
And he put the pot in a secret place.
Ja hän pani ruukun salaiseen paikkaan.
Mortals, however, do not have the luck of Gods.
Kuolevaisilla ei kuitenkaan ole jumalten onnea.
Uninterrupted prosperity is not their fortune.
Keskeytymätön vauraus ei ole heidän onnensa.
The demon-pot had been put out of the way.
Demonipata oli pantu pois tieltä.
But why might accident not befall the murukku pot?
Mutta miksi murukku-patalle ei voisi tapahtua onnettomuus?
One day the Brahman and his wife were absent.
Eräänä päivänä bramiini ja hänen vaimonsa olivat poissa.
The children decided to shake the pot.
Lapset päättivät ravistella ruukkua.
Each of them wanted to do the honors.

Jokainen heistä halusi suorittaa kunnianosoituksen.
So there was a fight to get the pot.
Joten potin saamiseksi käytiin taistelu.
In the struggle the pot fell to the ground.
Taistelussa pata putosi maahan.
Like any other earthen pot, it broke.
Kuten mikä tahansa muu saviruukku, se meni rikki.
Eventually the Braham came back home again.
Lopulta Braham palasi kotiin.
You can imagine how the news grieved him.
Voit kuvitella, kuinka surullinen uutinen häntä oli.
Of course the children were well cudgeled.
Lapsia toki halattiin hyvin.
But anger could not replace the pot.
Mutta viha ei voinut korvata ruukkua.
After some days he went to the forest again.
Muutaman päivän kuluttua hän meni taas metsään.
He offered many a prayer for Durga's favor.
Hän rukoili monia kertoja Durgan puolesta.
At last Siva and Durga appeared to him.
Viimein Siva ja Durga ilmestyivät hänelle.
They listened to how the pot had been broken.
He kuuntelivat, kuinka ruukku oli rikottu.
Durga decided to give him another pot.
Durga päätti antaa hänelle toisen ruukun.
But this pot was accompanied with a caution.
Mutta tähän ruukkuun liittyi varoitus.
"Brahman, take care of this pot"
"Brahman, pidä huolta tästä ruukusta"
"Do not break or lose this pot again"
"Älä riko tai kadota tätä ruukkua enää"
"Next time I will not give you another pot"
"Ensi kerralla en anna sinulle enää yhtäkään ruukkua"
The Brahman made obeisance to the Gods.
Brahmana kumarsi jumalia.
And he went straight back to his house.
Ja hän meni suoraan takaisin kotiinsa.

This time he did not halt at the innkeepers'.
Tällä kertaa hän ei pysähtynyt majatalonpitäjien luokse.
He shut the door of his house.
Hän sulki talonsa oven.
He called his family to him.
Hän kutsui perheensä luokseen.
And he turned the pot upside down.
Ja hän käänsi kattilan ylösalaisin.
And then he began to shake the pot.
Ja sitten hän alkoi ravistella kattilaa.
They were only expecting murukku.
He odottivat vain murukkua.
But this time it was not murukku.
Mutta tällä kertaa se ei ollut murukku.
A stream of beautiful sandesa poured out.
Kaunista sandesaa virtasi ulos.
It was the finest sandesa you can imagine.
Se oli hienointa kuviteltavissa olevaa sandesaa.
It truly was the food of Gods.
Se oli todellakin jumalten ruokaa.
The Brahman set up another shop.
Brahmaani perusti uuden kaupan.
Now he was selling sandesa.
Nyt hän myi sandesaa.
The fame of his shop soon drew large crowds.
Hänen liikkeensä maine veti pian puoleensa suuria
väkijoukkoja.
People came from all over the country.
Ihmisiä tuli kaikkialta maasta.
At all festivals and marriage feasts.
Kaikissa juhlissa ja hääjuhlissa.
And at all funeral celebrations in the area.
Ja kaikissa alueen hautajaisissa.
No one bought any other sandesa.
Kukaan ei ostanut muita sandesoja.
All day long the pot produced sandesa.
Koko päivän padassa tuotettiin sandesaa.

Gigantic jars were filled with sweet.
Jättimäiset purkit olivat täynnä makeisia.
And the jars were sent all over the country.
Ja purkkeja lähetettiin kaikkialle maahan.

The Brahman's wealth made the Zemindar jealous.
Brahmaanien rikkaus teki zemindarit kateellisiksi.
In these days all villages had a Zemindar.
Näinä päivinä kaikissa kylissä oli Zemindar.
He had heard strange things about the sandesa.
Hän oli kuullut outoja asioita sandesasta.
He heard the dessert came from a magic pot.
Hän kuuli, että jälkiruoka oli taikaruukusta.
So he devised a plan to get this pot.
Niinpä hän laati suunnitelman tämän ruukun hankkimiseksi.
His son was going to get married.
Hänen poikansa aikoi mennä naimisiin.
To celebrate there was a great feast.
Juhlistaakseen sitä pidettiin suuret juhlat.
Many hundreds of people were invited.
Useita satoja ihmisiä oli kutsuttu.
Mountain-loads of sandesa were required.
Tarvittiin vuorikaupoittain sandesaa.
The Zemindar made a proposal to the Brahman.
Zemindar teki ehdotuksen brahmanille.
"Bring the magical pot to my house"
"Tuo taikaruukku kotiini"
At first the Brahman refused to bring the pot.
Aluksi bramiini kieltäytyi tuomasta ruukkua.
But the Zemindar insisted.
Mutta zemindar vaati.
"I will have hundreds of guests"
"Minulla tulee olemaan satoja vieraita"
"I will need mountains of sandesa"
"Tarvitsen sandesa-vuoria"
"More sandesa than you can carry"
"Enemmän sandesaa kuin jaksat kantaa"

"Bring the vessel to my house"
"Tuo laiva kotiini"
"It will be easier for you and me"
"Se on helpompaa sinulle ja minulle"
Eventually the Brahman agreed.
Lopulta brahmani suostui.
Himalayas of sandesa were shaken out.
Sandesan Himalaja ravisteltiin pois.
But the Zemindar got hold of the pot.
Mutta zemindar sai ruukun haltuunsa.
The Zemindar insulted the Brahman.
Zemindar loukkasi brahmania.
And he chased him out of his house.
Ja hän ajoi hänet ulos talostaan.
The Brahman didn't give vent to anger.
Brahmana ei päästänyt vihaansa valloilleen.
Instead, he quietly went back to his house.
Sen sijaan hän palasi hiljaa kotiinsa.
He went to the private room.
Hän meni yksityishuoneeseen.
And he took out the demon-pot.
Ja hän otti esiin demoniruukun.
He came back to the Zemindar's house.
Hän palasi Zemindarien talolle.
And he went to the door of the Zemindar.
Ja hän meni Zemindarin ovelle.
He turned the pot upside down.
Hän käänsi kattilan ylösalaisin.
And then shook the magical pot.
Ja sitten ravisti taika-astiaa.
A hundred demons fell out of the pot.
Sata demonia putosi padasta.
The chaos was impossible to describe.
Kaaosta oli mahdotonta kuvailla.
The unearthly visitors flooded the party.
Yliluonnolliset vierailijat tulvivat juhliin.
They caught hundreds of the guests.

He saivat kyytiin satoja vieraita.
And the demons beat them mercilessly.
Ja demonit pieksivät heitä armottomasti.
The women were dragged by their hair.
Naisia raahattiin hiuksista.
The Zemindar was chased from room to room.
Zemindaria ajettiin takaa huoneesta toiseen.
The demons' mischief was getting out of hand.
Demonien ilkivalta oli karannut käsistä.
Someone had to put an end to their mischief.
Jonkun oli pakko lopettaa heidän ilkivaltansa.
Else all the men would have been killed.
Muuten kaikki miehet olisi tapettu.
And the house would have been torn to the ground.
Ja talo olisi revitty maan tasalle.
The Zemindar fell at the feet of the Brahman.
Zemindar lankesi Brahmanin jalkoihin.
And he begged to be shown mercy.
Ja hän pyysi armoa.
The Brahman showed him great mercy.
Brahman osoitti hänelle suurta armoa.
And he put the demons back in the pot.
Ja hän pani demonit takaisin pataan.
The Zemindar never disturbed the Brahman again.
Zemindar ei enää koskaan häirinnyt brahmania.
Nor was he disturbed by anyone else.
Eikä kukaan muukaan häntä häirinnyt.
And he lived for many happy years.
Ja hän eli monta onnellista vuotta.

The Story of the Rakshasas
Rakshasojen tarina

There was once a poor dimwitted Brahman.
Olipa kerran köyhä, tyhmä bramiini.
This dimwitted man had a wife, but no children.
Tällä tyhmällä miehellä oli vaimo, mutta ei lapsia.
But him not having children was probably for the best.
Mutta luultavasti paras vaihtoehto oli se, ettei hänellä ollut lapsia.
Because he was barely able to meet his own needs.
Koska hän tuskin pystyi tyydyttämään omia tarpeitaan.
And he could hardly supply enough for his wife.
Ja hän tuskin pystyi tarjoamaan tarpeeksi vaimolleen.
But his dimwittedness was not even his biggest problem.
Mutta hänen tyhmyytensä ei ollut edes hänen suurin ongelmansa.
This dimwitted man was also a rather lazy man!
Tämä tyhmä mies oli myös melko laiska mies!
He was averse to making any long journeys.
Hän vältteli kaikkia pitkiä matkoja.
Had he travelled further he might have had enough.
Jos hän olisi matkustanut pidemmälle, hän olisi ehkä saanut tarpeekseen.
He could have got presents from rich men.
Hän olisi voinut saada lahjoja rikkailta miehiltä.
This would have enabled them to live comfortably.
Tämä olisi mahdollistanut heille mukavan elämän.
There was a great king in a neighbouring country.
Naapurimaassa oli suuri kuningas.
The mother of the great king had just died.
Suuren kuninkaan äiti oli juuri kuollut.
So this king was celebrating the funeral obsequies.
Joten tämä kuningas vietti hautajaismenoja.
And the funeral was celebrated with great pomp.
Ja hautajaiset vietettiin suurilla loistoilla.
Brahmans and beggars were coming from faraway lands.

Brahmanit ja kerjäläiset tulivat kaukaisista maista.
They all came expecting to receive rich presents.
He kaikki tulivat odottaen saavansa runsaita lahjoja.
The Brahman's wife requested him to also go.
Brahmaanin vaimo pyysi häntäkin lähtemään.
"Seize this opportunity and get us a little money"
"Tartu tilaisuuteen ja hanki meille vähän rahaa"
But his constitutional indolence stood in the way.
Mutta hänen perustuslaillinen laiskuutensa seisoi tiellä.
The woman, however, gave her husband no rest.
Nainen ei kuitenkaan antanut miehelleen rauhaa.
Finally she extorted from him the promise.
Lopulta hän pakotti hänet antamaan lupauksen.
He promised his wife that he would go.
Hän lupasi vaimolleen lähteä.
The good woman, accordingly, cut down a plantain tree.
Niinpä hyvä nainen kaatoi banaanipuun.
And she burnt the plantain tree to ashes.
Ja hän poltti banaanipuun tuhkaksi.
With the ashes she cleaned the clothes of her husband.
Tuhkalla hän pesi miehensä vaatteet.
And she made his clothes as white as any cleaner could.
Ja hän valkaisi hänen vaatteensa niin valkoisiksi kuin kuka
tahansa siivooja osasi.
Her husband was going to the palace of a great king.
Hänen miehensä oli menossa suuren kuninkaan palatsiin.
The king could not be approached by men in rags.
Ryysyihin pukeutuneet miehet eivät voineet lähestyä
kuningasta.
Besides, Brahman are bound to appear neat and clean.
Sitä paitsi brahmanien on pakko näyttää siisteiltä ja puhtailta.
At last, one morning the Brahman left his house.
Viimein eräänä aamuna brahmani lähti kotoaan.
And he made his way to the palace of the great king.
Ja hän kulki kohti suuren kuninkaan palatsia.
I have already mentioned he was a dimwitted man.
Mainitsin jo, että hän oli tyhmä mies.

He did not inquire which road he should take.
Hän ei kysynyt, mitä tietä hänen pitäisi kulkea.
Instead, he walked on and on without directions.
Sen sijaan hän käveli eteenpäin ilman ohjeita.
And he followed wherever his nose pointed him.
Ja hän seurasi minne nenänsä osoitti.
I don't need to say he was not on the right road.
Minun ei tarvitse sanoa, ettei hän ollut oikealla tiellä.
The regions he wandered became less and less inhabited.
Seudut, joilla hän vaelsi, kävivät yhä harvaan asutuiksi.
Soon he met no human being for many miles.
Pian hän ei tavannut ketään ihmistä monien kilometrien säteellä.
But there were many other things he saw there.
Mutta siellä hän näki paljon muutakin.
Things he had never seen in all his life.
Asioita, joita hän ei ollut koskaan nähnyt koko elämässään.
He saw hillocks of cowries on the roadside.
Hän näki tien varrella kauriiden kasvamia.
Cowries were shells used as money in those times.
Kauriita olivat simpukankuoria, joita käytettiin noina aikoina rahana.
He kept going and saw hillocks of jewels.
Hän jatkoi matkaa ja näki jalokivien täyttämiä kumpuja.
Next, he saw hillocks of four-anna pieces.
Seuraavaksi hän näki neljän anna-kappaleen kumpuja.
Further along were hillocks of eight-anna pieces.
Kauempana olivat kahdeksan anna-kappaleista koostuvia kumpuja.
And further yet were hillocks of rupees.
Ja vielä kauempana olivat rupioiden kasautuneet kummut.
But the Brahman's surprise did not end there.
Mutta bramiinin yllätys ei päättynyt siihen.
Next there was a hill of burnished gold-mohurs.
Seuraavaksi oli kiillotettujen kultaisten mohureiden kukkula.
The burnished gold-mohurs were shining brightly.
Kiillotetut kulta-mohurit loistivat kirkkaasti.

Because the gold-mohurs had been freshly minted.
Koska kulta-mohurit oli lyöty tuoreeltaan.
Close to the hill of gold-mohurs was a large house.
Kulta-mohureiden kukkulan lähellä oli suuri talo.
The house looked like the palace of a powerful king.
Talo näytti mahtavan kuninkaan palatsilta.
At the door stood a lady of exquisite beauty.
Ovella seisoi erittäin kaunis nainen.
The lady, seeing the Brahman, said;
Nähdessään bramiinin nainen sanoi;
"Come to me, my beloved husband"
"Tule luokseni, rakas aviomieheni"
"You married me when I was young"
"Menit naimisiin kanssani nuorena"
"But you never came back after our marriage"
"Mutta et koskaan palannut takaisin häidemme jälkeen"
"Though I have been daily expecting you"
"Vaikka olen odottanut sinua joka päivä"
"Blessed be this day," said the lady.
"Siunattu olkoon tämä päivä", sanoi nainen.
"On this day I see the face of my husband"
"Tänä päivänä näen mieheni kasvot"
"Come, my sweet, come in," she asked of him.
"Tule sisään, rakas ystäväni", hän pyysi häntä.
"You must be fatigued from your long journey"
"Sinun täytyy olla väsynyt pitkästä matkastasi"
"Wash your feet and rest, and eat and drink"
"Peskää jalkanne ja levätkää, syökää ja juokaa"
"And after that we shall make ourselves merry"
"Ja sen jälkeen me teemme itsemme iloisiksi"
The Brahman was astonished beyond measure.
Brahman oli mittaamattoman hämmästynyt.
He had no recollection marrying twice.
Hän ei muistanut menneensä naimisiin kahdesti.
He remembered marrying the wife he left at home.
Hän muisti menneensä naimisiin kotiin jääneen vaimon
kanssa.

But he did not remember marrying this lady.
Mutta hän ei muistanut menneensä naimisiin tämän naisen kanssa.
But he remembered that he was a Kulin Brahman.
Mutta hän muisti olevansa Kulin-brahman.
Perhaps his father got him married as a child.
Ehkä hänen isänsä nai hänet lapsena.
But what he thought did not matter much.
Mutta sillä, mitä hän ajatteli, ei ollut niin väliä.
The woman was certain he was her husband.
Nainen oli varma, että mies oli hänen miehensä.
And he had no reason to say he was not her husband.
Eikä hänellä ollut mitään syytä sanoa, ettei hän ollut hänen miehensä.
Because her beauty was more than he could fathom.
Koska hänen kauneutensa oli enemmän kuin hän kykeni käsittämään.
As beautiful as the Goddesses of Indra's heaven.
Yhtä kauniita kuin Indran taivaan jumalattaret.
And he was sure that she was wealthy too.
Ja hän oli varma, että nainenkin oli rikas.
These thoughts went through the Brahman's mind.
Nämä ajatukset kävivät brahmanin mielessä.
But the lady interrupted his flow of thought.
Mutta nainen keskeytti hänen ajatustensa kulun.
"Are you doubting whether I am your wife?"
"Epäiletkö, olenko vaimosi?"
"Have you lost all memories of that happy event?
"Oletko kadottanut kaikki muistosi tuosta iloisesta tapahtumasta?"
"All the pomp and circumstance of our nuptials"
"Kaikki häidemme loisto ja juhla"
"Come in, beloved; this is your house"
"Tule sisään, rakas, tämä on sinun talosi"
"Because whatever is mine is thine also"
"Sillä mikä on minun, on myös sinun"
The fair lady easily persuaded the Brahman.

Kaunis nainen suostutteli brahmanin helposti.
And he succumbed to her loving entreaties.
Ja hän antoi periksi hänen rakastaville pyynnöilleen.
And he went into the house of the lady.
Ja hän meni rouvan taloon.
The house was not an ordinary one.
Talo ei ollut mikään tavallinen.
The house was in fact a magnificent palace.
Talo oli itse asiassa upea palatsi.
All the apartments were large and lofty.
Kaikki asunnot olivat suuria ja korkeita.
Every room in the palace was richly furnished.
Jokainen palatsin huone oli runsaasti kalustettu.
But one thing surprised the Brahman very much.
Mutta yksi asia yllätti brahmania kovasti.
There was no other person in all the house.
Koko talossa ei ollut ketään muuta.
The only one there was the lady herself.
Ainoa paikalla oli nainen itse.
He could not account for the strange phenomenon.
Hän ei osannut selittää outoa ilmiötä.
They meet anyone on their walks either.
He tapaavat kenet tahansa kävelyillään.
The fact was that the lady was not a human being.
Tosiasia oli, että nainen ei ollut ihminen.
What the lady really was was a Rakshasi.
Nainen oli todellisuudessa rakshasi.
She had eaten up the king and queen.
Hän oli syönyt kuninkaan ja kuningattaren.
And she had eaten all the members of the royal family.
Ja hän oli syönyt kaikki kuninkaallisen perheen jäsenet.
And gradually she had eaten their servants too.
Ja vähitellen hän oli syönyt myös heidän palvelijansa.
This was why there were no humans far and wide.
Tästä syystä ihmisiä ei ollut kaikkialla.
The Rakshasi and the Brahman now lived together.
Rakshasit ja brahmanit asuivat nyt yhdessä.

After a week the former said to the latter;
Viikon kuluttua edellinen sanoi jälkimmäiselle;
"I am very anxious to see my sister"
"Odotan kovasti, että näen siskoni"
"As you know, my sister is your other wife"
"Kuten tiedät, sisareni on toinen vaimosi ."
"You must go and fetch my sister; your other wife"
"Sinun täytyy mennä hakemaan sisareni; toinen vaimosi"
"Then we shall all live together happily"
"Sitten me kaikki elämme onnellisina yhdessä"
"You must go to get her early tomorrow"
"Sinun täytyy mennä hakemaan hänet aikaisin huomenna"
"I will give you clothes and jewels for her"
"Annan sinulle vaatteita ja koruja hänen puolestaan"
Next morning the Brahman set out for his home.
Seuraavana aamuna brahman lähti kotiinsa.
He was furnished with fine clothes.
Hänet oli varustettu hienoilla vaatteilla.
And he wore around his wrists costly ornaments.
Ja ranteissaan hän kantoi kalliita koristeita.

The poor woman was in great distress.
Köyhä nainen oli suuressa hädässä.
The funeral ceremony of the king's mother was over.
Kuninkaan äidin hautajaiset olivat ohi.
All the Brahmans and Pandits had returned.
Kaikki brahmanit ja panditit olivat palanneet.
And they were loaded with donations.
Ja ne olivat täynnä lahjoituksia.
But her husband had not returned.
Mutta hänen miehensä ei ollut palannut.
No one could give any news of him.
Kukaan ei voinut kertoa hänestä mitään uutisia.
Because no one had seen him there.
Koska kukaan ei ollut nähnyt häntä siellä.
The woman therefore could only come to one conclusion.
Nainen saattoi siis tulla vain yhteen johtopäätökseen.

He must have been murdered on the road by highwaymen.

Hänet on täytynyt murhata maantiellä maantierosvojen toimesta.

She was in this terrible suspense.

Hän oli tässä hirvittävässä jännityksessä.

But then one day she heard some rumors.

Mutta sitten eräänä päivänä hän kuuli huhuja.

People in her village were talking about her husband.

Hänen kylänsä ihmiset puhuivat hänen miehestään.

They said they saw him coming back.

He sanoivat nähneensä hänen tulevan takaisin.

And they said he was dressed in fine clothes.

Ja he sanoivat, että hän oli pukeutunut hienoihin vaatteisiin.

And they said he had fine jewels for his wife.

Ja he sanoivat, että hänellä oli hienoja koruja vaimolleen.

And sure enough the Brahman soon appeared.

Ja totta tosiaan, pian brahman ilmestyi.

And he was carrying fine jewels for his wife.

Ja hän kantoi hienoja koruja vaimolleen.

On seeing his wife the Brahman thus accosted her;

Nähdessään vaimonsa bramiini puhutteli häntä näin;

"Come with me, my dearest wife"

"Tule mukaani, rakkain vaimoni"

"I have found my first wife"

"Löysin ensimmäisen vaimoni"

"She lives in a stately palace"

"Hän asuu majesteettisessa palatsissa"

"Near her palace are hillocks of rupees"

"Hänen palatsinsa lähellä on rupioiden kumpuja"

"And there is a large hill of gold-mohurs"

"Ja siellä on suuri kulta-mohureiden kukkula"

"Why should you pine away in wretchedness?"

"Miksi sinun pitäisi riutua kurjuudessa?"

"Why would you stay in this horrible place?"

"Miksi ihmeessä jäisit tähän kamalaan paikkaan?"

"Come with me to the house of my first wife"

"Tule kanssani ensimmäisen vaimoni taloon"

"There we shall all live together happily"
"Siellä me kaikki elämme onnellisina yhdessä"
At first, she thought her half-witted man had gone mad.
Aluksi hän luuli, että hänen puoliälyinen miehensä oli tullut
hulluksi.
She could not imagine the hillocks of rupees.
Hän ei voinut kuvitellakaan rupioiden kasoja.
And she could not imagine a hill of gold-mohurs.
Eikä hän voinut kuvitellakaan kulta-mohureiden kukkulaa.
But then she saw how he was beautifully dressed.
Mutta sitten hän näki, kuinka kauniisti hän oli pukeutunut.
Beautiful clothes of exquisite silks and satins.
Kauniita vaatteita hienosta silkistä ja satiinista.
Ornaments set with diamonds and precious stones.
Timanteilla ja jalokivillä koristeltuja koristeita.
Clothes fit for the queen of the land.
Maan kuningattarelle sopivat vaatteet.
Clothes only princesses were in the habit of putting on.
Vaatteita, joita vain prinsessat käyttivät.
She concluded in her mind that something was amiss:
Hän päätteli mielessään, että jokin oli vialla:
Her stupid husband must have been tricked.
Hänen tyhmän miehensä on täytynyt tulla huijatuksi.
He must have fallen into the meshes of a Rakshasi.
Hänen on täytynyt joutua Rakshasin pauloihin.
The Brahman, however, insisted his wife went with him.
Brahmaani kuitenkin vaati vaimonsa lähtevän hänen
mukaansa.
"Feel free to stay here and pine away in poverty"
"Voit vapaasti jäädä tänne ja riutua köyhyydessä"
"As for me, I will return to the palace of my first wife"
"Mitä minuun tulee, niin minä palaan ensimmäisen vaimoni
palatsiin"
The good woman did her best to stop her husband.
Hyvä nainen teki parhaansa pysäyttääkseen miehensä.
But in the end she resolved to go with him.
Mutta lopulta hän päätti lähteä hänen mukaansa.

Perhaps she could judge the matter better at the palace.
Ehkä hän pystyisi arvioimaan asian paremmin palatsissa.

They set out accordingly the next morning.
He lähtivät sen mukaisesti liikkeelle seuraavana aamuna.
They went the same road the Brahman had travelled.
He kulkivat samaa tietä, jota bramiini oli kulkenut.
The woman was not a little surprised by what she saw.
Nainen ei ollut vähääkään yllättynyt näkemästään.
She saw the hillocks of cowries and of jewels.
Hän näki kauriiden ja jalokivien täyttämät kukkulat.
And she saw hillocks of eight-anna pieces.
Ja hän näki kahdeksan anna-kappaleiden kumpuja.
And she saw the hillocks of rupees too.
Ja hän näki myös rupioiden kummut.
And last of all she saw a lofty hill of gold-mohurs.
Ja viimeisenä hän näki korkean kultaisten mohureiden
kukkulan.
She saw also an exceedingly beautiful lady.
Hän näki myös erittäin kauniin naisen.
The lady of the palace was hastening towards her.
Palatsin emäntä kiiruhti häntä kohti.
The lady fell on the neck of the Brahman woman.
Nainen lankesi brahmaninaisen kaulaan.
And she wept tears of joy, and said:
Ja hän itki ilon kyyneleitä ja sanoi:
"Welcome, beloved sister!"
"Tervetuloa, rakas sisko!"
"This is the happiest day of my life!"
"Tämä on elämäni onnellisin päivä!"
"I see the face of my dearest sister again!"
"Näen taas rakkaimman sisareni kasvot!"
The husband and his two wives entered the palace.
Mies ja hänen kaksi vaimoaan astuivat palatsiin.
Now he was lodged in a stately mansion.
Nyt hänet majoitettiin komeaan kartanoon.
The most delectable food appeared, as if by enchantment.

Herkullisin ruoka ilmestyi kuin taianomaisesti.
He was caressed and endeared by his two wives.
Hänen kaksi vaimoaan hyväilivät ja pitivät häntä hellyytenä.
Both wives did their best to make him happy.
Molemmat vaimot tekivät parhaansa tehdäkseen hänet
onnelliseksi.
Both wives did their best to make him comfortable.
Molemmat vaimot tekivät parhaansa, jotta hän olisi
mukavassa tilanteessa.
His two wives were competing for his love.
Hänen kaksi vaimoaan kilpailivat keskenään hänen
rakkaudestaan.
The Brahman had a jolly time of it.
Brahmanilla oli hauskaa.
He was steeped in an ocean of enjoyment.
Hän oli uppoutunut nautinnon mereen.
The Brahman lived in this state of Elysian pleasure.
Brahman eli tässä elysialaisessa nautinnon tilassa.
Some fifteen or sixteen years he spent this way.
Hän vietti tällä tavalla noin viisitoista tai kuusitoista vuotta.
**During this time his two wives presented him with two
sons.**
Tänä aikana hänen kaksi vaimoaan esittivät hänelle kaksi
poikaa.
The Rakshasi's son was the elder.
Rakshasin poika oli vanhempi.
He looked more like a god than a human being.
Hän näytti enemmän jumalalta kuin ihmiseltä.
He was named Sahasra-Dal.
Hänet nimettiin Sahasra-Daliksi.
His name meant the thousand-branched.
Hänen nimensä tarkoitti tuhathaaraista.
The son of the Brahman woman was a year younger.
Brahmaninaisen poika oli vuotta nuorempi.
He was named Champa-Dal
Hänet nimettiin Champa-Daliksi.
His name meant the branch of a champaka tree.

Hänen nimensä tarkoitti champaka-puun oksaa.
The two brothers loved each other dearly.
Kaksi veljestä rakastivat toisiaan syvästi.
They were both sent to the same school.
Heidät molemmat lähetettiin samaan kouluun.
The school was several miles distant from the palace.
Koulu oli useiden kilometrien päässä palatsista.
Every day they rode their two little ponies to school.
Joka päivä he ratsastivat kahdella pienellä ponillaan kouluun.
The Brahman woman had always been suspicious.
Brahmannainen oli aina ollut epäileväinen.
A thousand little circumstances gave her clues.
Tuhannet pienet seikat antoivat hänelle vihjeitä.
She knew her sister-in-law was not a human being.
Hän tiesi, ettei hänen kälynsä ollut ihminen.
She was sure her sister-in-law was a Rakshasi.
Hän oli varma, että hänen kälynsä oli rakshasi.
But her suspicion had not yet ripened into certainty.
Mutta hänen epäilyksensä ei ollut vielä kypsynyt
varmuudeksi.
Because the Rakshasi exercised great self-restraint.
Koska Rakshasit harjoittivat suurta itsehillintää.
She never did anything which human beings did not do.
Hän ei koskaan tehnyt mitään sellaista, mitä ihmiset eivät
tekisi.
But she couldn't hide her demonic nature forever.
Mutta hän ei voinut piilottaa demonista luontoaan ikuisesti.
Her demonic nature was eventually going to reveal itself.
Hänen demoninen luontonsa tulisi lopulta paljastumaan.

The Brahman had little to keep him busy.
Brahmanilla oli vähän tekemistä.
In order to pass his time he went hunting.
Viettääkseen aikaansa hän meni metsästämään.
The first day he returned with an antelope.
Ensimmäisenä päivänä hän palasi antiloopin kanssa.
The antelope was laid in the courtyard of the palace.

Antilooppi laskettiin palatsin sisäpihalle.
The Rakshasi saw the antelope with great interest.
Rakshasi katseli antilooppia suurella mielenkiinnolla.
At the sight of the raw meat her mouth began to water.
Nähdessään raa'an lihan hänen suuhunsa alkoi valua vettä.
The antelope was never taken to the kitchen.
Antilooppia ei koskaan viety keittiöön.
Instead, the Rakshasi took the antelope to another room.
Sen sijaan Rakshasi vei antiloopin toiseen huoneeseen.
In this room she began devouring the antelope.
Tässä huoneessa hän alkoi ahmia antilooppia.
The Brahman woman saw everything from a secret room.
Brahmannainen näki kaiken salaisesta huoneesta.
Her Rakshasi sister tore a leg off the antelope.
Hänen rakshasi-sisarensa repäisi antiloopilta jalan irti.
She saw how she opened her tremendous jaw.
Hän näki, kuinka valtava leukansa avasi.
And in one mouthful she swallowed up the leg.
Ja yhdellä suupalalla hän nielaisi jalan.
The other limbs were devoured in the same manner.
Muut raajat syötiin samalla tavalla.
And opening her jaw even further, she swalled the body.
Ja avaten leukaansa vielä enemmän hän nielaisi ruumiin.
Only a little bit of the meat was kept for the kitchen.
Lihaa säästettiin vain pieni osa keittiötä varten.
On the second day the Brahman caught another antelope.
Toisena päivänä bramiini sai kiinni toisen antiloopin.
On the third day the Brahman caught another antelope.
Kolmantena päivänä bramiini sai kiinni toisen antiloopin.
The Rakshasi was unable to restrain her appetite.
Rakshasi ei pystynyt hillitsemään ruokahaluaan.
The raw flesh brought out her demonic nature.
Raaka liha toi esiin hänen demonisen luontonsa.
And she devoured each antelope like the last.
Ja hän ahmi jokaisen antiloopin kuin viimeisen.
**On the third day the Brahman woman expressed her
surprise.**

Kolmantena päivänä brahmannainen ilmaisi hämmästyksensä.

"Nearly three whole antelopes have disappeared"

"Lähes kolme kokonaista antilooppia on kadonnut"

"All that is left is a little bit of meat"

"Jäljelle jää vain pieni pala lihaa"

The Rakshasi did not appreciate the accusation.

Rakshasi ei arvostanut syytöstä.

"Do I eat raw flesh?" she asked fiercely.

"Syönkö raakaa lihaa?" hän kysyi kiivaasti.

"Perhaps you do eat raw flesh," replied the Brahman woman.

"Ehkäpä sinä syötkin raakaa lihaa", vastasi brahmaaninainen.

"I have nothing to prove the contrary"

"Minulla ei ole mitään todisteita päinvastaisesta"

The Rakshasi knew she had been discovered.

Rakshasi tiesi, että hänet oli löydetty.

Her eyes became even fiercer than before.

Hänen silmänsä tulivat entistäkin raivokkaammiksi.

And she vowed to get her revenge.

Ja hän vannoi kostavansa.

The Brahman woman concluded her fate was sealed.

Brahmannainen päätteli kohtalonsa olevan sinetöity.

She thought her husband would meet the same fate.

Hän arveli miehensä kohtaavan saman kohtalon.

She did not expect her son to be spared either.

Hän ei odottanut poikansakaan säästävän itseään.

That night she hardly slept at all.

Sinä yönä hän nukkui tuskin ollenkaan.

The Rakshasi had prevented her from seeing her husband.

Rakshasi oli estänyt häntä tapaamasta miestään.

Early next morning Champa-Dal went to school.

Seuraavana aamuna Champa-Dal meni kouluun.

Before he went to school she gave her son a golden bottle.

Ennen kuin poika meni kouluun, hän antoi hänelle kultaisen pullon.

In the golden bottle was her own breast milk.

Kultaisessa pullossa oli hänen omaa rintamaitoa.
"Carefully watch the colour of the milk"
"Katso maidon väriä huolellisesti"
"If the milk turns red, your father has been killed"
"Jos maito muuttuu punaiseksi, isäsi on tapettu"
"If the milk turns redder, then I have been killed"
"Jos maito muuttuu punaisemmaksi, minut on tapettu"
"If the milk turns red you must gallop away"
"Jos maito muuttuu punaiseksi, sinun on laukkattava pois"
"Gallop as fast as your horse can carry you"
"Laukkaa niin lujaa kuin hevosesi kantaa"
"If you do not run away, you will be devoured"
"Jos et pakene, sinut niellään"
That morning the Rakshasi made a suggestion to her husband.
Sinä aamuna Rakshasi teki ehdotuksen miehelleen.
"Let us bathe in the river this morning"
"Käykäämme joessa tänä aamuna"
She would not take no for an answer.
Hän ei hyväksyisi kieltävää vastausta.
The river was some distance from the palace.
Joki oli jonkin matkan päässä palatsista.
The Brahman followed her as meekly as a lamb.
Brahmaani seurasi häntä nöyrästi kuin karitsa.
The Brahman woman saw that her doom was near.
Brahmannainen näki, että hänen tuomionsa oli lähellä.
But it was beyond her power to avert the catastrophe.
Mutta katastrofin estäminen oli hänen voimiensa ulottumattomissa.
The Brahman and the Rakshasi did indeed reach the river.
Brahmani ja Rakshasi todellakin saavuttivat joen.
Soon after the Rakshasi changed into her real dimensions.
Pian sen jälkeen Rakshasi muuttui todellisiin mittasuhteisiinsa.
She tore the Brahman limb from limb.
Hän repi Brahmanin raajan raajasta.
She devoured him like she had devoured the antelope.

Hän ahmi hänet aivan kuin olisi ahminut antiloopin.
Then she ran back to her palace.
Sitten hän juoksi takaisin palatsiinsa.
The wive's fate was the same as the Brahman's.
Vaimon kohtalo oli sama kuin bramiinin.

Young Champ Dal had done as his mother instructed.
Nuori Champ Dal oli tehnyt äitinsä ohjeiden mukaan.
He was diligently observing the golden bottle.
Hän tarkkaili ahkerasti kultaista pulloa.
He paid special attention to the colour of the milk.
Hän kiinnitti erityistä huomiota maidon väriin.
He was horror-struck to find the milk redden a little.
Hän kauhistui huomatessaan maidon hieman punertavan.
"My father has been killed," he cried.
"Isäni on tapettu", hän huusi.
Soon after the milk completely reddened.
Pian sen jälkeen maito punoittui täysin.
"Now my mother has been killed too," he cried.
"Nyt äitinikin on tapettu", hän huusi.
Quickly he rushed to mount his pony.
Nopeasti hän kiiruhti poninsa selkään.
His half-brother, Sahasra-Dal, was surprised.
Hänen velipuolensa, Sahasra-Dal, oli yllättynyt.
"Where are you going, Champa?"
"Minne olet menossa, Champa?"
"Why are you crying, brother?"
"Miksi itket, veli?"
"Let me accompany you to wherever you are going"
"Anna minun seurata sinua minne ikinä menetkin"
But Champa-Dal now feared his brother.
Mutta Champa-Dal pelkäsi nyt veljeään.
"Oh! do not come to me," he objected.
"Voi, älä tule minun luokseni", hän vastusteli.
"Your mother has devoured my father and mother"
"Äitisi on syönyt minun isäni ja äitini"
"Don't you come and devour me"

"Älä tule ja niele minua"
"I will not devour you," he promised his brother.
"En minä sinua syö", hän lupasi veljelleen.
"I'll save you," he promised his brother.
"Minä pelastan sinut", hän lupasi veljelleen.
And he galloped after his brother, Champa-Dal.
Ja hän laukkasi veljensä Champa-Dalin perässä.
Soon his mother, the Rakshasi, appeared at a distance.
Pian hänen äitinsä, Rakshasi, ilmestyi etäältä.
She demanded Champa-Dal to come to her.
Hän vaati Champa-Dalia tulemaan luokseen.
But Champa-Dal knew better than to go to the Rakshasi.
Mutta Champa-Dal tiesi paremmin kuin mennä Rakshasin luo.
"Champa-Dal will not come to you, but I will"
"Champa-Dal ei tule luoksesi, mutta minä tulen"
And instead, Sahasra-Dal went to his mother.
Ja sen sijaan Sahasra-Dal meni äitinsä luo.
The young prince always carried a sword with him.
Nuori prinssi kantoi aina miekkaa mukanaan.
With his sword he cut off his mother's head.
Miekallaan hän iski äitinsä pään irti.
Champa-Dal had not stayed to witness this.
Champa-Dal ei ollut jäänyt todistamaan tätä.
He had galloped off as far as his pony could carry him.
Hän oli laukannut niin kauas kuin poni kantoi.
Because he was running for his life.
Koska hän juoksi henkensä edestä.
But Sahasra-Dal soon caught up with his brother.
Mutta Sahasra-Dal tavoitti pian veljensä.
And he told him that his mother was no more.
Ja hän kertoi hänelle, että hänen äitiään ei enää ollut.
This was small consolation to Champa-Dal.
Tämä oli Champa-Dalille pieni lohtu.
The Rakshasi had already devoured both his parents.
Rakshasi oli jo ahminut molemmat hänen vanhempansa.
But he could still not trust Sahasra-Dal's friendship.

Mutta hän ei vieläkään voinut luottaa Sahasra-Dalin ystävyyteen.

They both rode as fast as their horses could carry them.

Molemmat ratsastivat niin nopeasti kuin hevoset kantoivat.

And their horses could carry them very far.

Ja heidän hevosensa pystyivät kantamaan heidät hyvin pitkälle.

Because their horses were Pakshirajes horses.

Koska heidän hevosensa olivat Pakshirajen hevosia.

Pakshirajes horses are the kings of birds.

Pakshirajesin hevoset ovat lintujen kuninkaita.

On their horses they travelled over hundreds of miles.

Hevosillaan he matkustivat satoja kilometrejä.

An hour or two before sundown they reached a village.

Tuntia tai kahta ennen auringonlaskua he saapuivat kylään.

Here they became the guests of a respectable family.

Täällä heistä tuli kunnioitettavan perheen vieraita.

But the two brothers saw the family was in gloom.

Mutta kaksi veljestä näkivät perheen olevan alakuloinen.

Something was agitating the family very much.

Jokin vaivasi perhettä kovasti.

Some of the family held private consultations.

Osa perheestä piti yksityisneuvoja.

And others in the family were weeping.

Ja muutkin perheenjäsenet itkivät.

The mother was the eldest lady in the house.

Äiti oli talon vanhin nainen.

"I will go, as I am the eldest," she said.

"Minä menen, koska olen vanhin", hän sanoi.

"I have lived long enough"

"Olen elänyt tarpeeksi kauan"

"At most my life would be cut short by a year or two"

"Elämäni lyhenisi korkeintaan vuodella tai kahdella"

The youngest member of the house was a little girl.

Talon nuorin asukas oli pieni tyttö.

"I will go, as I am young," she said.

"Menen kyllä, koska olen nuori", hän sanoi.

"I am useless to the family"
"Olen perheelle tarpeeton"
"If I die, I shall not be missed"
"Jos kuolen, minua ei enää kaivata"
The head of the house was the son of the old lady.
Talon pää oli vanhan rouvan poika.
"I am the representative of the family," he said.
"Minä olen suvun edustaja", hän sanoi.
"It is but reasonable that I should give up my life"
"On vain järkevää, että luovun hengestäni"
He also had a younger brother.
Hänellä oli myös nuorempi veli.
"You are the pillar of the family," he said.
"Sinä olet perheen tukipilari", hän sanoi.
"If you go the whole family is ruined"
"Jos lähdet, koko perhe on pilalla"
"It is not reasonable that you should go"
"Ei ole järkevää, että sinun pitäisi mennä"
"I will go, as I shall not be much missed"
"Menen kyllä, sillä minua ei tulla paljon kaipaamaan"
The two strangers listened to all this conversation.
Kaksi muukalaista kuuntelivat koko keskustelun.
You can imagine their curiosity was not little.
Voit kuvitella, että heidän uteliaisuutensa ei ollut vähäistä.
They wondered what the discussion could be about.
He ihmettelivät, mistä keskustelussa voisi olla kyse.
Sahasra-Dal took the risk of being thought meddlesome.
Sahasra-Dal otti riskin, että häntä pidettäisiin sekaantujana.
"What is the subject of your consultations?"
"Mikä on konsultaatioidenne aihe?"
"What is the reason for your deep miserable?"
"Mikä on syvän kurjuutesi syy?"
"Why are your words full of countenances?"
"Miksi sanasi ovat täynnä ilmeitä?"
The head of the house gave the following answer.
Talon isäntä antoi seuraavan vastauksen.
"There is something you must know, me worthy guests"

"Teidän täytyy tietää eräs asia, arvoisat vieraat."
"These lands are infested by a terrible Rakshasi"
"Nämä maat ovat hirvittävän Rakshasin riivaamia"
"This Rakshasi has depopulated all the regions here"
"Tämä Rakshasi on tyhjentänyt kaikki alueet täällä"
"This town, too, would have been depopulated"
"Tämäkin kaupunki olisi autioitunut"
"But that our king became suppliant to the Rakshasi"
"Mutta että kuninkaastamme tuli Rakshasien anoja"
"He begged her to show mercy to us his people"
"Hän pyysi häntä osoittamaan armoa meille, hänen kansalleen"
The Rakshasi replied to the king.
Rakshasi vastasi kuninkaalle.
"I will consent to show mercy to your subjects"
"Suostun osoittamaan armoa alamaisillesi"
"But there is one condition for my mercy"
"Mutta armolleni on yksi ehto"
"Every night I demand one human being"
"Joka yö vaadin yhtä ihmistä"
"I don't mind if it is a male or a female"
"Minua ei haittaa, onko kyseessä mies vai nainen"
"Put the human being in a temple for me to feast"
"Vie ihminen temppeliin, jotta minä voisin juhlia"
"If I get a human being every night I will rest satisfied"
"Jos saan ihmisen joka yö, olen tyytyväinen."
"Promise me this and I will commit no further depredations"
"Lupaa tämä minulle, niin en tee enää mitään rikollista"
"Your subjects will be spared from my ravenous hunger"
"Alamaisesi säästyvät nälkäni ahneudelta"
"Our king had no other alternative than to agree"
"Kuninkaallamme ei ollut muuta vaihtoehtoa kuin suostua"
"What human can ever hope to contend against a Rakshasi?"
"Mikä ihminen voi koskaan toivoa voivansa kilpailla Rakshasia vastaan?"
"From that day the king made a new law"

"Siitä päivästä lähtien kuningas sääti uuden lain"
"Every family has to send one member to the temple"
"Jokaisen perheen on lähetettävä yksi jäsen temppeliin"
"To appease the wrath of the terrible Rakshasi"
"Lepytelläkseen kauhean Rakshasin vihan"
"To satisfy the endless hunger of the Rakshasi"
"Tyydyttääkseen Rakshasien loputtoman nälän"
"All the families in this neighbourhood have had their turn"
"Kaikki tämän naapuruston perheet ovat saaneet vuoronsa"
"This night it is the turn of our family"
"Tänä iltana on perheemme vuoro"
"One of us is to devote ourself to destruction"
"Yksi meistä on omistautumassa tuholle"
**"We are therefore discussing who should go to the
Rakshasi"**
"Siksi keskustelemme siitä, kenen pitäisi mennä Rakshasiin."
"You can now perceive the cause of our distress"
"Nyt voitte ymmärtää ahdinkomme syyn"
The two friends consulted together for a few minutes.
Kaksi ystävää neuvottelivat keskenään muutaman minuutin.
After this time they concluded their consultation.
Tämän ajan kuluttua he päättivät neuvottelunsa.
Sahasra-Dal was the spokesman for the brothers.
Sahasra-Dal oli veljien tiedottaja.
"Most worthy host, do not any longer be sad"
"Arvokkain isäntä, älä enää ole surullinen"
"You have been very kind to us"
"Olette olleet meille hyvin ystävällisiä"
"We have resolved to requite your hospitality"
"Olemme päättäneet palkita vieraanvaraisuutenne"
"We will go to the temple instead of you"
"Me menemme temppeliin teidän sijastanne"
"We shall go as your representatives"
"Me menemme teidän edustajinanne"
"We will become the food of the Rakshasi"
"Meistä tulee Rakshasien ruoka"
The whole family protested against the proposal.

Koko perhe protestoi ehdotusta vastaan.
They declared that guests were like gods.
He julistivat vieraiden olevan kuin jumalia.
"The host must ensure the comfort of the guests"
"Isännän on varmistettava vieraiden viihtyvyys"
"The guests must not suffer for the host"
"Vieraiden ei tarvitse kärsiä isännän takia"
But the two strangers could not be persuaded.
Mutta kahta muukalaista ei voitu suostutella.
"We will stand as proxies for your family"
"Me toimimme perheesi sijaisina"
There was a great deal of objection to the proposal.
Ehdotusta vastustettiin paljon.
But eventually the guests persuaded their hosts.
Mutta lopulta vieraat saivat isäntänsä suostuteltua.
Finally the hosts consented to the arrangement.
Lopulta isännät suostuivat järjestelyyn.

Sahasra-Dal and Champa-Dal rode off on their horses.
Sahasra-Dal ja Champa-Dal ratsastivat pois hevosillaan.
Immediately after candle light they reached the temple.
Heti kynttilänvalossa he saapuivat temppeliin.
They went into the temple, and shut the door.
He menivät temppeliin ja sulkivat oven.
Sahasra told his brother to go to sleep.
Sahasra käski veljeään menemään nukkumaan.
"I will guard over your sleep"
"Minä vartioin untasi"
"I will watch out for the terrible Rakshasi"
"Varoin kauheaa Rakshasia"
Champa was soon in a fine sleep.
Champa nukahti pian sikeään uneen.
Sahasra lay awake, waiting for the Rakshasi.
Sahasra makasi hereillä ja odotti rakshasia.
Nothing happened during the early hours of the night.
Yön varhaisina tunteina ei tapahtunut mitään.
But then the gong of the king's bell sounded.

Mutta sitten kuninkaan kellon gongi soi.
It was midnight, the dead hour of the night.
Oli keskiyö, yön viimeinen hetki.
Sahasra heard the sound as of a rushing tempest.
Sahasra kuuli äänen kuin pauhaavan myrskyn.
He used the knowledge he had of Rakshasas.
Hän käytti Rakshasoista tuntemustaan.
He concluded the Rakshasi was nigh.
Hän päätteli Rakshasin olevan lähellä.
A thundering knock was heard at the door.
Ovelta kuului jyrisevä koputus.
The following words accompanied the knock at the door:
Seuraavat sanat säestivät oven koputusta:
"How, mow, khow! A human being I smell"
"Kuinka, niitto, khow! Ihmisen haistan"
"Who keeps guard inside this temple?"
"Kuka pitää vartiota tämän temppelin sisällä?"
To this question Sahasra-Dal made the following reply:
Tähän kysymykseen Sahasra-Dal vastasi seuraavasti:
"Sahasra-Dal keeps guard inside this temple"
"Sahasra-Dal vartioi tämän temppelin sisällä"
"Champa-Dal keeps guard inside this temple"
"Champa-Dal vartioi tässä temppelissä"
"Two winged horses keep guard inside this temple"
"Kaksi siivekkäistä hevosta vartioi tässä temppelissä"
Rakshasa blood flowed through Sahasra-Dal's veins.
Rakshasan veri virtasi Sahasra-Dalin suonissa.
The Rakshasi knew Sahasra-Dal was not human.
Rakshasit tiesivät, että Sahasra-Dal ei ollut ihminen.
And so the Rakshasi turned away with a groan.
Ja niin Rakshasi kääntyi pois voihkien.
After an hour the Rakshasi returned to the temple.
Tunnin kuluttua Rakshasi palasi temppeliin.
The Rakshasi thundered at the door again.
Rakshasi jyrisi ovea taas.
"How, mow, khow! A human being I smell"
"Kuinka, niitto, khow! Ihmisen haistan"

"Who keeps guard inside this temple?"
"Kuka pitää vartiota tämän temppelin sisällä?"
To this question Sahasra-Dal again replied:
Tähän kysymykseen Sahasra-Dal vastasi jälleen:
"Sahasra-Dal keeps guard inside this temple"
"Sahasra-Dal vartioi tämän temppelin sisällä"
"Champa-Dal keeps guard inside this temple"
"Champa-Dal vartioi tässä temppelissä"
"Two winged horses keep guard inside this temple"
"Kaksi siivekkäistä hevosta vartioi tässä temppelissä "
The Rakshasi again groaned and went away.
Rakshasi voihkaisi jälleen ja meni pois.
At two o'clock the Rakshasi appeared once more.
Kello kahden aikaan Rakshasi ilmestyi jälleen.
And at three o'clock the Rakshasi came again.
Ja kello kolme Rakshasi tuli taas.
Each time the Rakshasi made the same inquiry.
Joka kerta Rakshasi esitti saman kysymyksen.
And each time the Rakshasi left with a groan.
Ja joka kerta Rakshasi lähti voihkien.
After three o'clock, however, Sahasra-Dal felt very sleepy.
Kolmen jälkeen Sahasra-Dal tunsi olonsa kuitenkin hyvin
uneliaaksi.
He could not any longer keep awake.
Hän ei enää pystynyt pysymään hereillä.
He therefore roused Champa.
Niinpä hän herätti Champan.
And he told him to keep guard over the temple.
Ja hän käski hänen vartioida temppeliä.
"The Rakshasi will come again in an hour"
"Rakshasit tulevat takaisin tunnin kuluttua"
"The Rakshasi will ask who keeps guard here"
"Rakshasit kysyvät kuka täällä vartioi."
"You must mention Sahasra's name first"
"Sinun täytyy mainita Sahasran nimi ensin"
Having given these instructions he went to sleep.
Annettuaan nämä ohjeet hän meni nukkumaan.

At four o'clock the Rakshasi again made her appearance.
Kello neljä Rakshasi ilmestyi jälleen.
The Rakshasi thundered at the door, and said:
Rakshasi jyrisi ovea vasten ja sanoi:
"How, mow, khow! A human being I smell"
"Kuinka, niitto, khow! Ihmisen haistan"
"Who keeps guard inside this temple?"
"Kuka pitää vartiota tämän temppelin sisällä?"
Champa-Dal was in a terrible fright.
Champa-Dal oli hirvittävässä pelossa.
He had forgotten the instructions of his brother.
Hän oli unohtanut veljensä ohjeet.
"Champa-Dal keeps guard inside this temple"
"Champa-Dal vartioi tässä temppelissä"
"Sahasra-Dal keeps guard inside this temple"
"Sahasra-Dal vartioi tämän temppelin sisällä"
"Two winged horses keep guard inside this temple"
"Kaksi siivekkäistä hevosta vartioi tässä temppelissä"
The Rakshasi uttered a shout of exultation.
Rakshasi päästi riemunhuudon.
And the Rakshasi laughed how only demons can laugh.
Ja Rakshasit nauroivat niin kuin vain demonit osaavat nauraa.
With a dreadful noise the door broke open.
Kauhean äänen saattelemana ovi murtui auki.
The noise roused Sahasra from his sleep.
Melu herätti Sahasran unestaan.
Within a moment he sprung to his feet.
Hetken kuluttua hän nousi jaloilleen.
He had his sword with him not only by day.
Hänellä oli miekka mukanaan, ei vain päiväsaikaan.
He had his sword with him by night too.
Hänellä oli miekka mukanaan myös yöllä.
His sword was as supple as a palm-leaf.
Hänen miekkansa oli yhtä taipuisa kuin palmunlehti.
And he cut off the head of the Rakshasi.
Ja hän katkaisi Rakshasin pään.
The huge mountain of a body fell to the ground.

Valtava ruumiin vuori putosi maahan.
The body made a great noise when it fell.
Ruumis piti kovan äänen kaatuessaan.
And the body covered many surrounding acres.
Ja ruumis peitti monia ympäröiviä eekkereitä.
Sahasra-Dal kept the severed head of the Rakshasi.
Sahasra-Dal piti rakshasien katkaistua päätä.
And he slept again with the head near him.
Ja hän nukkui taas pää lähellä itseään.

Early in the morning some wood-cutters came.
Varhain aamulla tulivat puunhakkaajat.
The wood-cutters were passing near the temple.
Puunhakkaajat kulkivat temppelin lähellä.
The wood-cutters saw the huge body on the ground.
Puunhakkaajat näkivät valtavan ruumiin maassa.
So they walked towards the temple.
Niinpä he kävelivät kohti temppeliä.
Soon they saw that it was a carcass.
Pian he näkivät, että se oli ruho.
The carcass of the terrible Rakshasi.
Kauhean Rakshasin ruho.
The Rakshasi that had nearly depopulated the land.
Rakshasi, joka oli lähes tuhonnut maan.
There had been a bounty for this Rakshasi.
Tästä Rakshasista oli luvattu palkkio.
The king offered the hand of his daughter.
Kuningas tarjosi tyttärensä käden.
And the king had offered half the kingdom.
Ja kuningas oli tarjonnut puolet valtakunnasta.
He would trade it all for the head of the Rakshasi.
Hän vaihtaisi kaiken Rakshasien päähän.
The wood-cutters saw no claimant at hand.
Puunhakkaajat eivät nähneet kenelläkään vaatijaa.
So they went to get the reward.
Niinpä he menivät hakemaan palkintoa.
Each wood-cutter cut off a limb from the Rakshasi.

Jokainen puunhakkaaja sahasi oksan pois Rakshasista.
And each wood-cutter went to the king.
Ja jokainen puunhakkaaja meni kuninkaan luo.
And each wood-cutter tried to claim the reward.
Ja jokainen puunhakkaaja yritti lunastaa palkkionsa.
"I am the destroyer of the great man eater"
"Olen suuren ihmissyöjän tuhoaja"
"I have come to claim my reward"
"Olen tullut lunastamaan palkintoni"
The king knew there could only be one hero.
Kuningas tiesi, että sankareita saattoi olla vain yksi.
So he made an inquiry with his minister.
Niinpä hän tiedusteli asiaa ministeriltään.
"What family's turn was it last night?"
"Minkä perheen vuoro oli eilen illalla?"
"And who is the head of that family?"
"Ja kuka on tuon perheen pää?"
The king's minister set out to find the family.
Kuninkaan ministeri lähti etsimään perhettä.
He brought the head of the family to the king.
Hän toi suvun päämiehen kuninkaan luo.
And the head of the family told of his guests.
Ja perheenpää kertoi vieraistaan.
"Last night two youthful travelers came to me"
"Eilen illalla luokseni tuli kaksi nuorta matkalaista"
"We offered to be their hosts for the night"
"Tarjouduimme olemaan heidän isäntinsä yön ajan"
"Soon they discovered the problem we had"
"Pian he huomasivat ongelmamme"
"And they volunteered to take our place"
"Ja he tarjoutuivat ottamaan paikkamme"
"They went to the temple, instead of one of us"
"He menivät temppeliin yhden meistä sijaan"
The king took his men to the temple.
Kuningas vei miehensä temppeliin.
The door of the temple was broken open.
Temppelin ovi murrettiin auki.

They found the two brothers sleeping.
He löysivät kaksi veljestä nukkumasta.
And the horses were safe in the temple too.
Ja hevosetkin olivat turvassa temppelissä.
And the head of the Rakshasi was there too.
Ja Rakshasien johtaja oli myös siellä.
There was no doubt about who had killed the monster.
Ei ollut epäilystäkään siitä, kuka oli tappanut hirviön.
The real hero had been discovered.
Todellinen sankari oli löydetty.
And the king kept true to his word.
Ja kuningas piti sanansa.
He gave the hand of his daughter to Sahasra-Dal.
Hän antoi tyttärensä käden Sahasra-Dalille.
And he gave him half his kingdom too.
Ja hän antoi hänelle myös puolet valtakunnastaan.
Champa-Dal remained with his friend.
Champa-Dal jäi ystävänsä luokse.
And he rejoiced in Sahasra-Dal's prosperity.
Ja hän iloitsi Sahasra-Dalin menestyksestä.
And they lived together happily for some time.
Ja he elivät onnellisina yhdessä jonkin aikaa.

But one day a misunderstanding arose between them.
Mutta eräänä päivänä heidän välilleen syntyi väärinkäsitys.
The queen-mother had a certain maid-servant.
Kuningattaren äidillä oli eräs palvelijatar.
This maid-servant was the most useful domestic.
Tämä palvelijatar oli hyödyllisin kotiapulainen.
She could turn her hand to any task.
Hän pystyi tarttumaan mihin tahansa tehtävään.
And she had uncommon strength for a woman.
Ja hänellä oli epätavallista voimaa naiseksi.
Her intelligence was not lacking either.
Älykkyydestäänkään ei ollut pulaa.
And she had a remarkable amount of energy.
Ja hänellä oli huomattava määrä energiaa.

She would have been quickly missed in the palace.
Häntä olisi nopeasti kaivattu palatsissa.
The zenana was completely dependent on her.
Zenana oli täysin riippuvainen hänestä.
Hence her services were highly valued.
Siksi hänen palveluksiaan arvostettiin suuresti.
The queen-mother appreciated her very much.
Kuningataräiti arvosti häntä suuresti.
And the ladies of the palace valued her too.
Ja palatsin naisetkin arvostivat häntä.
But this valuable woman was not a woman.
Mutta tämä arvokas nainen ei ollut nainen.
What this woman was was a Rakshasi.
Tämä nainen oli rakshasi.
She had put on the appearance of a woman.
Hän oli pukeutunut naisen ulkonäköön.
She had her own nefarious reasons for doing this.
Hänellä oli omat ilkeät syynsä tehdä näin.
And then she took service in the royal household.
Ja sitten hän astui palvelukseen kuninkaallisessa taloudessa.
At night she used to assume her own real form.
Yöllä hän tapasi ottaa oman todellisen muotonsa.
When everyone in the palace was asleep.
Kun kaikki palatsissa nukkuivat.
And then she went about in search of food.
Ja sitten hän lähti etsimään ruokaa.
Because her hunger was not satisfied at the palace.
Koska hänen nälkänsä ei saanut tyydytettyä palatsissa.
A Rakshasi needs much more food than a man or woman.
Rakshasi tarvitsee paljon enemmän ruokaa kuin mies tai
nainen.
At this time Champa-Dal had no wife.
Tuolloin Champa-Dalilla ei ollut vaimoa.
So he often slept outside the zenana.
Niinpä hän usein nukkui zenanan ulkopuolella.
He was not far from the outer gate of the palace.
Hän ei ollut kaukana palatsin ulkoportista.

And from there he could observe her.
Ja sieltä hän saattoi tarkkailla häntä.
He saw her devouring sundry goats and sheep.
Hän näki hänen ahmivan kaikenlaisia vuohia ja lampaita.
And he saw her devouring horses and elephants.
Ja hän näki hänen ahmivan hevosia ja norsuja.
This of course was not good for the maid-servant.
Tämä ei tietenkään tehnyt hyvää palvelijattarelle.
Champa-Dal was in the way of her supper.
Champa-Dal oli hänen illallisensa tiellä.
So she was determined to get rid of him.
Niinpä hän oli päättänyt hankkiutua hänestä eroon.
One day she went to the queen-mother.
Eräänä päivänä hän meni kuningataräidin luo.
"Queen-mother," she said to her.
"Kuningataräiti", hän sanoi hänelle.
"I can no longer work in the palace"
"En voi enää työskennellä palatsissa"
"Why?" asked the queen-mother.
"Miksi?" kysyi kuningataräiti.
"What is the matter, Dasi" she wanted to know.
"Mikä hätänä, Dasi?" hän halusi tietää.
"How can I go on without you?"
"Kuinka voin jatkaa ilman sinua?"
"Tell me your reasons for leaving"
"Kerro minulle syysi lähtöösi"
The maid-servant explained her situation.
Palvelijatar selitti tilanteensa.
"I am but a poor woman in this palace"
"Olen vain köyhä nainen tässä palatsissa"
"A woman like me can't preserve her honour here"
"Minun kaltaiseni nainen ei pysty säilyttämään kunniaansa
täällä"
"Your son-in-law has a friend, Champa-Dal"
"Vyllylläsi on ystävä, Champa-Dal"
"He always cracks indecent jokes with me"
"Hän aina heittää minulle sopimattomia vitsejä"

"I would rather beg for my rice than to lose my honour"
"Mieluummin kerjään riisiäni kuin menetän kunniani"
"If Champa-Dal remains in the palace I must go away"
"Jos Champa-Dal jää palatsiin, minun on lähdettävä pois."
The maid-servant was irreplicable in the palace.
Palvelijatar oli palatsissa korvaamaton.
The queen-mother knew what sacrifice to make.
Kuningataräiti tiesi, minkä uhrauksen tehdä.
Champa-Dal was going to have to leave the palace.
Champa-Dalin oli lähdettävä palatsista.
And she told Sahasra-Dal all her reasons.
Ja hän kertoi Sahasra-Dalille kaikki syynsä.
"Champa-Dal is a bad man"
"Champa-Dal on paha mies"
"His character and morals are loose"
"Hänen luonteensa ja moraalinsa ovat löysät"
"He must leave this palace at once"
"Hänen on lähdettävä tästä palatsista heti"
Sahasra-Dal did his best to persuade her otherwise.
Sahasra-Dal teki parhaansa vakuuttaakseen hänet toisin.
He earnestly pleaded on behalf of his friend.
Hän puolusti hartaasti ystävänsä asiaa.
But his efforts were in vain.
Mutta hänen ponnistelunsa olivat turhia.
The queen-mother had made up her mind.
Kuningataräiti oli tehnyt päätöksensä.
He had to be driven out of the palace.
Hänet piti ajella ulos palatsista.
Sahasra-Dal had not the courage to tell his friend.
Sahasra-Dalilla ei ollut rohkeutta kertoa ystävälleen.
He therefore wrote a letter to him.
Niinpä hän kirjoitti hänelle kirjeen.
In the letter he was vague about the reason.
Kirjeessä hän oli epämääräinen syystä.
But either way, he was going to have to leave.
Mutta joka tapauksessa hänen oli pakko lähteä.
Champa-Dal went to have a bath.

Champa-Dal meni kylpyyn.
And the letter was put in his room.
Ja kirje laitettiin hänen huoneeseensa.
Champa-Dal was grieved upon reading the letter.
Champa-Dal oli surullinen lukiessaan kirjeen.
He mounted his fleet of horses.
Hän nousi hevoslaivueensa selkään.
And on his horses he left the palace.
Ja hevosillaan hän lähti palatsista.

Champa's horses were uncommonly fleet.
Champan hevoset olivat epätavallisen nopeita.
Soon he had traversed thousands of miles.
Pian hän oli juossut tuhansia kilometrejä.
And eventually he reached a new city.
Ja lopulta hän saapui uuteen kaupunkiin.
He stood at the gateway of a magnificent palace.
Hän seisoi upean palatsin portilla.
He dismounted from his horse.
Hän nousi hevosensa selästä.
And he entered the palace.
Ja hän astui palatsiin.
But in the palace he met not a single creature.
Mutta palatsissa hän ei tavannut ainuttakaan olentoa.
He went from apartment to apartment.
Hän kulki asunnosta asuntoon.
All the rooms were richly furnished.
Kaikki huoneet olivat runsaasti kalustettuja.
But none of the rooms were lived in.
Mutta yhdessäkään huoneessa ei asuttu.
But in the end he came to a different room.
Mutta lopulta hän tuli eri huoneeseen.
In this room there was a young lady.
Tässä huoneessa oli nuori nainen.
The young lady was of heavenly beauty.
Nuori nainen oli taivaallisen kaunis.
And she was lying down on a splendid bedstead.

Ja hän makasi upealla vuoteella.
The beautiful young lady was asleep.
Kaunis nuori nainen nukkui.
Champa-Dal looked upon the sleeping beauty.
Champa-Dal katsoi nukkuvaa kaunotarta.
He was captivated by what he was seeing.
Hän oli lumoutunut näkemästään.
He had not seen any woman so beautiful.
Hän ei ollut nähnyt ketään niin kaunista naista.
Upon the bed there were two sticks.
Sängyllä oli kaksi keppiä.
The two sticks were near the woman's head.
Kaksi keppiä olivat lähellä naisen päätä.
One of the sticks was made of silver.
Yksi kepeistä oli tehty hopeasta.
And the other stick was made of gold.
Ja toinen keppi oli tehty kullasta.
Champa took the silver stick into his hand.
Champa otti hopeakepin käteensä.
And with the stick he touched the body of the lady.
Ja kepillä hän kosketti naisen ruumista.
But no change was perceptible to her sleep.
Mutta hänen unessaan ei näkynyt mitään muutosta.
He then took up the gold stick.
Sitten hän otti kultaisen kepin käteensä.
And with the stick he touched the body of the lady.
Ja kepillä hän kosketti naisen ruumista.
This time the young lady did awake.
Tällä kertaa nuori nainen heräsi.
Eyeing the stranger, she inquired who he was.
Hän silmäili muukalaista ja kysyi kuka tämä oli.
"I am Champa-Dal," he told her.
"Minä olen Champa-Dal", hän kertoi hänelle.
"There was once a poor dimwitted Brahman"
"Olipa kerran köyhä, tyhmä brahman."
"This dimwitted man had a wife, but no children"
"Tällä tyhmällä miehellä oli vaimo, mutta ei lapsia"

"But him not having children was probably for the best"
"Mutta se, ettei hänellä ollut lapsia, oli luultavasti parasta."
"Because he was barely able to meet his own needs"
"Koska hän tuskin pystyi tyydyttämään omia tarpeitaan"
"And he could hardly supply enough for his wife"
"Ja hän tuskin pystyi tarjoamaan tarpeeksi vaimolleen"
"But his dimwittedness was not even his biggest problem"
"Mutta hänen tyhmyytensä ei ollut edes hänen suurin ongelmansa"
And he continued the story as we have followed it.
Ja hän jatkoi tarinaa, kuten me olemme sitä seuranneet.
"My mother concluded her fate was sealed"
"Äitini päätteli kohtalonsa olevan sinetöity"
"And she thought my father would meet the same fate"
"Ja hän luuli isäni kohtaavan saman kohtalon"
"And she did not expect me to be spared either"
"Eikä hän odottanut minunkaan säästyvän"
"That night she hardly slept at all"
"Sinä yönä hän ei nukkunut juuri lainkaan"
"The Rakshasi had prevented her from seeing my father"
"Rakshasit olivat estäneet häntä tapaamasta isääni"
"Early next morning I went to school"
"Seuraavana aamuna menin kouluun"
"Before I went to school she gave me a golden bottle"
"Ennen kouluun menoa hän antoi minulle kultaisen pullon"
"In the golden bottle was her own breast milk"
"Kultaisessa tuttipullossa oli hänen oma rintamaitonsa"
"I was told to carefully watch the colour of the milk"
"Minua käskettiin tarkkailemaan maidon väriä huolellisesti"
And he continued the story as we have followed it.
Ja hän jatkoi tarinaa, kuten me olemme sitä seuranneet.
"We will stand as proxies for your family"
"Me toimimme perheesi sijaisina"
"There was a great deal of objection to our proposal"
"Ehdotustamme vastustettiin paljon"
"But eventually we persuaded our hosts"
"Mutta lopulta saimme isäntämme suostuteltua"

"Finally the hosts consented to the arrangement"
"Lopulta isännät suostuivat järjestelyyn"
And he continued the story as we have followed it.
Ja hän jatkoi tarinaa, kuten me olemme sitä seuranneet.
"So I often slept outside the zenana"
"Nukkuin siis usein zenanan ulkopuolella"
"I was not far from the outer gate of the palace"
"En ollut kaukana palatsin ulkoportista"
"And from there I could observe her"
"Ja sieltä minä saatoin tarkkailla häntä"
"I saw her devouring sundry goats and sheep"
"Näin hänen ahmivan kaikenlaisia vuohia ja lampaita "
"And I saw her devouring horses and elephants"
"Ja minä näin hänen ahmivan hevosia ja norsuja"
And he continued the story as we have followed it.
Ja hän jatkoi tarinaa, kuten me olemme sitä seuranneet.
"One day a letter was put in my room"
"Eräänä päivänä huoneeseeni laitettiin kirje"
"I was grieved upon reading the letter"
"Olin surullinen lukiessani kirjeen"
"I mounted my fleet of horses"
"Häirin hevosteni selkään"
"And on my horses he left the palace"
"Ja hevosillani hän lähti palatsista"
"My horse are uncommonly fleet"
"Hevoseni ovat epätavallisen nopeita"
"Soon I had traversed thousands of miles"
"Pian olin matkustanut tuhansia kilometrejä"
"And eventually I reached a new city"
"Ja lopulta saavuin uuteen kaupunkiin"
And he continued the story as we have followed it.
Ja hän jatkoi tarinaa, kuten me olemme sitä seuranneet.
"I took the silver stick into his hand"
"Otin hopeakepin hänen käteensä"
"And with the stick I touched your body"
"Ja kepillä kosketin vartaloasi"
"But no change was perceptible to your sleep"

"Mutta unessasi ei näkynyt mitään muutosta"
"I then took up the gold stick"
"Sitten otin kultakepin käteeni"
And with the stick he touched your body.
Ja kepillä hän kosketti vartaloasi.
"This time you did awake from your sleep"
"Tällä kertaa heräsit unestasi"
The young lady had listened to Champa-Dal's story.
Nuori nainen oli kuunnellut Champa-Dalin tarinaa.
The young lady was in fact a princess.
Nuori nainen oli itse asiassa prinsessa.
"Unhappy man! why have you come here?"
"Onneton mies! Miksi tulit tänne?"
"This is the country of Rakshasas"
"Tämä on Rakshasojen maa"
"No less than seven hundred Rakshasas live here"
"Täällä asuu peräti seitsemänsataa Rakshasaa."
"Every morning the Rakshasas leave"
"Joka aamu Rakshasat lähtevät"
"They go to the other side of the ocean"
"He menevät meren toiselle puolelle"
"And they search for provisions there"
"Ja he etsivät sieltä eväitä"
"And before dusk they return again"
"Ja ennen hämärää he palaavat jälleen"
"My father was king in these regions"
"Isäni oli kuningas näillä alueilla"
"His kingdom had millions of subjects"
"Hänen valtakunnassaan oli miljoonia alamaisia"
"They lived in flourishing towns and cities"
"He asuivat kukoistavissa kaupungeissa"
"But some years ago the Rakshasas invaded"
"Mutta joitakin vuosia sitten Rakshasat hyökkäsivät"
"And they devoured all the subjects of the kingdom"
"Ja he ahmivat kaikki valtakunnan alamaiset"
"The Rakshasas devoured my father and my mother"
"Rakshasat söivät isäni ja äitini"

"The Rakshasas devoured my brothers and sisters"
"Rakshasat ahmivat veljeni ja sisareni"
"And they devoured all the cattle of the country"
"Ja he söivät kaikki maan karjan"
"There is no living human being in these regions"
"Näillä alueilla ei ole yhtään elävää ihmistä"
"I am the last human living left"
"Olen viimeinen jäljellä oleva ihminen"
"I too would have been devoured long ago"
"Minutkin olisi jo kauan sitten syöty"
"But an old Rakshasi took a liking to me"
"Mutta eräs vanha Rakshasi piti minusta"
"She prevents the other Rakshasas from eating me"
"Hän estää muita Rakshasoja syömästä minua."
"Do you see those sticks of silver and gold?"
"Näetkö nuo hopea- ja kultakepit?"
"Every morning she kills me with the silver stick"
"Joka aamu hän tappaa minut hopeakepillä"
"Every evening she re-animates me with the gold stick"
"Joka ilta hän herättää minut henkiin kultaisella kepillä"
"I do not know how to advise you"
"En tiedä, miten neuvoisin sinua"
"If the Rakshasas see you, you are a dead man"
"Jos Rakshasat näkevät sinut, olet kuollut mies"
Then they talked in a very affectionate manner.
Sitten he keskustelivat hyvin ystävällisesti.
And they laid their heads together.
Ja he laskivat päänsä yhteen.
And they thought to devise a means of escape.
Ja he ajattelivat keksiä keinon päästä pakoon.
Some way to get out of the hands of the Rakshasas.
Jokin tapa päästä Rakshasojen käsistä.

The hour of the return of the Rakshasas was coming.
Rakshasojen paluun hetki oli koittamassa.
The seven hundred flesh-eaters were soon returning.
Seitsemänsataa lihansyöjää palasi pian.

Keshavati called out to Champa-Dal.
Keshavati huusi Champa-Dalia.
(Because that was the name of the princess)
(Koska se oli prinsessan nimi)
"Hide yourself in the heaps of the sacred trefoil"
"Piiloudu pyhän apilanlehtikasojen sekaan"
But first Champ Dal picked up the silver stick.
Mutta ensin Champ Dal poimi hopeakepin.
He touched Keshavati with the silver stick.
Hän kosketti Keshavatia hopeakepillä.
And as soon as he touched her, she died.
Ja heti kun hän koski häneen, hän kuoli.
Then he went to the center of the temple of Siva.
Sitten hän meni Sivan temppelin keskelle.
And he hid beneath the heaps of sacred trefoil.
Ja hän piiloutui pyhien apilanlehtien kasojen alle.
From his hiding place he heard the sound of wind rushing.
Piilopaikastaan hän kuuli tuulen huminaa.
Then he heard terrible noises in the palace.
Sitten hän kuuli kauheita ääniä palatsista.
The Rakshasas had come home from their hunt.
Rakshasat olivat palanneet kotiin metsästysretkistään.
They had filled their stomachs with meat.
He olivat täyttäneet vatsansa lihalla.
Sundry goats, sheep, cows, horses, buffaloes.
Sekalaisia vuohia, lampaita, lehmiä, hevosia, puhveleita.
And they had devoured elephants too.
Ja he olivat syöneet myös norsuja.
The old Rakshasi returned to the palace too.
Vanha Rakshasi palasi myös palatsiin.
She went to the room of the sleeping princess.
Hän meni nukkuvan prinsessan huoneeseen.
And she woke her with the stick made of gold.
Ja hän herätti hänet kultaisella kepillä.
"Hye, mye, khye! A human being I smell"
"Hye, mye, khye! Haistan ihmisen"
"I am the only human being here," said the princess.

"Olen ainoa ihminen täällä", prinsessa sanoi.

"Eat me if you like," added Keshavati.

"Syö minut jos haluat", lisäsi Keshavati.

To this the Rakshasi replied:

Tähän Rakshasi vastasi:

"Let me eat up your enemies"

"Anna minun syödä vihollisesi"

"Why should I eat you?" she asked the princess.

"Miksi minun pitäisi syödä sinut?" hän kysyi prinsessalta.

She laid herself down on the ground.

Hän laskeutui maahan.

She was as long and high as the Vindhya Hills.

Hän oli yhtä pitkä ja korkea kuin Vindhya-kukkulat.

And in this position she fell asleep.

Ja tässä asennossa hän nukahti.

The other Rakshasas and Rakshasis soon fell asleep too.

Muutkin Rakshasat ja Rakshasit nukahtivat pian.

Because they were tired from their gigantic labour.

Koska he olivat väsyneitä jättimäisestä työstään.

Keshavati also composed herself to sleep.

Keshavati myös kokosi itsensä uneen.

But Champa did not dare to come out from under the leaves.

Mutta Champa ei uskaltanut tulla esiin lehtien alta.

And he tried his best to pray to the god of repose.

Ja hän yritti parhaansa mukaan rukoilla levon jumalaa.

At daybreak all seven hundred Rakshasas got up again.

Aamun sarastaessa kaikki seitsemänsataa Rakshasaa nousivat jälleen ylös.

They went on their usual predatory excursion.

He lähtivät tavanomaiselle saalistusretkelleen.

And along with them went the old Rakshasi.

Ja heidän mukanaan meni vanha Rakshasi.

But first the old Rakshasi picked up the silver stick.

Mutta ensin vanha Rakshasi poimi hopeakepin.

And she touched Keshavati with the silver stick.

Ja hän kosketti Keshavatia hopeakepillä.

Soon the coast was clear for Champa-Dal.
Pian rannikko oli selvä Champa-Dalille.
And he dared to come out from under the pile of leaves.
Ja hän uskalsi tulla esiin lehtikasan alta.
He walked back into the room of the princess.
Hän käveli takaisin prinsessan huoneeseen.
And he touched her with the golden stick.
Ja hän kosketti häntä kultaisella kepillä.
And the princess revived from her death again.
Ja prinsessa heräsi kuolleistaan jälleen henkiin.
They sauntered about in the gardens.
He kuljeskelivat puutarhoissa.
They enjoyed the cool breeze of the morning.
He nauttivat aamun viileästä tuulesta.
They bathed in a lucid pool of water.
He kylpivät kirkkaassa vesilammikossa.
And they ate and drank food in the palace.
Ja he söivät ja joivat ruokaa palatsissa.
And they spent the day in sweet converse.
Ja he viettivät päivän suloisissa kengissä.
And they concocted a plan for their deliverance.
Ja he laativat suunnitelman pelastaakseen itsensä.
Keshavaity was going to speak to the old Rakshasi.
Keshavaity aikoi puhua vanhalle Rakshasille.
She was going to ask on what a Rakshasa's life depended.
Hän aikoi kysyä, mistä Rakshasan henki riippui.
And with that secret they were going to act accordingly.
Ja tuon salaisuuden avulla he aikoivat toimia sen mukaisesti.

The hour of the return of the Rakshasas was coming again.
Rakshasojen paluun hetki koitti jälleen.
And events unfolded as they had the evening before.
Ja tapahtumat etenivät kuten edellisenä iltana.
The seven hundred flesh-eaters were returning to the palace.
Seitsemänsataa lihansyöjää oli palaamassa palatsiin.
Champ Dal touched Keshavati with the silver stick.
Champ Dal kosketti Keshavatia hopeakepillä.

She died like the had died the night before.
Hän kuoli, kuten oli kuollut edellisenä yönä.
Champa-Dal went to the centre of the temple of Siva.
Champa-Dal meni Sivan temppelin keskelle.
He hid beneath the heaps of sacred trefoil again.
Hän piiloutui jälleen pyhien apilanlehtien kasojen alle.
He heard the sound of wind rushing.
Hän kuuli tuulen kohinaa.
And he heard terrible noises in the palace.
Ja hän kuuli kauheita ääniä palatsista.
The Rakshasas had come home from their hunt.
Rakshasat olivat palanneet kotiin metsästysretkistään.
They had filled their stomachs with meat.
He olivat täyttäneet vatsansa lihalla.
Sundry goats, sheep, cows, horses, buffaloes.
Sekalaisia vuohia, lampaita, lehmiä, hevosia, puhveleita.
And they had devoured elephants too.
Ja he olivat syöneet myös norsuja.
The old Rakshasi returned to the palace too.
Vanha Rakshasi palasi myös palatsiin.
She went to the room of the sleeping princess.
Hän meni nukkuvan prinsessan huoneeseen.
And she woke her with the stick made of gold.
Ja hän herätti hänet kultaisella kepillä.
"Hye, mye, khye! A human being I smell"
"Hye, mye, khye! Haistan ihmisen"
"I am the only human being here," said the princess.
"Olen ainoa ihminen täällä", prinsessa sanoi.
"Eat me if you like," added Keshavati.
"Syö minut jos haluat", lisäsi Keshavati.
To this the Rakshasi replied:
Tähän Rakshasi vastasi:
"Let me eat up your enemies"
"Anna minun syödä vihollisesi"
"Why should I eat you?" she asked the princess.
"Miksi minun pitäisi syödä sinut?" hän kysyi prinsessalta.
She laid herself down on the ground.

Hän laskeutui maahan.
And she looked like a part of the Himalaya mountains.
Ja hän näytti siltä kuin se olisi osa Himalajan vuoristoa.
Keshavati had a phial of heated mustard oil.
Keshavatilla oli pullollinen kuumaa sinappiöljyä.
And she approached the foot of the Rakshasi.
Ja hän lähestyi Rakshasin juurta.
"Mother, your feet are sore from walking"
"Äiti, jalkasi ovat kipeät kävelystä"
"Let me rub your sore feet with oil"
"Anna minun hieroa kipeitä jalkojasi öljyllä"
And she began to rub with oil the Rakshasi's feet.
Ja hän alkoi hieroa öljyllä Rakshasien jalkoja.
Then a few tear-drops fell from the eyes of the princess.
Sitten prinsessan silmistä putosi muutama kyynel.
And the tear-drops landed on the monster's legs.
Ja kyyneleet putosivat hirviön jaloille.
The Rakshasi tasted the tear-drops with her lips.
Rakshasi maistoi kyyneleet huulillaan.
And she found the tear-drops tasted briny.
Ja hän huomasi kyynelpisaroiden maistuvan suolaisilta.
"Why are you weeping, darling?" asked the Rakshasi.
"Miksi itket, rakas?" kysyi Rakshasi.
"What aileth thee?" she wanted to know.
"Mikä sinua vaivaa?" hän halusi tietää.
The princess tried to stop herself from crying.
Prinsessa yritti pidätellä itseään itkemästä.
"Mother, I am weeping because you are old"
"Äiti, minä itken, koska sinä olet vanha"
"When you die one of the Rakshasas will devour me"
"Kun kuolet, yksi Rakshasoista syö minut."
"When I die?! Don't be foolish, girl"
"Kun minä kuolen?! Älä ole tyhmä, tyttö"
"Don't you know that Rakshasas never die?"
"Ettekö tiedä, että Rakshasat eivät koskaan kuole?"
"We are not naturally immortal"
"Emme ole luonnostaan kuolemattomia"

"There is a secret to our strength"
"Vohvuudessamme on salaisuus"
"But no human can unravel this secret"
"Mutta tätä salaisuutta ei kukaan ihminen voi paljastaa"
"But let me tell you the secret"
"Mutta kerronpa teille salaisuuden"
"So that you are comforted a little"
"Jotta saisit vähän lohtua"
"Do you see the pool of water in the palace?"
"Näetkö palatsissa olevan vesilammikon?"
"In that pool of water is a Sphatikasthamba"
"Tuossa vesilammikossa on Sphatikasthamba"
"The Sphatikasthambha is deep in the water"
"Sphatikasthambha on syvällä vedessä"
"And on the Sphatikasthambha are two bees"
"Ja Sphatikasthambhalla on kaksi mehiläistä"
"A human being would have to dive into the water"
"Ihmisen täytyisi hypätä veteen"
"The human being would have to bring the bees onto dry land"
"Ihmisen täytyisi tuoda mehiläiset kuivalle maalle "
"Then the human being would have to kill the two bees"
"Sitten ihmisen täytyisi tappaa ne kaksi mehiläistä"
"But not a drop of their blood must touch the ground"
"Mutta pisarakaan heidän vertaan ei saa koskettaa maata"
"Only then can a human kill a Rakshasa"
"Vain silloin ihminen voi tappaa Rakshasan"
"But if the blood touches the ground, a thousand Rakshasas will rise"
"Mutta jos veri koskettaa maata, tuhat Rakshasaa nousee ylös"
"But what human will find out this secret?"
"Mutta kuka ihminen selvittäisi tämän salaisuuden?"
"And what human can achieve this feat?"
"Ja kuka ihminen voi saavuttaa tämän saavutuksen?"
"No human knows the secret to the life of a Rakshasa"
"Kukaan ihminen ei tiedä Rakshasan elämän salaisuutta"
"And no human can achieve such a feat"

"Eikä kukaan ihminen voi saavuttaa sellaista saavutusta"
"So there is no reason to be sad, my darling"
"Joten ei ole mitään syytä olla surullinen, rakas"
"I am practically immortal," she confirmed.
"Olen käytännössä kuolematon", hän vahvisti.
Keshavati treasured the secret in her memory.
Keshavati vaali salaisuutta muistissaan.
And then she went back to sleep.
Ja sitten hän meni takaisin nukkumaan.

Next morning the Rakshasas, as usual, went away.
Seuraavana aamuna Rakshasat lähtivät, kuten tavallista.
Champa came out of his hiding-place.
Champa tuli esiin piilopaikastaan.
And he roused Keshavati from her sleep.
Ja hän herätti Keshavatin unestaan.
The princess told him the secret she had learnt.
Prinsessa kertoi hänelle salaisuuden, jonka hän oli oppinut.
Champa-Dal immediately started to prepare himself.
Champa-Dal alkoi heti valmistautua.
He brought to the pool a knife.
Hän toi veitsen altaalle.
And he brought a quantity of ashes.
Ja hän toi mukanaan jonkin verran tuhkaa.
He took off his heavy clothes.
Hän riisui raskaat vaatteensa.
He put a drop or two of mustard oil into each ear.
Hän laittoi pisaran tai kaksi sinappiöljyä kumpaankin
korvaan.
To prevent water from entering into his ears.
Estääkseen veden pääsyn hänen korviinsa.
He swam out into the middle of the water.
Hän ui keskelle vettä.
And from there he dove down into the pool.
Ja sieltä hän sukelsi alas altaaseen.
Soon he reached the top of the crystal pillar.
Pian hän saavutti kristallipilarin huipun.

And on Sphatikasthambha were the two bees.
Ja Sphatikasthambhalla oli kaksi mehiläistä.
He caught hold of the two bees he found there.
Hän otti kiinni kahdesta mehiläisestä, jotka hän sieltä löysi.
And he swam up again in a singular breath.
Ja hän ui jälleen pintaan yhdellä ainoalla hengenvedolla.
He took the knife he had left at the edge of the water.
Hän otti veitsen, jonka oli jättänyt veden reunalle.
And over the ashes he cut up the bees.
Ja tuhkan päällä hän silppui mehiläiset.
A drop or two of the blood fell from the bees.
Pisara tai pari verta putosi mehiläisistä.
But their blood did not touch the ground.
Mutta heidän verensä ei koskettanut maata.
Instead, their blood landed on the ashes.
Sen sijaan heidän verensä valui tuhkalle.
A terrible scream was heard at a distance.
Kaukaa kuului hirvittävä huuto.
The scream was the wailing of the Rakshasas.
Huuto oli Rakshasojen valitusta.
They were all running home as fast as they could.
He kaikki juoksivat kotiin niin nopeasti kuin pystyivät.
They wanted to prevent the bees from being killed.
He halusivat estää mehiläisten kuoleman.
But they could not reach the palace in time.
Mutta he eivät ehtineet palatsiin ajoissa.
Because the bees had already perished.
Koska mehiläiset olivat jo kuolleet.
The moment the bees were killed, all the Rakshasas died.
Sillä hetkellä, kun mehiläiset tapettiin, kaikki Rakshasat
kuolivat.
Their carcases fell on the very spot they were standing.
Heidän ruumiinsa putosivat juuri siihen paikkaan, missä he
seisoivat.
Their carcases now blocked the gateway of the palace.
Heidän ruhonsa tukkivat nyt palatsin portin.

In this manner the seven hundred Rakshasas were destroyed.
Tällä tavoin seitsemänsataa Rakshasaa tuhottiin.

Afterwards Champa-Dal and Keshavati got married.
Myöhemmin Champa-Dal ja Keshavati menivät naimisiin.
They made the traditional exchange of garlands of flowers.
He tekivät perinteisen kukkaseppeleiden vaihdon.
The princess had never been out of the house.
Prinsessa ei ollut koskaan poistunut kotoa.
So she naturally expressed a desire to see the outer world.
Niinpä hän luonnollisesti ilmaisi halunsa nähdä ulkomaailmaa.
Every morning and evening they went on long walks.
Joka aamu ja ilta he tekivät pitkiä kävelyretkiä.
There was a large river Keshavati wished to bathe in.
Keshavati halusi kylpeä suuressa joessa.
As she bathed one of Keshavati's hairs came off.
Kun hän kylpi, yksi Keshavatin hiuksista irtosi.
There was a special custom in those times.
Siihen aikaan oli erityinen käytäntö.
A woman never threw away a hair away by itself.
Nainen ei koskaan heittänyt hiustakaan pois itsestään.
A sea-shell was floating in the water.
Vedessä kellui simpukka.
So Keshavati tied the strand of hair to the sea-shell.
Niinpä Keshavati sitoi hiussuortuvan simpukkaan.
And then the couple returned to the palace.
Ja sitten pari palasi palatsiin.
Meanwhile the sea-shell floated down the stream.
Samaan aikaan simpukka kellui virtaa pitkin.
And in due time the sea-shell reached another bathing spot.
Ja aikanaan simpukka saavutti uuden uimapaikan.
This was the bathing spot Sahasra-Dal went to.
Tämä oli uimapaikka, jossa Sahasra-Dal meni.
Here Champa-Dal's brother performed his ablutions.
Täällä Champa-Dalin veli suoritti pesunsa.

On this day Sahasra-Dal was in the water.
Tänä päivänä Sahasra-Dal oli vedessä.
He was bathing and swimming with his friends.
Hän ui ja kylpee ystäviensä kanssa.
And so the sea-shell floated past the men.
Ja niin simpukka kellui miesten ohi.
The men were in a playful mood that day.
Miehet olivat sinä päivänä leikkisällä tuulella.
"Whoever gets to the sea-shell first wins"
"Se, joka pääsee ensin simpukankuoren luo, voittaa"
And so they all swam towards the sea-shell.
Ja niin he kaikki uivat kohti simpukkaa.
Sahasra-Dal was the strongest swimmer among his friends.
Sahasra-Dal oli ystäviensä joukossa vahvin uimari.
And so he was the first the reach the sea-shell.
Ja niin hän oli ensimmäinen, joka saavutti simpukankuoren.
Examining the seashell, he found a hair tied to it.
Tutkiessaan simpukkaa hän löysi siihen sidotun hiuksen.
But it was a hair of extraordinary length.
Mutta se oli poikkeuksellisen pitkä hius.
He had never seen such a long hair.
Hän ei ollut koskaan nähnyt niin pitkiä hiuksia.
The strand of hair was exactly seven cubits long.
Hiussuortuva oli täsmälleen seitsemän kyynärää pitkä.
"This strand of hair must belong to a woman"
"Tämän hiussuortuvan täytyy kuulua naiselle"
"And this woman must be very remarkable"
"Ja tämän naisen täytyy olla hyvin merkittävä"
"I must see who this remarkable woman is"
"Minun on pakko nähdä kuka tämä merkittävä nainen on"
Sahasra-Dal was determined to find the remarkable woman.
Sahasra-Dal oli päättänyt löytää tuon merkittävän naisen.
He went home from the river in a pensive mood.
Hän meni kotiin joelta mietteliäs mielialallaan.
And he did not proceed to the zenana for breakfast.
Eikä hän mennyt zenanaan aamiaiselle.
Instead he remained in the outer part of the palace.

Sen sijaan hän pysyi palatsin ulko-osassa.
The queen-mother heard about Sahasra-Dal's meloncholy.
Kuningataräiti kuuli Sahasra-Dalin melonkoliasta.
And she heard he had not come to breakfast.
Ja hän kuuli, ettei mies ollut tullut aamiaiselle.
So she went to him and asked the reason.
Niinpä hän meni hänen luokseen ja kysyi syytä.
He showed her the strand of hair he had found.
Hän näytti hänelle löytämäänsä hiussuortuvaa.
"I must see the woman who's head this strand of hair adorned"
"Minun täytyy nähdä nainen, jonka päätä tämä hiussuortuva koristaa"
The queen-mother was happy to help her son-in-law.
Kuningataräiti auttoi mielellään vävyään.
"Very well," she said to him.
"Hyvä on", hän sanoi hänelle.
"You shall soon have that lady in the palace"
"Saat pian tuon naisen palatsiin"
"I promise you to bring her here"
"Lupaan tuoda hänet tänne"
The queen mother already had a plan.
Kuningataräidillä oli jo suunnitelma.
Her favourite maid-servant would be good at the job.
Hänen lempipalvelijansa olisi hyvä työssä.
Because this maid-servant was very resourceful.
Koska tämä palvelijatar oli hyvin kekseliäs.
Of course the queen-mother did not really know her maid.
Kuningataräiti ei tietenkään oikeasti tuntenut palvelijattartaan.
She did not know her favourite maid was a Rakshasi.
Hän ei tiennyt, että hänen lempipalvelijansa oli rakshasi.
"Please find the owner of this strand of hair," she asked.
"Etsi tämän hiussuortuvan omistaja", hän pyysi.
And her maid-servant more than politely agreed.
Ja hänen palvelijattarensa suostui enemmän kuin kohteliaasti.
"It would my pleasure to find this woman"

"Olisi ilo löytää tämä nainen"
"I will soon bring her to the palace"
"Minä tuon hänet pian palatsiin"
"I will need a boat build from Hajol wood"
"Tarvitsen veneen Hajol-puusta"
"The oars of the boat must be made from Mon-Paban wood"
"Veneen airojen on oltava tehty Mon-Paban-puusta"
The boat makers soon made the boat.
Veneentekijät tekivät pian veneen.
And the boat was launched on the stream.
Ja vene laskettiin vesille.
The maid-servant went on board of the boat.
Palvelijatar nousi veneeseen.
With her she took some baskets of wicker.
Hän otti mukaansa pajukoreja.
The baskets of wicker were of curious workmanship.
Pajukorit olivat erikoisen taidokkaasti tehtyjä.
She also took with her some sweetmeats.
Hän otti mukaansa myös joitakin makeisia.
Into the sweetmeats some poison had been mixed.
Makeisiin oli sekoitettu jonkin verran myrkkyä.
She snapped her fingers thrice.
Hän napsautti sormiaan kolme kertaa.
And then she uttered the following charm:
Ja sitten hän lausui seuraavan loitsulauseen:
"Boat of Hajol! Oars of Mon Paban!"
"Hajolin vene! Mon Pabanin airot!"
"Take me to the Ghat,"
"Vie minut Ghatille"
"The Ghat in which Keshavati bathes"
"Ghat, jossa Keshavati kylpee"
The boat heeded to her command.
Vene totteli hänen käskyään.
And the boat flew like lightning over the waters.
Ja vene lensi kuin salama veden yllä.
And the boat left many towns and cities behind.
Ja laiva jätti taakseen monia kaupunkeja ja kyliä.

At last the boat stopped at a bathing-place.

Viimein vene pysähtyi uimapaikalle.

The Rakshasi maid-servant had reached her goal.

Rakshasi-palvelijatar oli saavuttanut tavoitteensa.

She concluded it was the bathing ghat of Keshavati.

Hän päätteli sen olevan Keshavatin kylpyghatti.

She landed with the sweetmeats in her hand.

Hän laskeutui makeiset kädessään.

She went to the gate of the palace, and cried aloud:

Hän meni palatsin portille ja huusi kovaan ääneen:

"Oh Keshavati! Keshavati! I am your aunt"

"Oi Keshavati! Keshavati! Olen tätisi"

"Oh Keshavati, I am your mother's sister"

"Oi Keshavati, olen äitisi sisar"

"I have come to see you, my darling"

"Tulin tapaamaan sinua, rakas ystäväni"

"I have come after so many years"

"Olen tullut tänne niin monen vuoden jälkeen"

"Are you home, Keshavati?" she asked.

"Oletko kotona, Keshavati?" hän kysyi.

The princess heard the words of the false-aunt.

Prinsessa kuuli valetädin sanat.

She came out of her room and to the entrance of the palace.

Hän tuli ulos huoneestaan ja palatsin ovelle.

She had no doubt that it was really her aunt.

Hänellä ei ollut epäilystäkään siitä, etteikö se olisi todellakin hänen tätinsä.

And she embraced and kissed her aunt.

Ja hän halasi ja suukotti tätiään.

They both wept rivers of joy.

He molemmat itkivät ilon virtoja.

Although you should know the Rakshasi wept first.

Vaikka sinun pitäisi tietää, että Rakshasi itki ensin.

Keshavati wept with her out of empathy.

Keshavati itki hänen kanssaan myötätunnosta.

Champa-Dal also believed the Rakshasi to be her aunt.

Champa-Dal uskoi myös Rakshasin olevan hänen tätinsä.

They all ate and drank and enjoyed the happy occasion.
He kaikki söivät ja joivat ja nauttivat iloisesta tilaisuudesta.
And then they took rest in the middle of the day.
Ja sitten he lepäsivät keskellä päivää.
And they celebrated again in the evening.
Ja illalla he juhlivat taas.

The next day the celebrations continued at breakfast.
Seuraavana päivänä juhlat jatkuivat aamiaisella.
Champa-Dal had a habit of sleeping after breakfast.
Champa-Dalilla oli tapana nukkua aamiaisen jälkeen.
Towards afternoon, the supposed aunt said to Keshavati:
Iltapäivää lähestyessä oletettu täti sanoi Keshavatille:
"Let us both go to the river and wash ourselves:
"Mennään molemmat joelle peseytymään:
Keshavati replied, "How can we go now?"
Keshavati vastasi: "Kuinka voimme nyt mennä?"
"My husband is sleeping," she explained.
"Mieheni nukkuu", hän selitti.
"Do not worry about your husband's sleep," said the aunt.
"Älä huoli miehesi unesta", sanoi täti.
"Let him sleep as much as he likes"
"Anna hänen nukkua niin paljon kuin haluaa"
"Let me put these sweetmeats near his bedside"
"Anna minun laittaa nämä herkut hänen yöpöydän viereen"
"That way, when he awakes, he has something to eat"
"Sillä tavalla hänellä on herätessään jotain syötävää"
Then they then went to the river-side.
Sitten he menivät joen rannalle.
They went close to the spot where the boat was.
He menivät lähelle paikkaa, jossa vene oli.
From a distance Keshavati saw the baskets of wicker-work.
Keshavati näki kaukaa pajukoreja.
"Aunt, what beautiful things are those!"
"Täti, miten kauniita nuo ovatkaan!"
"I wish I could get some of those wicker baskets"
"Kunpa saisin hankittua noita pajukoreja"

Her aunt happily obliged her.
Hänen tätinsä suostui mielellään.
"Come, my child, and look at the wicker baskets"
"Tule, lapseni, katsomaan noita pajukoreja"
"You can have as many baskets as you like"
"Voit ottaa niin monta koria kuin haluat"
Keshavati at first refused to go into the boat.
Keshavati kieltäytyi aluksi menemästä veneeseen.
But her aunt was very persuasive.
Mutta hänen tätinsä oli hyvin vakuuttava.
And finally she went onto the boat.
Ja lopulta hän meni veneeseen.
But once on the boat her aunt did a strange thing.
Mutta kerran veneessä hänen tätinsä teki jotain outoa.
The aunt snapped her fingers thrice and said:
Täti napsautti sormiaan kolme kertaa ja sanoi:
"Boat of Hajol! Oars of Mon-Paban!"
"Hajolin vene! Mon-Pabanin airot!"
"Take me to the Ghat,"
"Vie minut Ghatille"
"The Ghat in which Sahasra-Dal bathes"
"Ghat, jossa Sahasra-Dal kylpee"
And the boat heeded to her command.
Ja vene totteli käskyä.
And the boat flew like an arrow over the waters.
Ja vene lensi kuin nuoli vetten yllä.
Keshavati was frightened and began to cry.
Keshavati pelästyi ja alkoi itkeä.
But the boat went on despite her crying.
Mutta vene jatkoi matkaansa hänen itkustaan huolimatta.
And the boat left behind many towns and cities.
Ja laiva jätti jälkeensä monia kaupunkeja ja kylia.
In a trice the boat reached its destination.
Silmänräpäyksessä vene saapui määränpäähänsä.
The ghat where Sahasra-Dal was in the habit of bathing.
Ghat, jossa Sahasra-Dalilla oli tapana kylpeä.
Keshavati was taken to the palace.

Keshavati vietiin palatsiin.
Sahasra-Dal admired her beauty and the length of her hair.
Sahasra-Dal ihaili hänen kauneuttaan ja hiustensa pituutta.
And the ladies of the palace tried their best to comfort her.
Ja palatsin naiset yrittivät parhaansa mukaan lohduttaa häntä.
But she set up a loud cry of protest.
Mutta hän päästi kovan vastalausehuudon.
And she wanted to be taken back to her husband.
Ja hän halusi tulla viety takaisin miehensä luo.
Finally she saw that she had been taken captive.
Lopulta hän huomasi, että hänet oli otettu vangiksi.
So she spoke to the ladies of the palace.
Niinpä hän puhui palatsin naisille.
"Upon marriage I made a vow to my husband"
"Avioliiton solmiessani tein miehelleni lupauksen"
"I promised not to look upon the face of any other man"
"Lupasin olla katsomatta kenenkään muun miehen kasvoja"
"I promised to uphold this vow for six months"
"Lupasin pitää tämän valani kiinni kuusi kuukautta"
She was then lodged away from the others in the palace.
Sitten hänet majoitettiin erilleen muista palatsin asukkaista.
And she was given a small house to live in.
Ja hänelle annettiin pieni talo asuttavaksi.
The window of the house overlooked the road.
Talon ikkunasta oli näkymä tielle.
There she spent the livelong day.
Siellä hän vietti elinikäisen päivänsä.
And there she spent the livelong night.
Ja siellä hän vietti pitkän yön.
Because she had very little sleep.
Koska hän nukkui todella vähän.
Because her time was spent in sighing and weeping.
Koska hänen aikansa kului huokaillen ja itkien.

In the meantime Champa-Dal awoke from his sleep.
Sillä välin Champa-Dal heräsi unestaan.
He was distracted with the grief of not finding his wife.

Häntä häiritsi suru siitä, ettei hän löytänyt vaimoaan.
His suspicions turned to the aunt of Keshavati.
Hänen epäilyksensä kääntyivät Keshavatin tätiin.
He knew she was a cheat and an impostor.
Hän tiesi, että nainen oli huijari ja huijari.
It must have been her who carried away Keshavati.
Hänen on täytynyt kantaa Keshavati pois.
He did not eat the sweetmeats left for him.
Hän ei syönyt hänelle jätettyjä makeisia.
Because he suspected the sweets to have been poisoned.
Koska hän epäili makeisten olevan myrkytettyjä.
He threw one of the sweets to a crow.
Hän heitti yhden makeisista varikselle.
The moment the crow ate the sweet, it dropped down dead.
Heti kun varis söi makeisen, se putosi kuolleena maahan.
This confirmed his suspicion of the pretend aunt.
Tämä vahvisti hänen epäilyksensä teeskentelijästä.
Maddened with grief, he rushed out of the house.
Surun raivostuttamana hän ryntäsi ulos talosta.
He was determined to go wherever his feet took him.
Hän oli päättänyt mennä minne ikinä hänen jalkansa hänet
veivät.
**Like a madman he blubbered, "Oh Keshavati! Oh
Keshavati!"**
Kuin hullu hän mölytti: "Oi Keshavati! Oi Keshavati!"
He travelled on foot day after day.
Hän matkusti jalan päivästä toiseen.
And he followed whatever way his feet took him.
Ja hän kulki minne tahansa, minne hänen jalkansa hänet
veivät.
Six months he spent travelling in this wearisome manner.
Kuusi kuukautta hän matkusti tällä uuvuttavalla tavalla.
After six month he reached the capital of Sahasra-Dal.
Kuuden kuukauden kuluttua hän saapui Sahasra-Dalin
pääkaupunkiin.
He passed by the gate of the palace.
Hän kulki palatsin portin ohi.

And from the road he could see a small house.
Ja tieltä hän näki pienen talon.
And from in the house he could hear sighs.
Ja talosta hän kuuli huokauksia.
Champa-Dal instantly recognized his wife.
Champa-Dal tunnisti vaimonsa heti.
And Keshavita instantly recognized her husband.
Ja Keshavita tunnisti heti miehensä.
Keshavita told her husband everything that had happened.
Keshavita kertoi miehelleen kaiken, mitä oli tapahtunut.
"The woman asked to go bathing after breakfast"
"Nainen pyysi päästä peseytymään aamiaisen jälkeen"
"At the river there was a boat"
"Joella oli vene"
"The woman persuaded me onto the boat"
"Nainen suostutteli minut veneeseen"
"And then the boat took us to this place"
"Ja sitten vene vei meidät tähän paikkaan"
"I realized that I had been made captive"
"Tajusin, että minut oli tehty vangiksi"
"So I told them of my vows to you"
"Niin minä kerroin heille lupauksistani sinulle"
"But tomorrow will be the end of six month"
"Mutta huomenna tulee täyteen kuusi kuukautta"
There was a custom in those days.
Siihen aikaan oli tapana.
The fulfilments of vows were publicly recited.
Valojen täyttämisestä lausuttiin julkisesti.
This was normally fulfilled by a learned Brahman.
Tämän täytti yleensä oppinut brahman.
They planned for Champa-Dal to take on this role.
He suunnittelivat Champa-Dalin ottavan tämän roolin.
And so that evening the palace drum was beat.
Ja niin sinä iltana palatsin rumpu soi.
The king wanted a learned Brahman to make a recitation.
Kuningas halusi oppineen bramiinin lausuvan lausujan.
The story of Keshavati on the fulfilment of her vow.

Keshavatin tarina hänen lupauksensa täyttämisestä.

Champa-Dal touched the drum and volunteered.

Champa-Dal kosketti rumpua ja tarjoutui.

"I will make the recitation of Keshavita's vows"

"Minä lausun Keshavitan lupaukset"

The next morning all assembled in the courtyard.

Seuraavana aamuna kaikki kokoontuivat pihalle.

The old king and the queen mother.

Vanha kuningas ja kuningataräiti.

Sahasra-Dal and his wife were there.

Sahasra-Dal ja hänen vaimonsa olivat siellä.

All the courtiers and the learned Brahmans of the country.

Kaikki maan hovimiehet ja oppineet bramiinit.

All royalty was under a huge canopy of silk.

Kaikki kuninkaalliset olivat valtavan silkkikatoksen alla.

Kashavati was also there, but behind a veil.

Kashavati oli myös siellä, mutta hunnun takana.

So that she wouldn't be exposed to the rude gaze of people.

Jotta hän ei joutuisi alttiiksi ihmisten töykeille katseille.

Champa-Dal, the reciter, sat on a dais.

Champa-Dal, lausuja, istui korokkeella.

And he began to tell the story of Keshavati.

Ja hän alkoi kertoa Keshavatin tarinaa.

"There was once a poor dimwitted Brahman"

"Olipa kerran köyhä, tyhmä brahman."

"This dimwitted man had a wife, but no children"

"Tällä tyhmällä miehellä oli vaimo, mutta ei lapsia"

"But him not having children was probably for the best"

"Mutta se, ettei hänellä ollut lapsia, oli luultavasti parasta."

"Because he was barely able to meet his own needs"

"Koska hän tuskin pystyi tyydyttämään omia tarpeitaan"

"And he could hardly supply enough for his wife"

"Ja hän tuskin pystyi tarjoamaan tarpeeksi vaimolleen"

"But his dimwittedness was not even his biggest problem"

"Mutta hänen tyhmyytensä ei ollut edes hänen suurin ongelmansa"

And he continued the story as we have followed it.

Ja hän jatkoi tarinaa, kuten me olemme sitä seuranneet.
And sometimes he turned around to Keshavati.
Ja joskus hän kääntyi Keshavatin puoleen.
And he asked her if he was telling the story correctly.
Ja hän kysyi, kertoiko hän tarinan oikein.
And she told him he was telling the story correctly.
Ja hän sanoi hänelle, että tämä kertoi tarinan oikein.
"The Brahman woman concluded her fate was sealed"
"Brahman-nainen päätteli kohtalonsa sinetöineen"
"And she thought her husband would meet the same fate"
"Ja hän luuli miehensä kohtaavan saman kohtalon"
"And she did not expect her son to be spared either"
"Eikä hän odottanut poikansakaan säästävän"
"That night she hardly slept at all"
"Sinä yönä hän ei nukkunut juuri lainkaan"
"The Rakshasi had prevented her from seeing her husband"
"Rakshasi oli estänyt häntä tapaamasta miestään"
"Early next morning Champa-Dal went to school"
"Varhain seuraavana aamuna Champa-Dal meni kouluun"
"Before he went to school, she gave her son a golden bottle"
"Ennen kuin poika meni kouluun, hän antoi pojalleen
kultaisen pullon"
"In the golden bottle was her own breast milk"
"Kultaisessa tuttipullossa oli hänen oma rintamaitonsa"
"Carefully watch the colour of the milk"
"Katso maidon väriä huolellisesti "
During the recitation the Rakshasi maid-servant grew pale.
Lausunnan aikana Rakshasi-palvelijatar kalpeni.
**She perceived that her real character was going to be
discovered.**
Hän tajusi, että hänen todellinen luonteensa paljastuisi.
**And Sahasra-Dal was astonished at the knowledge of the
reciter.**
Ja Sahasra-Dal oli hämmästynyt lausujan tiedosta.
The reciter clearly told the history of the prince's life.
Lukija kertoi selkeästi prinssin elämäntarinan.
"A drop or two of the blood fell from the bees"

"Pisa tai kaksi verta putosi mehiläisistä"
"But their blood did not touch the ground"
"Mutta heidän verensä ei koskettanut maata"
"Instead, their blood landed on the ashes"
"Sen sijaan heidän verensä valui tuhkalle"
"A terrible scream was heard at a distance"
"Kaukaa kuului hirveä huuto"
"The scream was the wailing of the Rakshasas"
"Huuto oli Rakshasojen valitusta"
"They were all running home as fast as they could"
"He kaikki juoksivat kotiin niin nopeasti kuin pystyivät"
"They wanted to prevent the bees from being killed"
"He halusivat estää mehiläisten tappamisen"
"But they could not reach the palace in time"
"Mutta he eivät ehtineet palatsiin ajoissa"
"Because the bees had already been killed"
"Koska mehiläiset oli jo tapettu"
"The moment the bees were killed, all the Rakshasas died"
"Sillä hetkellä kun mehiläiset tapettiin, kaikki Rakshasat
kuolivat"
"Their carcasses fell on the very spot they were standing"
"Heidän ruhonsa putosivat juuri siihen paikkaan, missä he
seisoivat"
"Their carcasses now blocked the gateway of the palace"
"Heidän ruhonsa tukkivat nyt palatsin portin"
**"In this manner the seven hundred Rakshasas were
destroyed"**
"Tällä tavoin seitsemänsataa Rakshasaa tuhottiin"
All where enthralled by the story of the Rakshasas.
Kaikki olivat lumoutuneita Rakshasojen tarinasta.
Because the story was being told by a true storyteller.
Koska tarinan kertoi oikea tarinankertoja.
All enjoyed the story except for the maid-servant.
Kaikki nauttivat tarinasta paitsi palvelijatar.
Because her real character was bound to be discovered.
Koska hänen todellinen luonteensa oli väistämättä
paljastettava.

"Champa-Dal touched the drum and volunteered.**
Champa-Dal kosketti rumpua ja tarjoutui.
"I will make the recitation of Keshavita's vows"
"Minä lausun Keshavitan lupaukset"
"The next morning all assembled in the courtyard"
"Seuraavana aamuna kaikki kokoontuivat sisäpihalle"
"The old king and the queen mother"
"Vanha kuningas ja kuningataräiti"
"Sahasra-Dal and his wife were there"
"Sahasra-Dal ja hänen vaimonsa olivat siellä"
"All the courtiers and the learned Brahmans of the country"
"Kaikki maan hovimiehet ja oppineet brahmanit"
"All royalty was under a huge canopy of silk"
"Kaikki kuninkaalliset olivat valtavan silkkikatoksen alla"
"Kashavati was also there, but behind a veil"
"Kashavati oli myös siellä, mutta verhon takana"
"So that she wouldn't be exposed to the rude gaze of people"
"Jotta hän ei joutuisi alttiiksi ihmisten töykeälle katseelle"
"Champa-Dal, the reciter, sat on a dais"
"Champa-Dal, lausuja, istui korokkeella"
"And he began to tell the story of Keshavati"
"Ja hän alkoi kertoa Keshavatin tarinaa"
Sahasra-Dal jumped up from his seat.
Sahasra-Dal nousi ylös istuimeltaan.
And he embraced the reciter of the story.
Ja hän syleili tarinan kertojaa.
"You can be none other than my brother Champa-Dal"
"Et voi olla kukaan muu kuin veljeni Champa-Dal"
Then the prince was inflamed with rage.
Sitten prinssi oli raivoissaan.
He ordered the maid-servant to come into his presence.
Hän käski palvelijattaren tulla eteensä.
A hole the height of a man was dug in the ground.
Maahan kaivettiin miehen korkuinen kuoppa.
And the maid-servant was put into the hole, standing.
Ja palvelijatar pantiin kuoppaan seisomaan.
Prickly thorns were heaped around her.

Piikiköitä orjantappuja oli kasattu hänen ympärilleen.

Up to the crown of her head she was covered in thorns.

Päälaelleen asti hän oli peittynyt orjantappuraan.

In this way the maid-servant was buried alive.

Tällä tavoin palvelijatar haudattiin elävältä.

After this all lived happily together for many years.

Tämän jälkeen kaikki elivät onnellisesti yhdessä monta vuotta.

Sahasra-Dal and his princess, and Champa-Dal and Keshavati.

Sahasra-Dal ja hänen prinsessansa sekä Champa-Dal ja Keshavati.

The Story of Swet and Bachanta
Swetin ja Bachantan tarina

There was once upon a time a rich merchant.
Olipa kerran rikas kauppias.
This rich merchant had only one son.
Tällä rikkaalla kauppiaalla oli vain yksi poika.
And he loved his only son very much.
Ja hän rakasti ainoaa poikaansa hyvin paljon.
He gave to his son whatever he wanted.
Hän antoi pojalleen mitä ikinä tämä halusi.
Of course his son wanted a beautiful house.
Tietenkin hänen poikansa halusi kauniin talon.
And he also wanted to have a large garden.
Ja hän halusi myös ison puutarhan.
So a beautiful house was built for him.
Niinpä hänelle rakennettiin kaunis talo.
And a fine garden was made for him too.
Ja hänellekin tehtiin hieno puutarha.
The merchant's son was pleased with the garden.
Kauppiaan poika oli tyytyväinen puutarhaan.
And he enjoyed walking in the garden.
Ja hän nautti puutarhassa kävelystä.
One day a bird's nest caught his attention.
Eräänä päivänä linnunpesä kiinnitti hänen huomionsa.
This bird happens to be called Toontooni.
Tämän linnun nimi on sattuu olemaan Toontoon.
He put his hand into the small bird's nest.
Hän työnsi kätensä pienen linnunpesään.
And in the nest he found an egg.
Ja pesästä hän löysi munan.
He took the egg out of its nest.
Hän otti munan pesästään.
There was an almirah in the wall of his house.
Hänen talonsa seinässä oli almirah.
So he put the egg in the almirah.
Niinpä hän laittoi munan almirahiin.

He closed the door of the almirah.
Hän sulki almirahin oven.
And then he thought no more of the egg.
Eikä hän sitten enää ajatellutkaan munaa.
The merchant's son had a house of his own.
Kauppiaan pojalla oli oma talo.
But he had a house without a household.
Mutta hänellä oli talo ilman taloudenhoitajia.
So in his house there was no cook.
Joten hänen talossaan ei ollut kokkia.
But he had no need for his own cook.
Mutta omaa kokkia hän ei tarvinnut.
Because his mother regularly sent him food.
Koska hänen äitinsä lähetti hänelle säännöllisesti ruokaa.
In the morning she sent him breakfast.
Aamulla hän lähetti hänelle aamiaisen.
And every day she had dinner sent to him.
Ja joka päivä hänelle lähetettiin päivällinen.
One day the egg in the almirah burst.
Eräänä päivänä almirahissa oleva muna halkesi.
But it was not a bird that came out of the egg.
Mutta se ei ollut lintu, joka tuli ulos munasta.
Out of the egg came a beautiful infant.
Munasta syntyi kaunis poikanen.
The infant was not a bird, but a human girl.
Vauva ei ollut lintu, vaan ihmistyttö.
But the merchant's son knew nothing of the event.
Mutta kauppiaan poika ei tiennyt tapahtumasta mitään.
He had forgotten everything about the egg.
Hän oli unohtanut kaiken munasta.
The door of the wall-almirah had been kept closed.
Muurialmiran ovi oli pidetty suljettuna.
However, the merchant's son did not lock the door.
Kauppiaan poika ei kuitenkaan lukinnut ovea.
The child grew up within the wall-almirah.
Lapsi kasvoi muurin sisäpuolella – almirah.
She had no knowledge of the merchant's son.

Hän ei tiennyt kauppiaan pojasta mitään.
Nor did she know of anyone else.
Eikä hän tiennyt kenestäkään muusta.
When the child could walk it grew curious.
Kun lapsi oppi kävelemään, hänestä tuli utelias.
And out of curiosity she opened the door.
Ja uteliaisuuttaan hän avasi oven.
That day, too, the mother had sent breakfast.
Sinäkin päivänä äiti oli lähettänyt aamiaisen.
And the breakfast had been put on the floor.
Ja aamiainen oli laitettu lattialle.
The child saw the food that was on the floor.
Lapsi näki lattialla olevan ruoan.
Of course the child ate from the food.
Lapsi tietenkin söi ruoasta.
And then the child returned into the wall.
Ja sitten lapsi palasi seinään.
The merchant's mother always made a lot of food.
Kauppiaan äiti teki aina paljon ruokaa.
It was more food than he could possibly eat.
Se oli enemmän ruokaa kuin hän ikinä pystyi syömään.
So he didn't notice that any food was missing.
Joten hän ei huomannut, että ruokaa puuttui.
The girl of the wall-almirah came out every day.
Muuri-almiran tyttö tuli ulos joka päivä.
And every day she ate a part of the food.
Ja joka päivä hän söi osan ruoasta.
After eating the food she returned to the almirah.
Syötyään ruoan hän palasi almirahiin.
But with time the girl got older and older.
Mutta ajan myötä tyttö vanheni ja vanheni.
And with age she got bigger and bigger.
Ja iän myötä hän kasvoi isommaksi ja isommaksi.
And the bigger she got the hungrier she got.
Ja mitä isommaksi hän tuli, sitä nälkäisemmäksi hän tuli.
And she began to eat more of the food each day.
Ja hän alkoi syödä enemmän sitä ruokaa joka päivä.

Eventually the merchant's son noticed the missing food.

Lopulta kauppiaan poika huomasi kadonneen ruoan.

But he had no way of knowing where the food went.

Mutta hänellä ei ollut mitään keinoa tietää, minne ruoka oli mennyt.

The last thing he suspected was a girl from inside the almirah.

Viimeinen asia, jota hän epäili, oli tyttö almirahin sisältä.

And so he came to a very different conclusion.

Ja niin hän päätyi aivan toisenlaiseen johtopäätökseen.

"Why is mother sending such a small quantity of food?".

"Miksi äiti lähettää niin pienen määrän ruokaa?"

And he had a message sent to his mother.

Ja hän oli lähettänyt viestin äidilleen.

"Why am I being sent insufficient food?".

"Miksi minulle lähetetään liian vähän ruokaa?"

"And why is the dish served so slovenly?".

"Ja miksi ruoka tarjoillaan niin huolimattomasti?".

Of course we know why the food was insufficient.

Tietenkin tiedämme, miksi ruokaa ei ollut riittävästi.

And we know why the food was presented slovenly.

Ja tiedämme miksi ruoka esiteltiin huolimattomasti.

The girl from in the wall ate from his food.

Muurista tullut tyttö söi hänen ruokaansa.

And as she ate she fingered the rice and curry.

Ja syödessään hän maisteli riisiä ja currya.

And she always hurried back into her cell in the wall.

Ja hän kiiruhti aina takaisin seinään suljettuun selliinsä.

So that she would not be seen by anyone.

Jotta kukaan ei näkisi häntä.

She had no time to put the rice in proper order.

Hänellä ei ollut aikaa laittaa riisiä oikeaan järjestykseen.

The mother was astonished at her son's complaint.

Äiti oli hämmästynyt poikansa valituksesta.

She gave him more than he could eat.

Hän antoi hänelle enemmän kuin hän jaksoi syödä.

The food was served up on a silver plate.

Ruoka tarjoiltiin hopeatarjottimella.
And she neatly arranged the food herself.
Ja hän järjesteli ruoan siististi itse.
But her son repeated the same complaint again.
Mutta hänen poikansa toisti saman valituksen uudelleen.
Day after day he complained of the small portions.
Päivästä toiseen hän valitti pienistä annoksista.
Day after day he complained of the messy food.
Päivästä toiseen hän valitti sotkuisesta ruoasta.
And so his mother began to suspect foul play.
Ja niin hänen äitinsä alkoi epäillä rikosta.
She told her son to watch over the food.
Hän käski poikaansa vahtia ruokaa.
"See if anyone is eating your food".
"Katso, syökö kukaan sinun ruokaasi."
The next day a servant brought the food.
Seuraavana päivänä palvelija toi ruoan.
The servant laid the food in a clean place.
Palvelija asetti ruoan puhtaaseen paikkaan.
Normally the merchant's son took a bath.
Tavallisesti kauppiaan poika kylpi.
But this day he did not go for a bath.
Mutta tänä päivänä hän ei mennyt kylpyyn.
Instead, on this day he hid himself nearby.
Sen sijaan hän piiloutui lähelle tänä päivänä.
From his hiding place he could see the food.
Piilopaikastaan hän näki ruoan.
The merchant's son did not have to wait for long.
Kauppiaan pojan ei tarvinnut odottaa kauan.
Soon he saw the wall-almirah open.
Pian hän näki muurin avautuvan.
And he saw a beautiful damsel step out.
Ja hän näki kauniin neidon astuvan ulos.
She could not have been more than sixteen.
Hän ei voinut olla yli kuusitoistavuotias.
She sat on the carpet by the breakfast.
Hän istui matolla aamiaisen vieressä.

And she began to eat from the food left on the floor.
Ja hän alkoi syödä lattialle jäänyttä ruokaa.
The merchant's son came out of his hiding-place.
Kauppiaan poika tuli esiin piilopaikastaan.
And the damsel could not escape from him.
Eikä neito päässyt hänen käsistään pakoon.
"Who are you, beautiful creature?".
"Kuka sinä olet, kaunis olento?"
"You do not seem to be earth-born".
"Et näytä olevan maan päällä syntynyt."
"Are you one of the daughters of the gods?".
"Oletko sinä yksi jumalten tyttäristä?"
The girl replied, "I do not know who I am".
Tyttö vastasi: "En tiedä kuka olen."
"But there is one thing I do know," the girl continued.
"Mutta yhden asian minä tiedän", tyttö jatkoi.
"One day I found myself in the almirah in the wall".
"Eräänä päivänä huomasin olevani muurin almirahissa."
"And since then I have been living in the wall".
"Ja siitä lähtien olen elänyt seinän sisällä."
The merchant's son thought her story was strange.
Kauppiaan poika piti hänen tarinaansa outona.
But then he thought a bit more about the story.
Mutta sitten hän mietti tarinaa hieman lisää.
And he remembered what happened sixteen years ago.
Ja hän muisti, mitä tapahtui kuusitoista vuotta sitten.
He remembered the nest of the toontoori bird.
Hän muisti toontoorilinnun pesän.
And he remembered finding an egg in the nest.
Ja hän muisti löytäneensä pesästä munan.
And he remembered putting the egg in the almirah.
Ja hän muisti laittaneensa kananmunan almirahiin.
The wall-almirah girl was of uncommon beauty.
Muuri-almirah-tyttö oli epätavallisen kaunis.
And the merchant's son was struck by her beauty.
Ja kauppiaan poika oli vaikuttunut hänen kauneudestaan.
Her beauty made a deep impression on his mind.

Hänen kauneutensa teki syvän vaikutuksen hänen mieleensä.
And he resolved in his mind to marry her.
Ja hän päätti mielessään mennä naimisiin hänen kanssaan.
From then on the girl didn't stay in the almirah.
Siitä lähtien tyttö ei pysynyt almirahissa.
She was given a room in the merchant's son's house.
Hänelle annettiin huone kauppiaan pojan talosta.
The next day the merchant's son wrote a message.
Seuraavana päivänä kauppiaan poika kirjoitti viestin.
And he had the message sent to his mother.
Ja hän lähetti viestin äidilleen.
You can guess the general theme of the message.
Voit arvata viestin yleisen teeman.
The merchant's son said he would like to get married.
Kauppiaan poika sanoi haluavansa mennä naimisiin.
The mother of the merchant's son reproached herself.
Kauppiaan pojan äiti moitti itseään.
She had not tried to find a wife for his son.
Hän ei ollut yrittänyt löytää vaimoa hänen pojalleen.
She felt she should have thought of his marriage.
Hänestä tuntui, että hänen olisi pitänyt ajatella miehen
avioliittoa.
And so she promptly replied to her son's message.
Ja niin hän vastasi viipymättä poikansa viestiin.
She and her father were going to send out ghataks.
Hän ja hänen isänsä aikoivat lähettää ghatakeja.
The ghataks were going to go to different countries.
Ghatakit aikoivat mennä eri maihin.
There they were going to look for suitable brides.
Siellä he aikoivat etsiä sopivia morsiamia.
But the merchant's son said there would be no need.
Mutta kauppiaan poika sanoi, ettei sille olisi tarvetta.
He had secured himself a lovely young lady.
Hän oli hankkinut itselleen ihanan nuoren naisen.
If they had no objection, he would introduce her to them.
Jos heillä ei olisi mitään vastalauseita, hän esittelisi hänet
heille.

And so the young lady was taken to the merchant's house.
Ja niin nuori nainen vietiin kauppiaan taloon.
The merchant and his wife welcomed the stranger.
Kauppias ja hänen vaimonsa toivottivat muukalaisen
tervetulleeksi.
And they were also struck by her unmatched beauty.
Ja heihin teki vaikutuksen myös hänen vertaansa vailla oleva
kauneus.
The girl was of perfect loveliness and grace.
Tyttö oli täydellisen kaunis ja siro.
The parents made no questions to her birth.
Vanhemmat eivät kyseenalaistaneet hänen syntymäänsä.
And the nuptials were celebrated there and then.
Ja häät vietettiin siinä ja silloin.

In the course of time the merchant's son had two sons.
Ajan kuluessa kauppiaan pojalla oli kaksi poikaa.
The elder of the sons he named Swet.
Vanhimmalle pojistaan hän antoi nimen Swet.
And the younger son he named Basanta.
Ja nuoremmalle pojalle hän antoi nimen Basanta.
After the passing of more time the old merchant died.
Ajan kuluttua vanha kauppias kuoli.
So the merchant's son now became the merchant.
Niin kauppiaan pojasta tuli nyt kauppias.
And after some time his mother died too.
Ja jonkin ajan kuluttua hänen äitinsäkin kuoli.
Swet and Basanta grew up to be fine lads.
Swetistä ja Basantasta kasvoi hienoja poikia.
And the elder son was in due time married.
Ja vanhempi poika meni aikanaan naimisiin.
Sometime after Swet's marriage his mother also died.
Jonkin aikaa Swetin avioliiton jälkeen myös hänen äitinsä
kuoli.
The girl from in the wall was no more.
Seinän sisältä tullutta tyttöä ei enää ollut.
The widower lost no time in marrying again.

Leskimies ei viivytellyt hetkeäkään ja meni uudelleen naimisiin.
And he had a new young and beautiful wife.
Ja hänellä oli uusi nuori ja kaunis vaimo.
Swet's wife was older than his stepmother.
Swetin vaimo oli vanhempi kuin hänen äitipuolensa.
So his wife became the mistress of the house.
Niin hänen vaimostaan tuli talon emäntä.
The stepmother was like all stepmothers are.
Äitipuoli oli kuin kaikki äitipuolet.
She hated Swet and Basanta with a perfect hatred.
Hän vihasi Swetiä ja Basantaa täydellisellä vihalla.
And the two ladies also couldn't stand each other.
Eivätkä nuo kaksi naista voineet sietää toisiaan.
It so happened one day that a fisherman came.
Eräänä päivänä kävi niin, että kalastaja tuli paikalle.
The fisherman brought to the merchant a fish.
Kalastaja toi kauppiaalle kalan.
This fish was of singular and remarkable beauty.
Tämä kala oli ainutlaatuisen ja ihmeellisen kaunis.
It was unlike any other fish that had been seen.
Se oli erilainen kuin mikään muu aiemmin nähty kala.
And the fish had other qualities too.
Ja kaloilla oli muitakin ominaisuuksia.
The fisherman explained the wonders of the fish.
Kalastaja selitti kalojen ihmeellisyyttä.
"Two things will happen if you eat this fish".
"Jos syöt tätä kalaa, tapahtuu kaksi asiaa."
"When you laugh maniks will drop from your mouth".
"Kun naurat, nuket putoavat suustasi."
"And when you weep pearls will drop from your eyes".
"Ja kun itket, helmet putoavat silmistäsi."
The merchant was astounded by what he had heard.
Kauppias oli hämmästynyt kuulemastaan.
And he wanted the wonderful properties of the fish.
Ja hän halusi kalan ihmeelliset ominaisuudet.
And so he bought the fish at one thousand rupees.

Ja niin hän osti kalan tuhannella rupialla.
And he put the fish into the hands of Swet's wife.
Ja hän antoi kalan Swetin vaimon käsiin.
Because Swet's wife was the mistress of the house.
Koska Swetin vaimo oli talon emäntä.
He strictly instructed her to cook the fish well.
Hän neuvoi tiukasti kypsentämään kalan hyvin.
And he told her to give the fish to him alone to eat.
Ja hän käski hänen antaa kalan yksin hänelle syötäväksi.
The house-mother however knew the fish's secret.
Talon emäntä kuitenkin tiesi kalan salaisuuden.
She had overheard what the fisherman had said.
Hän oli kuullut, mitä kalastaja oli sanonut.
Secretly she made a different plan in her mind.
Salaa hän teki mielessään toisenlaisen suunnitelman.
She was going to cook the fish for her husband.
Hän aikoi valmistaa kalaa miehelleen.
And she was going to share the fish with his brother.
Ja hän aikoi jakaa kalan hänen veljensä kanssa.
For her father-in-law she was going to prepare a frog.
Appiukkolleen hän aikoi valmistaa sammakon.
Soon she had finished cooking the marvelous fish.
Pian hän oli saanut herkullisen kalan kypsennettyä.
And she had finished cooking a frog too.
Ja hän oli kypsentänyt myös sammakon.
But from the kitchen she could hear a squable.
Mutta keittiöstä hän kuuli rähinää.
She could hear who it was that was arguing.
Hän kuuli kuka väitteli.
Her stepmother-in-law and her husband's brother.
Hänen anoppinsa ja hänen miehensä veli.
And she understood the cause of the argument.
Ja hän ymmärsi riidan syyn.
Basanta was still but a young lad.
Basanta oli vasta nuori poika.
But he was passionately fond of his pigeons.
Mutta hän oli intohimoisesti kiintynyt kyyhkysiinsä.

And he tamed his pigeons very well.
Ja hän kesytti kyyhkysensä erittäin hyvin.
Nonetheless, one of his pigeons had escaped.
Yksi hänen kyyhkysistään oli kuitenkin karannut.
And the pigeon flew into his stepmother's room.
Ja kyyhkynen lensi äitipuolensa huoneeseen.
His stepmother hid the pigeon in her clothes.
Hänen äitipuolensa piilotti kyyhkysen vaatteisiinsa.
Basanta rushed after the pigeon into the room.
Basanta ryntäsi kyyhkysen perään huoneeseen.
And he loudly demanded to have the pigeon back.
Ja hän vaati äänekkäästi kyyhkysen takaisin.
His stepmother denied having the pigeon.
Hänen äitipuolensa kielsi kyyhkysen omistamisen.
Swet, however, did know she had the pigeon.
Swet kuitenkin tiesi, että kyyhkynen oli hänellä.
And the older brother forcibly took the bird.
Ja vanhempi veli otti linnun väkisin.
And he freed the pigeon from her clothes.
Ja hän vapautti kyyhkysen vaatteistaan.
And he gave the pigeon back to his brother.
Ja hän antoi kyyhkysen takaisin veljelleen.
The stepmother cursed and swore, and added;
Äitipuoli kirosi ja kirosi ja lisäsi;
"Wait until the head of the house comes home".
"Odota, kunnes talon isäntä tulee kotiin."
"He will get no water till he sheds your blood".
"Hän ei saa vettä ennen kuin vuodattaa sinun veresi."
Swet's wife called her husband and said to him;
Swetin vaimo soitti miehelleen ja sanoi hänelle:
"My dearest lord, that woman is a most wicked woman".
"Rakkain herrani, tuo nainen on todella ilkeä nainen."
"And she has boundless influence over my father-in-law".
"Ja hänellä on rajaton vaikutusvalta appiukkooni."
"She will make him do what she has threatened".
"Hän saa hänet tekemään sen, mitä on uhannut."
"All our lives are in imminent danger".

"Meidän kaikkien henki on välittömässä vaarassa."
"But let us first eat a little," she added.
"Mutta syökäämme ensin vähän", hän lisäsi.
"And then let us all three run away from this place".
"Ja sitten me kaikki kolme pakenkaamme tästä paikasta."
Swet forthwith called Basanta to him.
Swet kutsui heti Basantan luokseen.
And he told him what he had heard from his wife.
Ja hän kertoi hänelle, mitä oli kuullut vaimoltaan.
They resolved to run away before nightfall.
He päättivät paeta ennen iltahämärää.
The woman placed before her husband the fish.
Nainen asetti kalan miehensä eteen.
And her brother-in-law ate of the fish too.
Ja hänen lankonsa söi myös kalaa.
And they ate of the fish heartily.
Ja he söivät kalaa mielellään.
The woman packed up all her jewels in a box.
Nainen pakkasi kaikki korunsa laatikkoon.
There was only one horse in the stables.
Tallissa oli vain yksi hevonen.
But the horse was of uncommon fleetness.
Mutta hevonen oli epätavallisen nopea.
They could all sit on the horse together.
He kaikki saattoivat istua hevosen selässä yhdessä.
Swet held the reins of the horse.
Swet piti hevosen ohjaksia.
The woman sat in the middle of the horse.
Nainen istui hevosen keskellä.
And she had the jewel-box in her lap.
Ja hänellä oli korulipa sylissänsä.
And Basanta sat on the rear of the horse.
Ja Basanta istui hevosen selässä.
The horse galloped with the utmost swiftness.
Hevonen laukkasi äärimmäisen nopeasti.
They passed through many a plain and noted town.

He kulkivat monien tasankojen ja tunnettujen kaupunkien
läpi.
After midnight they found themselves in a forest.
Puolen yön jälkeen he huomasivat olevansa metsässä.
And they were not far from the banks of a river.
Eivätkä he olleet kaukana joen rannalta.
Here the most untoward event took place.
Tässä tapahtui epämiellyttävin tapahtuma.
Swet's wife began to feel the pains of child-birth.
Swetin vaimo alkoi tuntea synnytyksen tuskia.
They dismounted from the horse without delay.
He nousivat hevosen selästä viipymättä.
And within an hour Swet's wife gave birth to a son.
Ja tunnin sisällä Swetin vaimo synnytti pojan.
What were the two brothers to do in this forest?
Mitä kahden veljeksen piti tehdä tässä metsässä?
They knew that a fire had to be kindled.
He tiesivät, että tuli oli sytyttävä.
The mother and the new-born baby needed warmth.
Äiti ja vastasyntynyt vauva tarvitsivat lämpöä.
But from where was there fire to be gotten?
Mutta mistäköhän tulta olisi voinut saada?
There were no human habitations visible.
Ihmisasutuksia ei näkynyt.
Nonetheless, a fire had to be procured.
Tuli oli kuitenkin hankittava.
And it was the winter month of December.
Ja oli talvikuukausi joulukuu.
The mother and the baby would certainly perish.
Äiti ja vauva kuolisivat varmasti.
Swet told Basanta to sit beside his wife.
Swet käski Basantan istua vaimonsa viereen.
And he set out in the darkness of the night.
Ja hän lähti liikkeelle yön pimeydessä.
And he went in search of wood to make a fire.
Ja hän lähti etsimään puita nuotion tekemiseksi.
Swet walked many a mile through the darkness.

Swet käveli monta mailia pimeyden läpi.
But despite the distance he saw no human habitations.
Mutta etäisyydestä huolimatta hän ei nähnyt ihmisasutusta.
But eventually his eyes were given some help.
Mutta lopulta hänen silmänsä saivat apua.
The genial light of Sukra somewhat illumined his path.
Sukran lempeä valo valaisi jonkin verran hänen polkuaan.
And he saw at a distance what seemed a large city.
Ja hän näki kaukaa jotain, mikä näytti suurelta kaupungilta.
He was congratulating himself on his journey's end.
Hän onnitteli itseään matkansa päättymisestä.
And he congratulated himself for finding fire.
Ja hän onnitteli itseään tulen löytämisestä.
The fire that was going to benefit his poor wife.
Tuli, joka tulisi hyödyttämään hänen köyhää vaimoaan.
His wife that was lying cold in the forest.
Hänen vaimonsa, joka makasi kylmissä metsässä.
The fire that was going to save his new-born child.
Tuli, joka pelastaisi hänen vastasyntyneen lapsensa.
The new-born baby born into the coldness.
Vastasyntynyt vauva syntyi kylmyyteen.
Suddenly an elephant shot across his path.
Yhtäkkiä norsu syöksyi hänen polulleen.
The elephant was gorgeously caparisoned.
Norsu oli upeasti pukeutunut.
And the elephant gently picked him with his trunk.
Ja norsu nosti häntä varovasti kärsällään.
He placed him on the rich howdah on its back.
Hän nosti hänet selälleen rikkaalle howdalle.
The elephant then walked rapidly towards the city.
Sitten norsu käveli nopeasti kohti kaupunkia.
Swet was quite taken aback by the events.
Swet oli tapahtumista melkoisen hämmentynyt.
He did not understand the elephant's actions.
Hän ei ymmärtänyt elefantin toimia.
And he wondered what was in store for him.
Ja hän mietti, mitä hänelle oli luvassa.

A crown is that which was in store for him.
Kruunu oli se, mikä oli hänelle luvassa.
He was being taken to the chief city of a kingdom.
Häntä vietiin erään kuningaskunnan pääkaupunkiin.
In this kingdom every morning a king was elected.
Tässä valtakunnassa valittiin joka aamu kuningas.
Because the kings of this city lasted but a day.
Koska tämän kaupungin kuninkaat elivät vain päivän.
Every night the new king joined the queen in her room.
Joka ilta uusi kuningas liittyi kuningattaren seuraan tämän
huoneessa.
And every morning the previous king was found dead.
Ja joka aamu edellinen kuningas löydettiin kuolleena.
No one knew what caused the deaths of the kings.
Kukaan ei tiennyt, mikä aiheutti kuninkaiden kuolemat.
Not even the queen knew what caused their death.
Edes kuningatar ei tiennyt, mikä heidän kuolemansa aiheutti.
So this kingdom had its own king-maker.
Tällä valtakunnalla oli siis oma kuninkaantekijänsä.
The elephant who suddenly took hold of Swet.
Norsu, joka yhtäkkiä otti Swetin haltuunsa.
Early in the morning the elephant roamed about.
Varhain aamulla norsu vaelteli ympäriinsä.
Sometimes the elephant went to distant places.
Joskus norsu meni kaukaisiin paikkoihin.
And every evening the elephant returned with a man.
Ja joka ilta norsu palasi miehen kanssa.
The man on the elephant's became their king.
Norsun kyydissä olleesta miehestä tuli heidän kuninkaansa.
The elephant majestically marched through the streets.
Norsu marssi majesteettisesti katujen läpi.
A crowd of people welcomed their new king.
Joukko ihmisiä toivotti uuden kuninkaansa tervetulleeksi.
But Swet did not yet understand their cheers.
Mutta Swet ei vielä ymmärtänyt heidän hurraushuutojaan.
The elephant entered the kingdom's palace.
Norsu meni kuningaskunnan palatsiin.

And the elephant placed Swet on the throne.
Ja norsu asetti Swetin valtaistuimelle.
Amid much rejoicing he was proclaimed king.
Suuren ilon keskellä hänet julistettiin kuninkaaksi.
But there were lamentations in the crowd too.
Mutta yleisössä kuului myös valitusta.
In the course of the day he heard of the curse.
Päivän kuluessa hän kuuli kirouksesta.
The nightly death of every newly elected king.
Jokaisen vastavalitun kuninkaan yöllinen kuolema.
But Swet was possessed of great discretion.
Mutta Swetillä oli suuri harkintakyky.
And he had the courage not to try an escape.
Ja hänellä oli rohkeutta olla yrittämättä pakoa.
He took every precaution that he could take.
Hän ryhtyi kaikkiin mahdollisiin varotoimiin.
But he did not know how to avert the catastrophe.
Mutta hän ei tiennyt, miten katastrofin voisi estää.
And he knew not what expedients to adopt.
Eikä hän tiennyt, mitä keinoja käyttää.
Because he didn't know the nature of the danger.
Koska hän ei tiennyt vaaran luonnetta.
He resolved, however, upon two things;
Hän päätti kuitenkin kaksi asiaa;
He was going to go armed into the bedchamber.
Hän aikoi mennä aseistautuneena makuuhuoneeseen.
And he was going to stay awake the whole night.
Ja hän aikoi pysyä hereillä koko yön.
The queen was young and of exquisite beauty.
Kuningatar oli nuori ja erittäin kaunis.
Guileless and benevolent was the expression of her face.
Hänen kasvojensa ilme oli vilpitön ja hyväntahtoinen.
It was impossible to attribute her any malice.
Oli mahdotonta pitää häntä minkäänlaisena pahansuopana.
No one believed she caused all the kings' deaths.
Kukaan ei uskonut, että hän aiheutti kaikkien kuninkaiden
kuolemat.

In the queen's chamber Swet spent an agreeable evening.
Kuningattaren kamarissa Swet vietti miellyttävän illan.
As the night advanced the queen fell asleep.
Yön kuluessa kuningatar nukahti.
But Swet kept awake, and was on the alert.
Mutta Swet pysyi hereillä ja oli varuillaan.
He looked at every creek and corner of the room.
Hän katsoi jokaista puroa ja huoneen nurkkaa.
And he expected every minute to be murdered.
Ja hän odotti joka minuutti tulevansa murhatuksi.
But the queen did not rise to murder him.
Mutta kuningatar ei noussut murhaamaan häntä.
And no one entered the room to murder him either.
Eikä kukaan tullut huoneeseen tappaakseen häntä.
Nor did he feel anything other than sleepiness.
Eikä hän tuntenut mitään muuta kuin uneliaisuutta.
But in the dead of night he perceived something.
Mutta yön keskellä hän havaitsi jotakin.
A thread was coming out the queen's nostril.
Kuningattaren sieraimesta tuli ulos lankaa.
The thread was so thin that it was almost invisible.
Lanka oli niin ohutta, että se oli lähes näkymätön.
Slowly the thread reached several yards in length.
Hitaasti lanka kasvoi useiden jaardien pituiseksi.
And eventually all the thread came out.
Ja lopulta kaikki langat tulivat esiin.
Only then did the thread begin to grow thicker.
Vasta sen jälkeen lanka alkoi paksuuntua.
Soon the thread took on its real shape.
Pian lanka sai todellisen muotonsa.
The thread was in fact a huge serpent.
Lanka oli itse asiassa valtava käärme.
Immediately Swet cut off the head of the serpent.
Swet katkaisi välittömästi käärmeen pään.
The body of the serpent wriggled violently.
Käärmeen ruumis vääntyi rajusti.
He sat quiet in the room, expecting other adventures.

Hän istui hiljaa huoneessaan odottaen uusia seikkailuja.
But nothing else happened the rest of the night.
Mutta loppuyönä ei tapahtunut mitään muuta.
The queen slept longer than usual.
Kuningatar nukkui tavallista pidempään.
Because she had been relieved of the huge snake.
Koska hän oli päässyt eroon valtavasta käärmeestä.
Early next morning the ministers came.
Seuraavana aamuna varhain ministerit saapuivat.
They were expecting to hear of the king's death.
He odottivat kuulevansa kuninkaan kuolemasta.
The ladies of the bedchamber knocked at the door.
Makuuhuoneen naiset koputtivat oveen.
But to their astonishment Swet come out.
Mutta heidän hämmästyksekseen Swet tuli ulos.
The folk learned the mystery of all the kings' deaths.
Kansa sai tietää kaikkien kuninkaiden kuolemien mysteerin.
And now the country rejoiced their permanent king.
Ja nyt maa iloitsi pysyvästä kuninkaastaan.
There is a strange thing you probably noticed.
Todennäköisesti olet huomannut erään outon asian.
Swet did not remember his wife he left behind.
Swet ei muistanut vaimoaan, jonka hän jätti jälkeensä.
It is a strange thing, nevertheless it is true.
Se on outo asia, mutta silti se on totta.
Nor did he remember the defenceless new-born babe.
Eikä hän muistanut puolustuskyvytöntä vastasyntynyttä lasta.
And he did not remember his brother either.
Eikä hän muistanut veljeänkään.
He had no time to remember when the elephant came.
Hänellä ei ollut aikaa muistaa, milloin norsu tuli.
On the first night he had to worry for his own life.
Ensimmäisenä yönä hänen täytyi olla huolissaan omasta
hengestään.
And now the crown brought on his forgetfulness.
Ja nyt kruunu toi mukanaan hänen unohduksensa.
But he had entrusted his wife and child to Basanta.

Mutta hän oli uskonut vaimonsa ja lapsensa Basantan
huostaan.
And his brother sat waiting for many weary hours.
Ja hänen veljensä istui odottamassa monia väsyttäviä tunteja.
Every moment he expected to see Swet return with fire.
Joka hetki hän odotti näkevänsä Swetin palaavan tulen kanssa.
But the whole night passed away without his return.
Mutta koko yö kului ohi hänen paluutaan tekemättä.
At sunrise he went to the bank of the river.
Auringonnousun aikaan hän meni joen rannalle.
There he anxiously looked about for his brother.
Siellä hän katseli huolestuneena ympärilleen etsien veljeään.
But his waiting and searching were all in vain.
Mutta hänen odottamisensa ja etsimisensä olivat kaikki turhia.
Distressed beyond measure, he wept at the riverside.
Määräämättömän ahdingon vallassa hän itki joen rannalla.
As he was weeping a boat was passing by.
Hänen itkeessään ohi kulki vene.
In the boat a merchant was returning from business.
Veneessä kauppias oli palaamassa työmatkalta.
The boat was not far from the shore.
Vene ei ollut kaukana rannasta.
So the merchant could see Basanta weeping.
Niin kauppias näki Basantan itkevän.
Something struck the attention of the merchant.
Jokin kiinnitti kauppiaan huomion.
By the weeping man appeared to be a pile of pearls.
Itkevän miehen vieressä näytti olevan kasa helmiä.
The merchant requested the boatman to halt.
Kauppias pyysi soutajaa pysähtymään.
And the merchant went to the weeping man.
Ja kauppias meni itkevän miehen luo.
By the weeping man was in fact a pile of pearls.
Itkevän miehen vieressä oli itse asiassa kasa helmiä.
And the pearls were of the highest quality.
Ja helmet olivat korkealaatuisia.
And another thing astonished the merchant.

Ja eräs toinenkin asia hämmästytti kauppiasta.
The pile of pearls grew larger every second.
Helmikasa kasvoi sekunnilta suuremmaksi.
Because the man was crying, but not tears.
Koska mies itki, mutta ei kyyneleitä.
Because his tears turned to pearls on the ground.
Koska hänen kyyneleensä muuttuivat helmiksi maassa.
The merchant stowed away the pearls into his boat.
Kauppias säilöi helmet veneeseensä.
Then the merchant got his servants to help him.
Sitten kauppias sai palvelijansa avukseen.
And together they captured the crying man.
Ja yhdessä he vangitsivat itkevän miehen.
They put him on board of the vessel.
He nostivat hänet laivan kannelle.
And he tied him to one of the ship's masts.
Ja hän sitoi hänet yhteen laivan mastoista.
Basanta, of course, tried his best to resist.
Basanta tietenkin yritti parhaansa mukaan vastustaa.
But what could he do against so many sailors?
Mutta mitä hän voisi tehdä niin monia merimiehiä vastaan?
He thought of his brother who never returned.
Hän ajatteli veljeään, joka ei koskaan palannut.
He thought of his sister-in-law in the forest.
Hän ajatteli kälyään metsässä.
And he thought of his newly born niece.
Ja hän ajatteli vastasyntynyttä veljentytärtään.
And he cried even more bitterly than before.
Ja hän itki vielä katkerammin kuin ennen.
His weeping mightily pleased the merchant.
Hänen itkunsa miellytti kauppiasta suuresti.
Because even more pearls were falling to the ground.
Koska maahan putosi lisää helmiä.
And the merchant became richer and richer.
Ja kauppias rikastui yhä enemmän.
Eventually the merchant reached his native town.
Lopulta kauppias saapui kotikaupunkiinsa.

When they got there he confined Basanta in a room.
Kun he saapuivat sinne, hän sulki Basantan huoneeseen.
At stated hours every day he had him whipped.
Määrättyinä aikoina joka päivä hän ruoskitti häntä.
In order to make him shed yet more tears.
Jotta hän vuodattaisi vielä lisää kyyneleitä.
And every tear converted into a bright pearl.
Ja jokainen kyynel muuttui kirkkaaksi helmeksi.
The merchant one day said to his servants;
Eräänä päivänä kauppias sanoi palvelijoilleen:
"The fellow is making me rich by his weeping".
"Tuo mies tekee minut rikkaaksi itkemällä."
"Let us see what he gives me by laughing".
"Katsotaanpa, mitä hän minulle nauramalla antaa."
Accordingly, he began to tickle his captive.
Niinpä hän alkoi kutitella vankiaan.
Upon being tickled Basanta began to laugh.
Kutituksen kohteeksi joutunut Basanta alkoi nauraa.
Of course he was not laughing out of happiness.
Tietenkään hän ei nauranut onnesta.
But none the less maniks dropped from his mouth.
Mutta siitä huolimatta manikit putosivat hänen suustaan.
After this Basanta was not just whipped anymore.
Tämän jälkeen Basantaa ei enää vain ruoskittu.
Now he was alternately whipped and tickled.
Nyt häntä vuorotellen ruoskittiin ja kutitettiin.
All day and far into the night he was exploited.
Häntä käytettiin hyväksi koko päivän ja myöhään yöhön.
The merchant's wealth increased day and night.
Kauppiaan vauraus kasvoi päivää ja yötä.
Soon he became the wealthiest man in the land.
Pian hänestä tuli maan rikkain mies.
But let us return to Basanta's subjugation later.
Mutta palataanpa Basantan alistukseen myöhemmin.
Now let us turn our attention to Swet's wife.
Käännämme nyt huomiomme Swetin vaimoon.

Swet's abandoned wife was still in the forest.
Swetin hylätty vaimo oli yhä metsässä.
She had just given birth to her child.
Hän oli juuri synnyttänyt lapsensa.
But now she was alone in the forest.
Mutta nyt hän oli yksin metsässä.
First her husband had abandoned her.
Ensin hänen miehensä oli hylännyt hänet.
And now her brother-in-law abandoned her too.
Ja nyt hänen lankonsakin hylkäsi hänet.
Imagine how overwhelmed with grief she felt.
Kuvittele, kuinka surun murtama hän oli.
Alone, and in a forest, far from civilization.
Yksin, metsässä, kaukana sivilisaatiosta.
Her case was indeed deserving of sympathy.
Hänen tapauksensa todellakin ansaitsi myötätunnon.
She wept rivers of sad and lonely tears.
Hän itki surun ja yksinäisyyden kyynelvirtoja.
Excessive grief, however, brought her relief.
Liiallinen suru kuitenkin toi hänelle helpotusta.
She fell asleep with the new-born in her arms.
Hän nukahti vastasyntynyt sylissään.
While she was deep in sleep another tragedy took place.
Hänen ollessaan syvässä unessa tapahtui toinen tragedia.
It so happened that the Kotwal was passing by.
Sattuipa niin, että Kotwal oli ohikulkemassa.
He had recently suffered his own misfortune.
Hän oli äskettäin kokenut oman onnettomuutensa.
But his misfortune was of a different nature.
Mutta hänen epäonnensa oli toisenlaista.
The children his wife bore died shortly after birth.
Hänen vaimonsa synnyttämät lapset kuolivat pian syntymän jälkeen.
And he was now going to bury the last infant.
Ja nyt hän aikoi haudata viimeisenkin vauvan.
He was heading to the banks of the river.
Hän oli menossa joen rannoille.

The place where the other infants were buried.
Paikka, johon muut vauvat haudattiin.
But then he saw the woman sleeping in the forest.
Mutta sitten hän näki naisen nukkumassa metsässä.
And in her arms he saw her holding a baby.
Ja hän näki hänen pitelevän vauvaa sylissään.
The infant was a lively and beautiful boy.
Vauva oli eloisa ja kaunis poika.
His liveliness did not disturb his mother's sleep.
Hänen eloisuutensa ei häirinnyt äitinsä unta.
The Kotwal wanted the lovely infant very much.
Kotwal halusi kovasti suloista vauvaa.
He quietly took the child from his mother.
Hän otti lapsen hiljaa äidiltään.
And in her arms he placed his own dead child.
Ja hänen syliinsä hän laski oman kuolleen lapsensa.
Of course this is not what he could tell his wife.
Tätä hän ei tietenkään voinut kertoa vaimolleen.
"We both thought that our son had died".
"Me molemmat luulimme, että poikamme oli kuollut."
"And I carried his body to the river bank".
"Ja minä kannoin hänen ruumiinsa joen rannalle."
"And that was when a miracle occurred".
"Ja silloin tapahtui ihme."
"Once more our son opened his young eyes".
"Jälleen kerran poikamme avasi nuoret silmänsä."
"And now we have a beautiful and lively boy".
"Ja nyt meillä on kaunis ja eloisa poika."
But Swet's wife did not know the true events.
Mutta Swetin vaimo ei tiennyt todellisia tapahtumia.
When she woke she held the dead child in her arms.
Herätessään hän kantoi kuollutta lasta sylissään.
And she thought it was her child that had died.
Ja hän luuli, että hänen lapsensa oli kuollut.
The distress of her mind may easily be imagined.
Hänen mielen ahdinkoa on helppo kuvitella.
The whole world became dark to her.

Koko maailma pimeni hänelle.
She was distracted by the loss of her child.
Hän oli keskittynyt lapsensa menetykseen.
And in her distraction she formed a resolution.
Ja hämmennyksessään hän teki päätöksen.
She had resolved to take her own life.
Hän oli päättänyt riistää oman henkensä.
The river was not far from where she had slept.
Joki ei ollut kaukana paikasta, jossa hän oli nukkunut.
And she determined to drown herself in the river.
Ja hän päätti hukuttaa itsensä jokeen.
She took in her hand the bundle of jewels.
Hän otti käteensä jalokivien nipun.
And then she proceeded to the river-side.
Ja sitten hän jatkoi matkaansa joen rannalle.
An old Brahman was at no great distance.
Vanha brahman ei ollut kaukana.
The Brahman was performing his morning ablutions.
Brahman suoritti aamupesujaan.
He noticed the woman going into the water.
Hän huomasi naisen menevän veteen.
Naturally he thought that she was going to bathe.
Luonnollisesti hän luuli, että nainen oli menossa kylpemään.
But then he saw her going into the deep waters.
Mutta sitten hän näki hänen menevän syviin vesiin.
Something akin to suspicion arose in his mind.
Hänen mielessään heräsi jonkinlainen epäilys.
The Brahman discontinued his devotions.
Brahmana lopetti hartautensa.
He too waded out towards the river's depth.
Hänkin kahlasi kohti joen syvyyttä.
And he ordered the woman to come to him.
Ja hän käski naisen tulla luokseen.
Swet's wife heard the old man calling her.
Swetin vaimo kuuli vanhan miehen kutsuvan häntä.
So she retraced her steps to the old man.
Niinpä hän palasi takaisin vanhan miehen luo.

"What were your intentions?" asked the Braham.
"Mitkä olivat aikomuksesi?" kysyi Braham.
And the woman confirmed his suspicions.
Ja nainen vahvisti hänen epäilyksensä.
"I was going to put an end to my life".
"Aioin lopettaa elämäni."
And she thanked the Brahman for saving her.
Ja hän kiitti brahmania pelastuksesta.
"Accept these jewels as a sign of appreciation".
"Ota nämä jalokivet vastaan arvostuksen merkkinä."
The Brahman accepted the sign of appreciation.
Brahmana otti vastaan arvostuksen merkin.
But he was more interested in her story.
Mutta hän oli kiinnostuneempi hänen tarinastaan.
And at his request she related her story.
Ja hänen pyynnöstään hän kertoi tarinansa.
She had escaped from her stepmother in law.
Hän oli karannut anoppiaan luota.
In the forest she gave birth to a child.
Metsässä hän synnytti lapsen.
First her husband went looking for fire.
Ensin hänen miehensä meni etsimään tulta.
But her husband never came back to her.
Mutta hänen miehensä ei koskaan palannut hänen luokseen.
Then her brother-in-law looked for her husband.
Sitten hänen lankonsa etsi hänen miestään.
But her brother-in-law did not return either.
Mutta hänen lankonsakaan ei palannut.
Eventually she fell asleep with her child.
Lopulta hän nukahti lapsensa kanssa.
But when she woke her child was dead.
Mutta kun hän heräsi, hänen lapsensa oli kuollut.
And that's when she decided to drown herself.
Ja silloin hän päätti hukuttaa itsensä.
She felt the relieve of telling her fate.
Hän tunsi helpotusta kertoessaan kohtalonsa.
The Brahman invited the woman to his house.

Brahman kutsui naisen kotiinsa.
And the woman was accepted into his family.
Ja nainen hyväksyttiin hänen perheeseensä.
The Brahman's wife treated her like a daughter.
Brahmaanin vaimo kohteli häntä kuin tytärtä.
And she spent years with her new family.
Ja hän vietti vuosia uuden perheensä kanssa.
Swet spend those years in his kingdom.
Swet viettää nuo vuodet valtakunnassaan.
Basanta spent those years being tortured.
Basanta vietti noina vuosina kidutettuna.
And the adopted son of the Kotwal grew up.
Ja Kotwalin ottopoika kasvoi.
The Brahman's house was not far from the Kotwal's.
Brahmaanin talo ei ollut kaukana Kotwalien talosta.
So the Kotwal's son met the Brahman's adopted daughter.
Niinpä Kotwalin poika tapasi brahmaanin ottotyttären.
And the lad thought he fell in love with her.
Ja poika luuli rakastuneensa häneen.
He spoke to his father about the woman.
Hän puhui isälleen naisesta.
And the father spoke to the Brahman about the woman.
Ja isä puhui brahmaanille naisesta.
The Brahman's rage knew no bounds.
Brahmaanin raivo ei tuntenut rajoja.
"What is this insolence!" the Brahman protested.
"Mitä röyhkeyttä tämä on!" bramiini protestoi.
"Your son is the son of an infidel".
"Poikasi on uskottoman poika."
"How can he aspire to the hand of a Brahman's daughter!?".
"Kuinka hän voi tavoitella bramiinin tyttären kättä!?".
"A dwarf may as well aspire to catch hold of the moon!".
"Kääpiö voi yhtä hyvin pyrkiä nappaamaan kuun haltuunsa!"
But the Kotwal's son determined to have her by force.
Mutta Kotwalin poika päätti saada hänet väkisin.
One day he scaled the wall of the Brahman's house.
Eräänä päivänä hän kiipesi bramiinin talon muurin yli.

He got upon the thatched roof of the cow-house.
Hän kiipesi navetan olkikatolle.
And from that lofty position he reconnoitered.
Ja tuosta korkeasta asemasta hän tarkkaili ympäristöä.
And he saw two young calves below him.
Ja hän näki kaksi nuorta vasikkaa alapuolellaan.
And he overheard the conversation of two young calves.
Ja hän kuuli kahden nuoren vasikan keskustelun.
"Men accuse us of brutish ignorance and immorality".
"Miehet syyttävät meitä raa'asta tietämättömyydestä ja moraalittomuudesta."
"But in my opinion men are fifty times worse".
"Mutta minun mielestäni miehet ovat viisikymmentä kertaa huonompia."
"What makes you say so, brother?" the calf asked.
"Mikä saa sinut noin sanomaan, veli?" vasikka kysyi.
"Have you witnessed instances of human depravity?".
"Oletko nähnyt esimerkkejä ihmisen pahuudesta?"
"Who is a greater monster than the Kotwal's son?".
"Kuka on suurempi hirviö kuin Kotwalin poika?".
"The same lad standing on the thatched roof".
"Sama poika seisoo olkikatolla."
"The roof of this hut above our heads".
"Tämän mökin katto päämme yläpuolella."
"I thought he was just the son of our Kotwal".
"Luulin hänen olevan vain meidän Kotwalimme poika."
"I never heard that he was exceptionally vicious".
"En ole koskaan kuullut, että hän olisi ollut poikkeuksellisen ilkeä."
"You may have never heard of his wickedness".
"Et ehkä ole koskaan kuullut hänen pahuudestaan."
"But now you will hear of his wickedness from me".
"Mutta nyt te saatte kuulla hänen pahuudestaan minulta."
"This wicked lad is now making immoral plans".
"Tämä ilkeä poika tekee nyt moraalittomia suunnitelmia."
"He is trying get married to his own mother!".
"Hän yrittää mennä naimisiin oman äitinsä kanssa!"

The First Calf then related the whole story.
Sitten ensimmäinen vasikka kertoi koko tarinan.
And the inquisitive Second Calf listened.
Ja utelias Toinen Vasikka kuunteli.
And the calf told Swet's and Basanta's story.
Ja vasikka kertoi Swetin ja Basantan tarinan.
"A merchant built a house for his son"
"Kauppias rakensi pojalleen talon"
"In the garden of the house was a Toontooni bird"
"Talon puutarhassa oli Toontoonin lintu"
"In the nest of the Toontooni bird was an egg"
"Toontoonin pesässä oli muna"
"The merchant's son put the egg in a almirah"
"Kauppiaan poika laittoi munan almirahiin"
"Out of the egg came a beautiful girl"
"Munasta nousi kaunis tyttö"
"Eventually the merchant's son married this beautiful girl"
"Lopulta kauppiaan poika meni naimisiin tämän kauniin tytön
kanssa"
"Together they had two children; Swet and Basanta"
"Heillä oli yhdessä kaksi lasta; Swet ja Basanta"
"Some time later the grandfather of the children died"
"Jonkin ajan kuluttua lasten isoisä kuoli"
"Some time later again their grandmother died too"
"Jonkin ajan kuluttua heidän isoäitinsä kuoli myös"
"At the right time, the oldest son, Swet, got married"
"Oikeaan aikaan vanhin poika, Swet, meni naimisiin"
"His mother, the Toontooni woman, died sometime later"
"Hänen äitinsä, Toontoonin nainen, kuoli jonkin ajan kuluttua"
"Soon after their father married a younger woman"
"Pian sen jälkeen heidän isänsä meni naimisiin nuoremman
naisen kanssa"
"But their new stepmother hated her stepsons"
"Mutta heidän uusi äitipuolensa vihasi poikapuoliaan"
"And she also hated her new stepdaughter-in-law"
"Ja hän vihasi myös uutta miniäänsä"
"One day a fisherman happened to visit the merchant"

"Eräänä päivänä kalastaja sattui käymään kauppiaan luona"
"The Fisherman had sold the merchant a magical fish"
"Kalastaja oli myynyt kauppiaalle taikakalan"
"Whoever ate the fish would laugh maniks"
"Se, joka söi kalan, nauroi hullun lailla"
"And whoever ate the fish would weep pearls"
"Ja se, joka söi kalan, itki helmiä"
"The same day there was an argument over some pigeons"
"Samana päivänä syntyi riita kyyhkyistä"
"The stepmother was terribly vengeful to her stepsons"
"Äitipuoli oli hirvittävän kostonhimoinen poikapuolilleen"
"And she swore revenge on her stepsons"
"Ja hän vannoi kostoa poikapuolilleen "
"That day Swet, his wife, and Basanta escaped"
"Sinä päivänä Swet, hänen vaimonsa ja Basanta pakenivat"
"But before leaving they ate the magical fish"
"Mutta ennen lähtöä he söivät taikakalan"
"On their journey Swet's wife gave birth to a baby boy"
"Matkallaan Swetin vaimo synnytti poikavauvan."
"Swet went to look for wood to make a fire"
"Sweet meni etsimään puita nuotion tekemiseen"
"But he was carried away by an elephant"
"Mutta norsu vei hänet pois"
"He was taken to a Queen haunted by a snake"
"Hänet vietiin kuningattaren luo, jota vainosi käärme "
"But he succeeded in killing the serpent"
"Mutta hän onnistui tappamaan käärmeen"
**"And so he became king of the land""Basanta went looking
for his brother"**
"Ja niin hänestä tuli maan kuningas." "Basanta lähti etsimään
veljeään."
"But he was captured by a merchant"
"Mutta kauppias vangitsi hänet"
"And now he's flogged and tickled daily"
"Ja nyt häntä ruoskitaan ja kutitetaan päivittäin"
"And he cries pearls and laughs maniks"
"Ja hän itkee helmiä ja nauraa manikkeja"

"The Kotwal's son had died that night"
"Kotwalin poika oli kuollut sinä yönä"
"So the Kotwal exchanged the two babies"
"Joten Kotwalit vaihtoivat kaksi vauvaa"
"The mother couldn't bear the loss of her child"
"Äiti ei kestänyt lapsensa menetystä"
"So she made the decision to drown herself"
"Niinpä hän päätti hukuttaa itsensä"
"But there was a Brahman that saved her life"
"Mutta oli olemassa brahman, joka pelasti hänen henkensä"
"And this Brahman took her into his home"
"Ja tämä brahman otti hänet kotiinsa"
"The Kotwal's son grew up a hardy boy"
"Kotwalin pojasta kasvoi sitkeä poika"
"And he fell in love with the woman"
"Ja hän rakastui naiseen"
"And now he stands on the roof"
"Ja nyt hän seisoo katolla"
"And he's intent on having the woman"
"Ja hän aikoo saada naisen"
All this the Kotwal's son heard.
Kaiken tämän Kotwalin poika kuuli.
And he was struck with horror.
Ja hän kauhistui.
He forthwith got down from the thatch.
Hän nousi heti alas olkikatolta.
And he went home to his father.
Ja hän meni kotiin isänsä luo.
And he said he must speak with the king.
Ja hän sanoi, että hänen täytyy puhua kuninkaan kanssa.
The father protested against the request.
Isä protestoi pyyntöä vastaan.
But he got an interview with the king.
Mutta hän sai haastattelun kuninkaan kanssa.
He told the king about the two calves.
Hän kertoi kuninkaalle kahdesta vasikasta.
And he repeated the whole story.

Ja hän toisti koko tarinan.
The king now remembered his poor wife.
Kuningas muisti nyt köyhää vaimoaan.
So a servant was sent to the Brahman.
Niinpä palvelija lähetettiin brahmanin luo.
And the Brahman was richly rewarded.
Ja brahman palkittiin runsaasti.
And his wife was brought back to the palace.
Ja hänen vaimonsa tuotiin takaisin palatsiin.
His wife was put in her proper position.
Hänen vaimonsa asetettiin oikeaan asemaan.
And she became queen of the kingdom.
Ja hänestä tuli valtakunnan kuningatar.
The reputed son of the Kotwal was readopted.
Kotwalin maineikas poika otettiin takaisin sukuun.
And he was proclaimed heir to the throne.
Ja hänet julistettiin valtaistuimen perilliseksi.
Basanta was brought out of the dungeon.
Basanta tuotiin ulos luolastosta.
And the wicked merchant was buried alive.
Ja ilkeä kauppias haudattiin elävältä.
And thorns were put in his burying-place.
Ja hänen hautapaikkaansa pantiin orjantappurat.
And all lived together happily for many years.
Ja kaikki elivät onnellisesti yhdessä monta vuotta.
Swet, his wife and son, and Basantas.
Swet, hänen vaimonsa ja poikansa sekä Basantas.

The Evil Eye of Sani
Sanin paha silmä

Once upon a time Sani and Lakshmi fell out with each other.

Olipa kerran aika, jolloin Sani ja Lakshmi riitautuivat keskenään.

Sani, also known as Saturn, is the God of bad luck.

Sani, joka tunnetaan myös nimellä Saturnus, on huonon onnen jumala.

And Lakshmi is the Goddess of good luck.

Ja Lakshmi on onnen jumalatar.

And these two Gods fell out with each other in heaven.

Ja nämä kaksi jumalaa riitelivät keskenään taivaassa.

Sani said he was higher in rank than Lakshmi.

Sani sanoi olevansa korkeammassa asemassa kuin Lakshmi.

And Lakshmi said she was higher in rank than Sani.

Ja Lakshmi sanoi olevansa korkeammassa asemassa kuin Sani.

But there were just as many Gods as there were Goddesses.

Mutta jumalia oli aivan yhtä monta kuin jumalattariakin.

Therefore the dispute could not be settled in heaven.

Siksi kiistaa ei voitu ratkaista taivaassa.

The contending deities agreed to refer the matter to humans.

Kilpailevat jumalat sopivat siirtävänsä asian ihmisille.

The humans had a name for wisdom and justice.

Ihmisillä oli nimi viisaudelle ja oikeudenmukaisuudelle.

There lived at that time upon earth a man named Sribatsa.

Siihen aikaan maan päällä eli mies nimeltä Sribatsa.

(Sri is another name of Lakshmi).

(Sri on Lakshmin toinen nimi).

(And"batsa" is another word for child).

(Ja "batsa" on toinen sana lapselle).

(so Sribatsa literally means"the child of fortune").

(joten Sribatsa tarkoittaa kirjaimellisesti "onnen lasta").

Sribatsa had as much wisdom as he had wealth.

Sribatsalla oli yhtä paljon viisautta kuin vaurautta.

And he was as fair as he was rich, too.

Ja hän oli yhtä lailla oikeudenmukainen kuin rikaskin.

He was therefore a good judge for the dispute.
Siksi hän oli hyvä tuomari riidassa.
And the God and Goddess agreed he could judge their case.
Ja Jumala ja Jumalatar sopivat, että hän voisi tuomita heidän
tapauksensa.
One day, accordingly, Sribatsa was contacted.
Niinpä eräänä päivänä Sribatsaan otettiin yhteyttä.
He was told that Sani and Lakshmi would come to him.
Hänelle kerrottiin, että Sani ja Lakshmi tulisivat hänen
luokseen.
And he was told they wished for him to settle their dispute.
Ja hänelle kerrottiin, että he toivoivat hänen ratkaisevan
riitansa.
This put Sribatsa in a delicate situation.
Tämä asetti Sribatsan hankalaan tilanteeseen.
He could say Sani was higher in rank than Lakshmi.
Hän saattoi sanoa, että Sani oli korkeammassa asemassa kuin
Lakshmi.
But then she would be angry with him and forsake him.
Mutta sitten hän suuttuisi hänelle ja hylkäisi hänet.
He could say Lakshmi was higher in rank than Sani.
Hän saattoi sanoa, että Lakshmi oli korkeammassa asemassa
kuin Sani.
But then Sani would cast his evil eye upon him.
Mutta sitten Sani loi häneen pahan silmänsä.
He made up his mind not to say anything directly.
Hän päätti olla sanomatta mitään suoraan.
The god and the goddess had to observe his actions.
Jumalan ja jumalattaren täytyi tarkkailla hänen tekojaan.
And from his actions they could gather their opinions.
Ja hänen teoistaan he saattoivat muodostaa mielipiteensä.
Sribatsa ordered two chairs to be made.
Sribatsa tilasi kahden tuolin valmistuksen.
One of the chairs was made from gold.
Yksi tuoleista oli tehty kullasta.
And the other chair was made from silver.
Ja toinen tuoli oli tehty hopeasta.

And he placed the two chairs beside himself.
Ja hän asetti kaksi tuolia viereensä.
The day came when Sani and Lakshmi visited Sribatsa.
Koitti päivä, jolloin Sani ja Lakshmi vierailivat Sribatsassa.
He told Sani to sit upon the silver chair.
Hän käski Sanin istua hopeiselle tuolille.
And he told Lakshmi to sit upon the gold chair.
Ja hän käski Lakshmin istua kultaiselle tuolille.
Sani became mad with rage, and spoke angrily;
Sani suuttui raivosta ja puhui vihaisesti;
"You consider me lower in rank than Lakshmi"
"Pidät minua Lakshmia alempana arvossa"
"I will cast my eye on you for three years"
"Tulen sinua katselemaan kolmen vuoden ajan"
"We shall see how you fare at the end of that period"
"Katsotaan, miten pärjäätte tuon ajanjakson lopussa"
The god then went away in great anger.
Sitten jumala lähti pois suuressa vihassa.
Lakshmi, before she went away, said to Sribatsa;
Ennen lähtöään Lakshmi sanoi Sribatsalle;
"My child, do not fear. I'll befriend you"
"Lapseni, älä pelkää. Minä ystävystyn kanssasi."
The god and the goddess then went away.
Sitten jumala ja jumalatar lähtivät pois.
Sribatsa spoke to his wife, Chantamani;
Sribatsa puhui vaimolleen Chantamanille;
"Dearest, the evil eye of Sani will be upon me"
"Rakkain, Sanin paha silmä on minussa"
"I had better go away from the house"
"Minun on parempi lähteä pois kotoa"
"If I stay evil will befall you and me"
"Jos pysyn, pahuus kohtaa sinua ja minua"
"But if I go, evil will overtake me only"
"Mutta jos minä menen, niin onnettomuus vain minua kohtaa"
Chintamani said, "it cannot be that way"
Chintamani sanoi: "Asia ei voi olla niin"
"Wherever you go, I will go with you"

"Minne ikinä menetkin, minä menen kanssasi"
"Your good luck shall be my good luck"
"Sinun onnesi on minun onneni"
"And your bad luck shall be my bad luck"
"Ja sinun huono onnesi on minun huono onneni"
The husband tried hard to persuade his wife to stay.
Mies yritti kovasti suostutella vaimoaan jäämään.
But all his efforts were of no use.
Mutta kaikki hänen ponnistelunsa olivat turhia.
She refused to abandon her husband.
Hän kieltäytyi hylkäämästä miestään.
Sribatsa told his wife to make an opening in their mattress.
Sribatsa käski vaimoaan tekemään aukon patjaansa.
And he told her to stow away all their money and jewels.
Ja hän käski hänen kätkeä pois kaikki heidän rahansa ja
korunsa.
**On the eve of leaving their house, Sribatsa invoked
Lakshmi.**
Lähtöään kotoa edeltävänä aattona Sribatsa huusi Lakshmia.
Upon being invoked, Lakshmi forthwith appeared.
Kun Lakshmi oli kutsuttu, hän ilmestyi heti.
"Mother Lakshmi, the evil eye of Sani is upon us"
"Äiti Lakshmi, Sanin paha silmä on meissä"
"We are going away into exile"
"Me olemme lähdössä maanpakoon"
"Please befriend us, and take care of our property"
"Olkaa ystävällisiä ja pitäkää huolta omaisuudestamme"
The goddess of good luck answered.
Onnen jumalatar vastasi.
"Do not fear; I'll befriend you"
"Älä pelkää, minä ystävystyn kanssasi"
"In the end all will be right"
"Lopulta kaikki järjestyy"
They then set out on their journey.
Sitten he lähtivät matkaan.
Sribatsa rolled up the mattress and put it on his head.
Sribatsa rullasi patjan kokoon ja asetti sen päänsä päälle.

They had not gone many miles when they saw a river.
He eivät olleet kävelleet montaakaan mailia, kun he näkivät
joen.
There was a canoe with a man sitting in it.
Siellä oli kanootti, jossa istui mies.
The travelers requested the ferryman to take them across.
Matkustajat pyysivät lauttamiestä viemään heidät yli.
The ferryman said he could only take one at a time.
Lauttamies sanoi, että hän voi ottaa vain yhden kerrallaan.
"Tere are three of you," he objected.
"Teitä on kolme", hän väitti vastaan.
"There is you, your wife, and your mattress"
"Tuossa olet sinä, vaimosi ja patjasi"
Sribatsa proposed in what order they should ferry over the
river.
Sribatsa ehdotti, missä järjestyksessä heidän tulisi kulkea
lauttamatkan yli joen.
"First my wife should be taken across the river"
"Ensin vaimoni pitäisi viedä joen yli"
"After my wife, take the mattress across the river"
"Vie vaimoni jälkeen patja joen yli"
"And then you can take me across the river"
"Ja sitten voit viedä minut joen yli"
But the ferryman would not hear of it.
Mutta lautturi ei halunnut kuullakaan siitä.
"Only one at a time," he repeated.
"Vain yksi kerrallaan", hän toisti.
"First let me take across the mattress"
"Anna minun ensin viedä patjan poikki"
Sribatsa saw no reason to object to the proposal.
Sribatsa ei nähnyt mitään syytä vastustaa ehdotusta.
The ferryman started taking the mattress across the river.
Lauttamies alkoi kantaa patjaa joen yli.
He had reached halfway across the river.
Hän oli jo puolivälissä jokea.
But then, from nowhere, a fierce gale arose.
Mutta sitten, tyhjästä, nousi raju myrsky.

The ferryman lost control of his canoe.
Lauttamies menetti kanoottinsa hallinnan.
The mattress was blown into the river.
Patja oli puhallettu jokeen.
The river carried everything away with it.
Joki vei kaiken mukanaan.
And the ferrymen, canoe, and mattress were never seen again.
Ja lautturimiehiä, kanoottia ja patjaa ei enää koskaan nähty.
But that was not even the strangest events.
Mutta se ei ollut edes oudoin tapahtuma.
Because the river also disappeared into thin air.
Koska jokikin katosi kuin tuhka ilmaan.
Where there was water there was now dry ground.
Missä oli vettä, siellä oli nyt kuivaa maata.
Sribatsa knew the evil eye of Sani had been watching.
Sribatsa tiesi Sanin pahan silmän tarkkaillen.

Sribatsa and his wife had not a pice in their pockets.
Sribatsalla ja hänen vaimollaan ei ollut penniäkään taskuissaan.
Together, impoverished, they went to a nearby village.
Yhdessä, köyhtyneinä, he menivät läheiseen kylään.
The village was dwelt in mostly by wood-cutters.
Kylässä asuivat enimmäkseen puunhakkaajat.
At sunrise the woodcutters went to cut wood.
Auringonnousun aikaan puunhakkaajat menivät hakkaamaan puita.
And the wood they cut they sold in a faraway town.
Ja kaatamansa puun he myivät kaukaiseen kaupunkiin.
Sribatsa asked to work with the wood-cutters.
Sribatsa pyysi saada työskennellä puunhakkaajien kanssa.
And the wood-cutters agreed to let him cut wood.
Ja puunhakkaajat suostuivat antamaan hänen hakata puuta.
He could fell trees as well as the best of them.
Hän osasi kaataa puita yhtä hyvin kuin parhaatkin.
But Sribatsa was different from the wood-cutters.

Mutta Sribatsa oli erilainen kuin puunhakkaajat.
The wood-cutters cut any and every sort of wood.
Puunhakkaajat sahasivat kaikenlaista puuta.
But Sribatsa cut only the precious types of wood.
Mutta Sribatsa sahasi vain arvokkaita puulajeja.
His efforts were focused on cutting down sandal-wood.
Hänen ponnistelunsa keskittyivät santelipuun hakkaamiseen.
The wood-cutters brought to market large loads of common wood.
Puunhakkaajat toivat markkinoille suuria kuormia tavallista puuta.
Sribatsa brought only a few pieces of sandal-wood to the market.
Sribatsa toi markkinoille vain muutaman palan santelipuuta.
He was paid a great deal more money than the others.
Hänelle maksettiin huomattavasti enemmän rahaa kuin muille.
Things went on this way for some days.
Asiat jatkuivat näin muutaman päivän ajan.
And the wood-cutters became jealous of Sribatsa.
Ja puunhakkaajat alkoivat kadehtia Sribatsaa.
In their jealousy they plotted against Sribatsa.
Kateudessa he juonittelivat Sribatsaa vastaan.
And finally they drove Sribatsa and his wife from the village.
Ja lopulta he ajoivat Sribatsan ja hänen vaimonsa pois kylästä.

Sribatsa and his wife made their way to another village.
Sribatsa ja hänen vaimonsa matkustivat toiseen kylään.
In this village there were many women that weaved.
Tässä kylässä oli paljon kutojia.
Here Chintamani made herself useful by spinning cotton.
Täällä Chintamani teki itsestään hyödyllisen kehrämällä puuvillaa.
Chintamani was an intelligent and skillful woman.
Chintamani oli älykäs ja taitava nainen.
So she spun finer thread than the other women.

Niinpä hän kehräsi hienompaa lankaa kuin muut naiset.
And she got paid more money than the other women.
Ja hänelle maksettiin enemmän rahaa kuin muille naisille.
This roused the envy of the native women of the village.
Tämä herätti kylän alkuperäisten naisten kateutta.
But the envy of the other women was not all.
Mutta muiden naisten kateus ei ollut ainoa asia.
Sribatsa wanted to gain the good grace of the weavers.
Sribatsa halusi saada kutojien suosion.
So he invited the women that spun cotton to a feast.
Niinpä hän kutsui puuvillaa kehräävät naiset juhliin.
The dishes of the feat were all cooked by his wife.
Hänen vaimonsa valmisti kaikki tämän taikatempun ruoat.
Chintamani was a good weaver, and an excellent in cook.
Chintamani oli hyvä kutoja ja erinomainen kokki.
She placed the delicacies before the women.
Hän asetti herkut naisten eteen.
And the barbarous weavers were quite charmed.
Ja barbaariset kutojat olivat aivan lumottuja.
The men went to their homes with their bellies full.
Miehet menivät koteihinsa vatsat täynnä.
But when they got home, they reproached their wives.
Mutta kotiin tultuaan he moittivat vaimojaan.
"Why do you not cook like the wife of Sribatsa"
"Miksi et kokkaa kuten Sribatsan vaimo?"
And the men called their wives good-for-nothing women.
Ja miehet kutsuivat vaimojaan kelvottomiksi naisiksi.
This made the women hate Chintamani the more.
Tämä sai naiset vihaamaan Chintamania entistä enemmän.

One day Chintamani went to the river-side.
Eräänä päivänä Chintamani meni joen rannalle.
**She wanted to bathe along with the other women of the
village.**
Hän halusi kylpeä muiden kylän naisten kanssa.
A boat had been lying on the bank, stranded on the sand.
Vene oli lojunut rannalla, jumissa hiekalla.

The boat had been stranded there for many days.
Vene oli ollut siellä jumissa useita päiviä.
They had tried to move the boat, but in vain.
He olivat yrittäneet siirtää venettä, mutta turhaan.
It so happened that Chintamani touched the boat.
Satuipa niin, että Chintamani kosketti venettä.
It was an accident, for she did not mean to touch the boat.
Se oli vahinko, sillä hän ei tarkoittanut koskea veneeseen.
But whether she meant to or not, the boat moved.
Mutta halusi hän sitä tai ei, vene liikkui.
And soon the boat was heading off to the river.
Ja pian vene oli matkalla joelle.
The boatmen were astonished by what they had seen.
Veneilijät olivat hämmästyneitä näkemästään.
They thought that the woman had uncommon power.
He ajattelivat, että naisella oli epätavallinen voima.
And so they thought she might be useful in future.
Ja niin he ajattelivat, että hänestä voisi olla hyötyä
tulevaisuudessa.
They therefore caught hold of her, against her will.
Niinpä he ottivat hänet kiinni, vastoin hänen tahtoaan.
And they put her in the boat, and rowed off.
Ja he panivat hänet veneeseen ja soutivat matkaan.
The women of the village were present for this kidnapping.
Kylän naiset olivat läsnä tässä kidnappauksessa.
But they did not offer Chintamani any assistance.
Mutta he eivät tarjonneet Chintamanille mitään apua.
Because Chintamani had put them in a bad light.
Koska Chintamani oli saattanut heidät huonoon valoon.

Sribatsa heard how his wife had been carried away by
boatmen.
Sribatsa kuuli, kuinka venemiehet olivat vieneet hänen
vaimonsa pois.
I will let you imagine how he became mad with grief.
Annan teidän kuvitella, kuinka hän suuttui surusta.
He left the village and went to the river-side.

Hän lähti kylästä ja meni joen rannalle.
And he resolved to follow the course of the stream.
Ja hän päätti seurata virran kulkua.
Along the stream he was sure to meet the kidnappers' boat.
Virran varrella hän varmasti kohtaisi kidnappaajien veneen.
He travelled on and on, along the side of the river.
Hän matkusti yhä eteenpäin, joen vartta pitkin.
And he travelled till it eventually became dark.
Ja hän matkusti, kunnes lopulta tuli pimeää.
Where he was there were no huts to be seen.
Missä hän oli, ei näkynyt majoja.
So he climbed into a tree to sleep for the night.
Niinpä hän kiipesi puuhun nukkumaan yöksi.
In the next morning he got down from the tree.
Seuraavana aamuna hän nousi alas puusta.
At the foot of the tree he saw a Kapila-cow.
Puun juurella hän näki Kapila-lehmän.
A Kapila-cow never has any calves of her own.
Kapila-lehmällä ei ole koskaan omia vasikoita.
But she can be milked at all hours of the day.
Mutta häntä voidaan lypsä mihin vuorokauden aikaan
tahansa.
Sribatsa milked the cow without her objecting.
Sribatsa lypsi lehmän tämän vastustelematta.
And he drank the milk to his heart's content.
Ja hän joi maitoa sydämensä kyllyydestä.
And then he noticed something else about the cow.
Ja sitten hän huomasi lehmässä jotain muutakin.
The dung of the cow was of a bright yellow color.
Lehmän lanta oli kirkkaan keltaista.
In fact, the dung of the cow was made of pure gold.
Itse asiassa lehmän lanta oli tehty puhtaasta kullasta.
The golden cow dung was still in a soft state.
Kultainen lehmän lanta oli vielä pehmeää.
So he was able to write his name in the golden dung.
Niinpä hän pystyi kirjoittamaan nimensä kultaiseen lantaan.
During the course of the day the dung hardened.

Päivän kuluessa lanta kovettui.
And finally the dung looked like a brick of gold.
Ja lopuksi lanta näytti kultatiileltä.
The tree he had slept in grew on the river-side.
Puu, jossa hän oli nukkunut, kasvoi joen rannalla.
And the Kapila-cow supplied him with milk all day.
Ja Kapila-lehmä toimitti hänelle maitoa koko päivän.
So Sribatsa decided to wait there for the boat.
Niinpä Sribatsa päätti odottaa siellä venettä.
In the morning the cow deposited the precious article.
Aamulla lehmä jätti arvokkaan esineen maahan.
And at night the cow deposited the precious article.
Ja yöllä lehmä jätti arvokkaan esineen maahan.
So the gold bricks increased every day.
Niinpä kultatiilien määrä lisääntyi päivä päivältä.
And on each golden brick he had engraved his name.
Ja jokaiseen kultaiseen tiileen hän oli kaivertanut nimensä.
He stacked the bricks on top of each other.
Hän latoi tiilet päällekkäin.
From a distance it looked like a hillock of gold.
Kaukaa se näytti kultaiselta kukkulalta.

But now we must leave Sribatsa to stack his gold.
Mutta nyt meidän on jätettävä Sribatsa kultaansa keräämään.
And we must turn our attention to Chintamani.
Ja meidän on käännettävä huomiomme Chintamaniin.
Chintamani was a graceful woman of great beauty.
Chintamani oli siro ja erittäin kaunis nainen.
She had worried her beauty might be her ruin.
Hän oli pelännyt, että hänen kauneutensa voisi koitua hänen
tuhokseen.
So she offered a prayer as she was being kidnapped.
Niinpä hän piti rukouksen, kun hänet siepattiin.
"Lakshmi, O Mother Lakshmi! have pity upon me"
"Lakshmi, oi Äiti Lakshmi! armahda minua"
"Thou hast made me beautiful, you have"
"Sinä olet tehnyt minut kauniiksi, sinä olet"

"But now my beauty will undoubtedly be my ruin"
"Mutta nyt kauneuteni on epäilemättä tuhoni"
"I am bound to loss my honor and my chastity"
"Olen tuomittu menettämään kunniani ja siveyteni"
"I therefore beseech thee, gracious Mother;"
"Siksi pyydän sinua, armollinen äiti;"
"Take my beauty from me, and make me ugly"
"Ota minulta kauneuteni ja tee minusta ruma"
"Cover my body with some loathsome disease"
"Peitä ruumiini jollakin inhottavalla taudilla"
"That way the boatmen might not touch me"
"Sillä tavalla veneilijät eivät ehkä koske minuun"
Chintamani was in the arms of the boatmen.
Chintamani oli veneilijöiden sylissä.
But the Goddess of good fortune heard her prayer.
Mutta onnen jumalatar kuuli hänen rukouksensa.
In the twinkling of an eye her form changed.
Silmänräpäyksessä hänen hahmonsa muuttui.
Her naturally beautiful form faded away.
Hänen luonnostaan kaunis vartalonsa haalistui.
And she was turned into a vile carcass.
Ja hänestä tuli iljettävä ruho.
The boatmen were putting her down in the boat.
Veneilijät laskivat häntä veneeseen.
They found her body was covered with loathsome sores.
He huomasivat, että hänen ruumiinsa oli täynnä inhottavia
haavoja.
And the sores were giving out a disgusting stench.
Ja haavaumat haihtuivat vastenmielisesti.
They therefore threw her into the hold of the boat.
Niinpä he heittivät hänet veneen ruumaan.
And they left her amongst the cargo of the ship.
Ja he jättivät hänet laivan lastin joukkoon.
Morning and evening they sent her some food.
Aamuin ja illoin he lähettivät hänelle ruokaa.
A little boiled rice, and some water to drink.
Vähän keitettyä riisiä ja vettä juotavaksi.

Chintamani was miserable in the hull of the ship.
Chintamani oli kurja laivan rungossa.
But she greatly preferred misery to the alternative.
Mutta hän piti kurjuutta paljon parempana kuin vaihtoehtoa.
She would rather be miserable than loss her chastity.
Hän olisi mieluummin onneton kuin menettäisi siveytensä.

The boatmen had gone to some port to sell cargo.
Veneilijät olivat menneet johonkin satamaan myymään lastia.
While sailing back they caught sight something.
Takaisin purjehtiessaan he näkivät jotakin.
By the river-side there seemed to be a hillock of gold.
Joen rannalla näytti olevan kultainen kumpu.
Sribatsa had been keeping watch by the river.
Sribatsa oli pitänyt vahtia joen varrella.
So he was delighted to see a boat approach him.
Niinpä hän oli iloinen nähdessään veneen lähestyvän häntä.
Because he fondly imagined his wife might be on board.
Koska hän kuvitteli hartaasti vaimonsa saattavan olla mukana.
The boatmen went greedily to the hillock of gold.
Veneilijät menivät ahneesti kultakumpalle.
Of course Sribatsa told them the gold was his.
Sribatsa tietenkin kertoi heille, että kulta oli hänen.
But that didn't help Sribatsa very much.
Mutta se ei auttanut Sribatsaa paljoakaan.
The sailors took him prisoner on the boat.
Merimiehet ottivat hänet vangiksi veneessä.
And they loaded the gold onto their vessel.
Ja he lastasivat kullan alukseensa.
They happened to imprison him close to the ugly woman.
He sattuivat vangitsemaan hänet lähelle rumaa naista.
Of course the husband and wife recognized each other.
Tietenkin aviomies ja vaimo tunnistivat toisensa.
In spite of the change Chintamani had undergone.
Chintamanin kokemasta muutoksesta huolimatta.
And despite their excitement they kept their composure.
Ja jännityksestään huolimatta he säilyttivät malttinsa.

And they thought it prudent not to speak to each other.
Ja he pitivät viisaana olla puhumatta toisilleen.
Instead they communicated their ideas through gestures.
Sen sijaan he viestivät ajatuksiaan elekielellä.
There is something you should know about the boatmen.
Sinun pitäisi tietää eräs asia veneilijöistä.
These boatmen were very fond of playing at dice.
Nämä veneilijät pitivät kovasti nopanpelistä.
Sribatsa appeared to them to be a respectable man.
Sribatsa vaikutti heistä kunnioitettavalta mieheltä.
So they always asked him to join in the game.
Niinpä he pyysivät häntä aina mukaan peliin.
Sribatsa happened to be an expert dice player.
Sribatsa sattui olemaan asiantunteva nopanpelaaja.
Despite their efforts he won almost every game.
Ponnisteluistaan huolimatta hän voitti lähes jokaisen pelin.
You can imagine how the sailors felt about losing.
Voit kuvitella, miltä merimiehistä tuntui häviämisestä.
And in jealousy the boatmen threw him overboard.
Ja kateellisina venemiehet heittivät hänet yli laidan.
Chintamani saw the men throw her husband overboard.
Chintamani näki miesten heittävän hänen miehensä yli laidan.
Fortunately for Sribatsa, his wife had great presence of mind.
Sribatsalle onneksi hänen vaimonsa oli erittäin malttinsa mukainen.
The boatmen had allowed her a pillow to rest her head.
Veneilijät olivat antaneet hänen levätä päätään tyynyllä.
And she simultaneously threw this pillow into the water.
Ja samanaikaisesti hän heitti tämän tyynyn veteen.
Sribatsa was able to grab hold of the pillow.
Sribatsa pystyi tarttumaan tyynyyn.
And the pillow helped him float down the stream.
Ja tyyny auttoi häntä kellumaan alavirtaan.
Up until nightfall the river carried him downstream.
Iltahämärään asti joki kuljetti häntä alavirtaan.
At nightfall he arrived at what seemed to be a garden.

Illan laskeutuessa hän saapui paikalle, joka näytti puutarhalta.
Because it was dark there was nothing he could do.
Koska oli pimeää, hän ei voinut tehdä mitään.
So all night he stayed in the garden, cold and wet.
Niinpä hän vietti koko yön puutarhassa, kylmänä ja märkänä.
I should tell you who this garden belonged to.
Minun pitäisi kertoa sinulle, kenelle tämä puutarha kuului.
This was the garden of an old widowed woman.
Tämä oli vanhan leskirouvan puutarha.
This woman used to supply flowers for the king.
Tämä nainen toimitti kukkia kuninkaalle.
But one day some blight had come over her garden.
Mutta eräänä päivänä hänen puutarhaansa oli levinnyt
jonkinlainen vitsaus.
Almost all the trees and plants ceased flowering.
Lähes kaikki puut ja kasvit lakkasivat kukkimasta.
She had therefore given up the business she had.
Niinpä hän oli luopunut aiemmin omistamastaan
liiketoiminnasta.
And she was no longer the royal flower supplier.
Eikä hän enää ollut kuninkaallinen kukkien toimittaja.
However, Sribatsa's arrival had rejuvenated her garden.
Sribatsan saapuminen oli kuitenkin elvyttänyt hänen
puutarhaansa.
She could scarcely believe her eyes in the morning.
Hän tuskin meinasi uskoa silmiään aamulla.
The whole garden was ablaze with flowers again.
Koko puutarha loisti jälleen kukkien loistossa.
There was no plant that was not in bloom.
Ei ollut kasvia, joka ei olisi kukkinut.
And every tree she had was begemmed with flowers.
Ja jokainen hänen puunsa oli täynnä kukkia.
She had no way of knowing the cause of the miracle.
Hänellä ei ollut mitään keinoa tietää ihmeen syytä.
And so she took a walk through the garden.
Ja niin hän käveli puutarhan läpi.
But she soon found the cause of all the flowers.

Mutta pian hän löysi kaikkien kukkien syyn.
At the edge of her garden was a cold, wet man.
Hänen puutarhansa reunalla seisoi kylmissään oleva, märkä mies.
He was shivering and almost dead from hypothermia.
Hän tärisi ja oli melkein kuollut hypotermian seurauksena.
She immediately brought the man into to her cottage.
Hän vei miehen heti mökkiinsä.
And she lighted a fire to give him some warmth.
Ja hän sytytti tulen antaakseen hänelle lämpöä.
She nursed him and showed him every attention.
Hän imetti häntä ja osoitti hänelle kaiken huomionsa.
And she ascribed the miracle to his presence.
Ja hän selitti ihmeen hänen läsnäolollaan.
She made him as comfortable as she could.
Hän teki olonsa niin mukavaksi kuin pystyi.
And then she ran to the king's palace.
Ja sitten hän juoksi kuninkaan palatsiin.
She asked to speak to the king's chief servant.
Hän pyysi saada puhua kuninkaan ylipalvelijan kanssa.
And she told him the good fortune she had had.
Ja hän kertoi hänelle onnestaan, joka hänellä oli ollut.
"I can again supply the palace with flowers"
"Voin taas toimittaa palatsille kukkia"
Her flowers had been very much missed at the palace.
Hänen kukkiaan oli palatsissa kaivattu kovasti.
So she was immediately restored to her former position.
Niinpä hänet palautettiin välittömästi entiseen asemaansa.
She was again the flower-woman of the royal household.
Hän oli jälleen kuninkaallisen hovin kukkasnainen.

Sribatsa spent a few more days recovering his health.
Sribatsa vietti vielä muutaman päivän toipuen terveydestään.
And eventually he had all his vitality back.
Ja lopulta hän sai kaiken elinvoimansa takaisin.
He asked the woman if he could speak with a minister.
Hän kysyi naiselta, voisiko tämä puhua papin kanssa.

So the woman took him to the palace with her.
Niinpä nainen vei hänet mukanaan palatsiin.
One of the king's ministers gave him an appointment.
Yksi kuninkaan ministereistä antoi hänelle tapaamisen.
And he was at once found to be a man of intelligence.
Ja hänen todettiin heti olevan älykäs mies.
So was offered a position in the king's service.
Niinpä hänelle tarjottiin virkaa kuninkaan palveluksessa.
In fact, he was allowed to choose what job he wanted.
Itse asiassa hän sai itse valita, minkä työn hän halusi tehdä.
He asked to be collector of tolls on the river.
Hän pyysi päästä keräämään tulleja joella.
The minister was happy to give Sribatsa the job.
Ministeri antoi mielellään Sribatsalle viran.
The kingdom needed someone to collect river-tolls.
Kuningaskunta tarvitsi jonkun keräämään jokitullit.
And Sribatsa immediately started his new job.
Ja Sribatsa aloitti heti uudessa työssään.
It wasn't long before his plan came to fruition.
Ei kestänyt kauaa, kun hänen suunnitelmansa toteutui.
The boat his wife was on was coming down the river.
Vene, jossa hänen vaimonsa oli, oli tulossa jokea alas.
Under the king's authority he detained the boat.
Kuninkaan valtuuttamana hän pidätti veneen.
And he charged the boatmen with the theft of gold-bricks.
Ja hän syytti veneilijöitä kultatiilien varastamisesta.
The king liked the sound of a boat full of gold.
Kuningas piti kultaisen veneen äänestä.
So the king himself came to the river-side.
Niinpä kuningas itse tuli joen rannalle.
Even he was amazed by the quantity of gold they had.
Hänkin oli hämmästynyt heidän kullan määrästä.
And every gold brick had Sribatsa's inscription.
Ja jokaisessa kultatiilessä oli Sribatsan kaiverrus.
At the same time he rescued his wife from the boatmen.
Samaan aikaan hän pelasti vaimonsa veneilijöiden kynsistä.
Back on dry land she returned to her previous beauty.

Kuivalla maalla hän palasi entiseen kauneuteensa.
He told the king the story of their misfortune.
Hän kertoi kuninkaalle heidän onnettomuutensa tarinan.
And the king had them as a guest in his palace.
Ja kuningas piti heitä vieraina palatsissaan.
The king gave them presents of horses and elephants.
Kuningas antoi heille lahjoja hevosia ja norsuja.
And on the horses and elephants they rode to their country.
Ja hevosilla ja norsuilla he ratsastivat maahansa.
The evil eye of Sani was now turned away from Sribatsa.
Sanin paha silmä oli nyt kääntynyt pois Sribatsasta.
And he again became what he formerly was.
Ja hänestä tuli jälleen se, mikä hän ennen oli.
He was again Sribatsa; the Child of Fortune.
Hän oli jälleen Sribatsa; Onnen lapsi.

The Boy whom Seven Mothers Suckled
Poika, jota seitsemän äitiä imetti

Once on a time there reigned a king who had seven queens.
Olipa kerran kuningas, jolla oli seitsemän kuningatarta.
He was very sad, for the seven queens were all barren.
Hän oli hyvin surullinen, sillä seitsemän kuningatarta olivat
kaikki hedelmättömiä.
One day, however, he met a holy mendicant.
Eräänä päivänä hän kuitenkin tapasi pyhän kerjäläisen.
The holy mendicant told the king about a certain forest.
Pyhä kerjäläinen kertoi kuninkaalle tietystä metsästä.
In this forest there grew a special kind of tree.
Tässä metsässä kasvoi erityinen puulaji.
On a branch of this tree hung seven mangoes.
Tämän puun oksalla roikkui seitsemän mangoa.
These mangos could restore the fertilities of his queens.
Nämä mangot voisivat palauttaa hänen kuningattarensa
hedelmällisyyden.
But the king had to pluck the mangoes himself.
Mutta kuninkaan täytyi itse poimia mangot.
The king followed the advice of the mendicant.
Kuningas noudatti kerjäläisen neuvoa.
And he set off to go to the forest with the mango tree.
Ja hän lähti menemään metsään mangopuun kanssa.
Soon he had found the tree the mendicant spoke of.
Pian hän oli löytänyt puun, josta kerjäläinen oli puhunut.
**And he plucked the seven mangoes that grew upon one
branch.**
Ja hän poimi seitsemän mangoa, jotka kasvoivat yhdellä
oksalla.
He gave a mango to each of the queens to eat.
Hän antoi jokaiselle kuningattarelle mangon syötäväksi.
In a short time the king's heart was filled with joy.
Lyhyessä ajassa kuninkaan sydän täyttyi ilosta.
He was told that the seven queens were all with child.

Hänelle kerrottiin, että kaikki seitsemän kuningatarta olivat raskaana.

One day the king was out hunting.
Eräänä päivänä kuningas oli metsästämässä.
On his path he saw a young lady of peerless beauty.
Polullaan hän näki verrattoman kauniin nuoren naisen.
He instantly fell in love with the beautiful woman.
Hän rakastui kauniiseen naiseen välittömästi.
And he brought her to his palace, and married her.
Ja hän vei hänet palatsiinsa ja nai hänet.
This lady was, however, not a human being.
Tämä nainen ei kuitenkaan ollut ihminen.
But what this woman was was a Rakshasi.
Mutta tämä nainen oli rakshasi.
But the king of course did not know this.
Mutta kuningas ei tietenkään tiennyt tätä.
The king became dotingly fond of her.
Kuningas kiintyi häneen suunnattomasti.
And he did whatever she told him to do.
Ja hän teki kaiken, mitä nainen käski hänen tehdä.
One day she made a very particular request of the king.
Eräänä päivänä hän esitti kuninkaalle hyvin erityisen pyynnön.
"You say that you love me more than anyone else"
"Sanot rakastavasi minua enemmän kuin ketään muuta"
"Let me see whether you really love me as much as you say"
"Anna kun näen, rakastatko minua todella niin paljon kuin sanot"
"If you love me, make your seven other queens blind"
"Jos rakastat minua, sokaise seitsemän muuta kuningatartasi"
"And once they are blind, let them be killed"
"Ja kun he ovat sokeita, heidät tapetaan"
The king became very sad at the terrible request.
Kuningas tuli hyvin surulliseksi kauhean pyynnön vuoksi.
He was especially sad because the queens were all pregnant.

Hän oli erityisen surullinen, koska kaikki kuningattaret olivat
raskaana.
But he had no choice but to comply with her request.
Mutta hänellä ei ollut muuta vaihtoehtoa kuin noudattaa
hänen pyyntöään.

The eyes of the queens were plucked out of their sockets.
Kuningattarien silmät oli revitty irti kuopistaan.
And the queens were delivered up to the chief minister.
Ja kuningattaret luovutettiin pääministerille.
It was up to the chief minister to destroy the queens.
Pääministerin tehtävänä oli tuhota kuningattaret.
But the chief minister was a merciful man.
Mutta pääministeri oli armollinen mies.
In the side of the hill there was secret a cave.
Mäen rinteessä oli salainen luola.
Instead of killing the queens, the minister hid them.
Sen sijaan, että ministeri olisi tappanut kuningattaret, hän
kätki heidät.
In course of time the eldest of the seven queens gave birth.
Ajan kuluessa seitsemästä kuningattaresta vanhin synnytti.
"What shall I do with the child," said she.
"Mitä minä teen lapselle?" hän sanoi.
"we are blind and are dying for want of food?"
"Olemme sokeita ja kuolemme ruoan puutteeseen?"
"Let me kill the child," she proposed.
"Anna minun tappaa lapsi", hän ehdotti.
"let us all eat of the child's flesh" she added.
"Syökäämme kaikki lapsen lihaa", hän lisäsi.
Just as she said she would, she killed the infant.
Aivan kuten hän oli sanonut, hän tappoi vauvan.
She gave to each of her sister-queens a part of the child.
Hän antoi jokaiselle sisarkuningattarelleen osan lapsesta.
And the sister queens ate their part of the child.
Ja sisarkuningattaret söivät oman osansa lapsesta.
But the youngest queen did not eat her share.
Mutta nuorin kuningatar ei syönyt omaa osuuttaan.

Instead, she laid her part of the child beside her.
Sen sijaan hän laski oman osansa lapsesta viereensä.
In a few days the second queen also was delivered of a child.
Muutaman päivän kuluttua toinenkin kuningatar synnytti
lapsen.
**She did with her child as her eldest sister had done with
hers.**
Hän teki lapselleen niin kuin hänen vanhin sisarensa oli
tehnyt omalleen.
So did the third, the fourth, the fifth, and the sixth queen.
Niin tekivät kolmas, neljäs, viides ja kuudes kuningatar.
Eventually the seventh queen gave birth to a son.
Lopulta seitsemäs kuningatar synnytti pojan.
But she did not follow the example of her sister-queens.
Mutta hän ei seurannut sisarinkuningattariensa esimerkkiä.
Instead, she resolved to raise the child.
Sen sijaan hän päätti kasvattaa lapsen.
**The other queens demanded their portions of the newly-
born.**
Muut kuningattaret vaativat omat osuutensa vastasyntyneistä.
But she still had the portions she had not eaten.
Mutta hänellä oli vielä syömättä jääneet annokset.
And she gave her sister-queens back their children's parts.
Ja hän antoi sisarinkuningattarilleen takaisin heidän lastensa
osat.
**The other queens at once perceived that their portions were
dry.**
Muut kuningattaret huomasivat heti, että heidän osansa olivat
kuivia.
Therefore the parts could not be of the newly born child.
Siksi osat eivät voineet olla vastasyntyneestä lapsesta.
"I have decided not to kill me child," she explained.
"Olen päättänyt olla tappamatta lastani", hän selitti.
"I will not eat him, but try to raise him instead"
"En syö häntä, vaan yritän kasvattaa hänet"
The others were glad to hear this news.
Muut olivat iloisia kuullessaan tämän uutisen.

They all said that they would help her in nursing the child.
He kaikki sanoivat auttavansa häntä lapsen imettämisessä.
And so the child was suckled by seven mothers.
Ja niin seitsemän äitiä imetti lasta.
And the child became the hardiest and strongest boy that ever lived.
Ja lapsesta tuli kestävin ja vahvin poika, mitä koskaan on elänyt.

In the meantime the Rakshasi-queen was doing infinite mischief.
Samaan aikaan Rakshasi-kuningatar teki loputonta pahaa.
And she got the royal household into all sorts of trouble.
Ja hän sai kuninkaallisen hovin kaikenlaisiin vaikeuksiin.
What she ate at the royal table did not fill her capacious stomach.
Se, mitä hän söi kuninkaallisessa pöydässä, ei täyttänyt hänen tilavaa vatsaansa.
She therefore, in the darkness of night, went hunting.
Niinpä hän lähti yön pimeydessä metsästämään.
Gradually she ate up all the members of the royal family.
Vähitellen hän söi kaikki kuninkaallisen perheen jäsenet.
She ate all the king's servants, and his attendants.
Hän söi kaikki kuninkaan palvelijat ja hänen palvelijansa.
She ate all his horses, elephants, and cattle.
Hän söi kaikki hänen hevosensa, norsunsa ja naudansa.
And eventually only her royal consort and the king were left.
Ja lopulta jäljellä olivat vain hänen kuninkaallinen puolisonsa ja kuningas.
After that she used to go out in the evenings into the city.
Sen jälkeen hän kävi iltaisin kaupungilla.
And she ate up stray human beings wherever she found any.
Ja hän söi eksyneitä ihmisiä kaikkialla, missä niitä löysi.
The king was left without any servants.
Kuningas jäi ilman palvelijoita.
There was no person left to cook for him.

Ei ollut ketään jäljellä laittamaan hänelle ruokaa.
Because no one would accept this job.
Koska kukaan ei ottaisi tätä työtä vastaan.
But at last someone volunteered their services.
Mutta viimein joku tarjoutui avuksi.
The boy who had been suckled by seven mothers.
Poika, jota seitsemän äitiä oli imettänyt.
He had now grown up to be a stalwart youth.
Hänestä oli nyt kasvanut urhea nuorukainen.
He attended on the king and prepared his food.
Hän palveli kuningasta ja valmisti hänelle ruokaa.
But he took every care while with the queen.
Mutta hän piti kaikkensa huolta kuningattaren seurassa.
And he made sure that she did not swallow him up.
Ja hän varmisti, ettei nainen nielaissut häntä.
The Rakshasi-queen seized her victims only at night.
Rakshasi-kuningatar takavarikoi uhrinsa vain yöllä.
So the boy he went home long before nightfall.
Niinpä poika meni kotiin jo kauan ennen iltahämärää.
So she had to find another way to get rid of the boy.
Niinpä hänen oli löydettävä toinen tapa päästä eroon pojasta.

The boy always boasted that he could do any work.
Poika kehui aina sillä, että hän osaa tehdä mitä tahansa työtä.
So the queen invented a disease for herself.
Niinpä kuningatar keksi itselleen taudin.
She said that there was a cure for her disease.
Hän sanoi, että hänen sairauteensa oli olemassa
parannuskeino.
But she said the cure was not easy to get.
Mutta hän sanoi, ettei parannuskeinoa ole helppo saada.
This made the boy even more interested in the task.
Tämä sai pojan kiinnostumaan tehtävästä entistä enemmän.
She said there was a melon which cured her disease.
Hän sanoi, että oli olemassa meloni, joka paransi hänen
sairautensa.
The melon was twelve cubits in length.

Meloni oli kaksitoista kyynärää pitkä.

But the stone of the lemon was thirteen cubits long.

Mutta sitruunan kivi oli kolmetoista kyynärää pitkä.

The fruit could only be gotten from her mother.

Hedelmät sai vain äidiltään.

And her mother lived on the other side of the ocean.

Ja hänen äitinsä asui meren toisella puolella.

She gave him a letter of introduction to her mother.

Hän antoi hänelle esittelykirjeen äidilleen.

But actually the note told her to eat the boy.

Mutta todellisuudessa viestissä käskettiin hänen syödä poika.

The boy had suspected there was some foul play.

Poika oli epäillyt, että kyseessä oli jonkinlainen rikos.

So he tore up the letter and proceeded on his journey.

Niinpä hän repäisi kirjeen ja jatkoi matkaansa.

The dauntless youth passed through many lands.

Rohkea nuorukainen kulki monien maiden läpi.

After much travel he stood on the shore of the ocean.

Pitkän matkan jälkeen hän seisoi meren rannalla.

On the other side of the ocean was the country of the Rakshasis.

Meren toisella puolella oli Rakshasien maa.

He then bawled as loud as he could, and said;

Sitten hän karjui niin kovaa kuin pystyi ja sanoi:

"Granny! granny! come and save your daughter"

"Mummo! Mummo! Tule ja pelasta tyttäresi"

"Your daughter, my mother, is dangerously ill"

"Tyttäresi, äitini, on vakavasti sairas"

On the other side of the ocean an old Rakshasi heard him.

Meren toisella puolella vanha Rakshasi kuuli hänet.

The old Rakshasi crossed the ocean to the boy.

Vanha Rakshasi ylitti valtameren pojan luo.

The boy told her the message of the queen.

Poika kertoi hänelle kuningattaren viestin.

And the Rakshasi took the boy on her back.

Ja Rakshasi otti pojan selkäänsä.

She re-crossed the ocean to the land of the Rakshasi.

Hän ylitti valtameren uudelleen Rakshasien maahan.
And the boy was at once given the medicinal melon.
Ja pojalle annettiin heti lääkemeloni.
The Rakshasi told him to hurry back to her daughter.
Rakshasi käski hänen kiirehtiä takaisin tyttärensä luo.
But the boy said he was too tired to keep travelling.
Mutta poika sanoi olevansa liian väsynyt jatkaakseen matkaa.
And he begged to be allowed to rest one day.
Ja hän pyysi hartaasti, että saisi levätä yhden päivän.
The old Rakshasi consented to her grandson's wishes.
Vanha Rakshasi suostui pojanpoikansa toiveisiin.

The boy noticed interesting things in the Rakshasi's room.
Poika huomasi mielenkiintoisia asioita Rakshasin huoneessa.
There was a stout club and a rope hanging in the room.
Huoneessa roikkui tukeva nuija ja köysi.
The boy inquired what the stout club and rope were for.
Poika kysyi, mihin tukevaa nuijaa ja köyttä käytettiin.
"Child, with that club and rope I cross the ocean"
"Lapsi, tuolla kepillä ja köydellä ylitän meren"
"One just has to take the club and the rope in his hands"
"Sinun tarvitsee vain ottaa maila ja köysi käsiisi"
"And then you have to say the following magical words:"
"Ja sitten sinun täytyy sanoa seuraavat taikasanat:"
"O stout club! O strong rope!"
"Oi vahva nuija! Oi vahva köysi!"
"Take me at once to the other side"
"Vie minut heti toiselle puolelle"
"Then they will take him to the other side of the ocean"
"Sitten he vievät hänet meren toiselle puolelle"
The boy noticed another interesting thing in the room.
Poika huomasi huoneessa toisenkin mielenkiintoisen asian.
There was a bird in a cage in the corner of the room.
Huoneen nurkassa oli lintu häkissä.
The boy also wanted to know what this bird was for.
Poika halusi myös tietää, mihin tätä lintua käytettiin.
"The bird contains a secret, my child"

"Linnulla on salaisuus, lapseni"
"But that secret must not be disclosed to mortals"
"Mutta tuota salaisuutta ei saa paljastaa kuolevaisille"
"But how can I hide this secret from my own grandchild?"
"Mutta miten voin salata tämän salaisuuden omalta
lapsenlapseltani?"
"That bird, child, contains the life of your mother.
"Tuo lintu, lapsi, sisältää äitisi hengen."
"If the bird is killed, your mother will at once die"
"Jos lintu tapetaan, äitisi kuolee heti"
Armed with these secrets, the boy went to bed that night.
Näillä salaisuuksilla varustautuneena poika meni nukkumaan
sinä iltana.

Next morning the old Rakshasi went to distant countries.
Seuraavana aamuna vanha Rakshasi matkusti kaukaisiin
maihin.
Together with all the other Rakshasis, she went to forage.
Yhdessä kaikkien muiden Rakshasien kanssa hän meni
etsimään ruokaa.
The boy took down the bird-cage from the ceiling.
Poika otti lintuhäkin alas katosta.
And the boy took the club and the rope.
Ja poika otti pampun ja köyden.
And then he spoke the magic words to the club and rope.
Ja sitten hän lausui taikasanat nuijalle ja köydelle.
"O stout club! O strong rope!"
"Oi vahva nuija! Oi vahva köysi!"
"Take me at once to the other side"
"Vie minut heti toiselle puolelle"
**In the twinkling of an eye the boy was put on this side of the
ocean.**
Silmänräpäyksessä poika vietiin meren tälle puolelle.
He then retraced his steps, back to the queen.
Sitten hän palasi takaisin kuningattaren luo.
To her astonishment he really had the medicinal lemon.

Hänen hämmästyksekseen miehellä todellakin oli
lääkinnällinen sitruuna.
But the bird in the cage he kept carefully concealed.
Mutta häkissä olevan linnun hän piti huolellisesti piilossa.

In the course of time the people of the city came to the king.
Ajan kuluessa kaupungin asukkaat tulivat kuninkaan luo.
And they told the king of their troubles.
Ja he kertoivat kuninkaalle vaikeuksistaan.
"A monstrous bird comes from the palace every evening"
"Joka ilta palatsista tulee hirviömäinen lintu"
"The bird seizes the people in the streets"
"Lintu nappaa ihmiset kaduilla"
"And the bird swallows the people up whole"
"Ja lintu nielee ihmiset kokonaisina"
"This has been going on for a long time"
"Tämä on jatkunut jo pitkään"
"And now the city has become almost desolate"
"Ja nyt kaupungista on tullut lähes autio"
The king did not know what this monstrous bird was.
Kuningas ei tiennyt, mikä tämä hirviömäinen lintu oli.
But the king's servant, the boy, said he knew.
Mutta kuninkaan palvelija, poika, sanoi tietävänsä.
"I will kill the monstrous bird," he offered.
"Minä tapan tuon hirviömäisen linnun", hän tarjoutui.
"But the queen has to stand beside us," he added.
"Mutta kuningattaren on seistävä rinnallamme", hän lisäsi.
The king saw no reason to object to the proposal.
Kuningas ei nähnyt mitään syytä vastustaa ehdotusta.
And so the queen was made to stand beside the king.
Ja niin kuningatar asetettiin seisomaan kuninkaan viereen.
The boy then took the bird out from its cage.
Sitten poika otti linnun häkistään.
On seeing the bird she fell into a fainting fit.
Nähdessään linnun hän pyörtyi.
Then the boy turned to the king, and spoke.
Sitten poika kääntyi kuninkaan puoleen ja puhui.

"King, you will soon perceive who the monstrous bird is"
"Kuningas, pian saat tietää, kuka tuo hirviömäinen lintu on."
"You will see what devours your people every evening"
"Saat nähdä, mikä syö kansasi joka ilta"
"I tear off each limb of this bird"
"Repäisen tämän linnun jokaisen raajan irti"
"The corresponding limb of the man-eater will fall off"
"Ihmissyöjällä putoaa vastaava raaja pois"
The boy then tore off one leg of the bird in his hand.
Sitten poika repäisi kädessään pitäneeltä linnulta toisen jalan irti.
All assembled were astonished at what happened next.
Kaikki kokoontuneet olivat hämmästyneitä siitä, mitä seuraavaksi tapahtui.
One of the legs of the queen fell off.
Yksi kuningattaren jaloista putosi irti.
Then the boy squeezed the throat of the bird.
Sitten poika puristi linnun kurkkua.
And as he squeezed the bird, the queen gave up the ghost.
Ja kun hän puristi lintua, kuningatar antoi henkensä.
The boy then retold his history to the king.
Sitten poika kertoi tarinansa kuninkaalle.
"You used to have seven barren wives"
"Sinulla oli ennen seitsemän hedelmätöntä vaimoa"
"To treat their barrenness, you gave them each a mango"
"Heidän hedelmättömyytensä hoitoon annoit heille jokaiselle mangon."
"And each of your wives fell pregnant with a child"
"Ja jokainen vaimoistasi tuli raskaaksi lapsesta"
"However, you then married an eighth wife"
"Mutta sitten nait kahdeksannen vaimon"
"This wife ordered you to blind your other wives"
"Tämä vaimo käski sinua sokaisemaan muut vaimosi"
"And she ordered you to have your other wives killed"
"Ja hän käski sinun tappaa muut vaimosi"
"Your minister blinded your seven wives"
"Pastorinne sokaisi seitsemän vaimoanne"

"But he was too good hearted to kill your wives"
"Mutta hän oli liian hyväsydäminen tappaakseen vaimonne"
"Your seven wives were taken to a hiding place"
"Seitsemän vaimoasi vietiin piilopaikkaan"
"And in this hiding place they each gave birth"
"Ja tässä piilopaikassa ne synnyttivät kukin"
"But they were forced to eat their newly born children"
"Mutta heidät pakotettiin syömään vastasyntyneet lapsensa"
"Only my mother did not let me be eaten"
"Vain äitini ei antanut minun syödä"
"Instead, I was suckled by seven mothers"
"Sen sijaan minua imetti seitsemän äitiä"
"And I grew up strong and capable"
"Ja minusta kasvoi vahva ja kyvykäs"
"Eventually I came to work in your palace"
"Lopulta tulin töihin palatsiisi"
"Your wife, my stepmother, sent me on a mission"
"Vaimosi, äitipuoleni, lähetti minut tehtävälle"
"She sent me to her mother for a medicine"
"Hän lähetti minut äitinsä luo hakemaan lääkettä"
"However, her mother was a Rakshasi"
"Hänen äitinsä oli kuitenkin rakshasi"
"From her I found the secret of your wife's life"
"Häneltä löysin vaimosi elämän salaisuuden"
"And so I brought the bird that held your wife's life"
"Ja niin minä toin linnun, joka kantoi vaimosi henkeä"
The king had listened to the story his son told him.
Kuningas oli kuunnellut tarinaa, jonka hänen poikansa oli
hänelle kertonut.
The seven queens were brought back to the palace.
Seitsemän kuningatarta tuotiin takaisin palatsiin.
And their eyes were miraculously restored.
Ja heidän silmänsä olivat ihmeellisesti palautuneet.
The boy that was suckled by seven mothers was crowned.
Seitsemän äidin imettämä poika kruunattiin.
And he was recognized by the king as his rightful heir.
Ja kuningas tunnusti hänet lailliseksi perilliseksi.

And they lived together happily.
Ja he elivät onnellisesti yhdessä.

The Story of Prince Sobur
Prinssi Soburin tarina

Once upon a time there lived a merchant.
Olipa kerran kauppias.
This merchant had seven daughters.
Tällä kauppiaalla oli seitsemän tytärtä.
One day the merchant asked them a question.
Eräänä päivänä kauppias kysyi heiltä kysymyksen.
"From whose fortune do you live?"
"Kenen omaisuudesta sinä elät?"
The eldest daughter answered first.
Vanhin tytär vastasi ensin.
"Papa, I live from your fortune"
"Isä, minä elän sinun omaisuudestasi"
The second daughter gave the same answer.
Toinen tytär vastasi samalla tavalla.
The same answer was given by the third daughter.
Saman vastauksen antoi kolmas tytär.
His fourth daughter also lived from his fortune.
Myös hänen neljäs tyttärensä eli hänen omaisuudellaan.
His fifth daughter was no different.
Hänen viides tyttärensä ei ollut poikkeus.
And his sixth daughter was like the rest.
Ja hänen kuudes tyttärensä oli samanlainen kuin muutkin.
But his youngest daughter surprised him.
Mutta hänen nuorin tyttärensä yllätti hänet.
She had a very different answer.
Hänellä oli aivan erilainen vastaus.
"I live from my own fortune"
"Elän omalla omaisuudellani"
He did not like this answer.
Hän ei pitänyt tästä vastauksesta.
Her answer made the merchant very angry.
Hänen vastauksensa suututti kauppiasta kovasti.
"You are very ungrateful," he told her.
"Olet hyvin kiittämätön", hän sanoi hänelle.

"See how well you do on your own"
"Katso, kuinka hyvin pärjäät omillasi"
"I am kicking you out of my house"
"Heitän sinut ulos talostani"
"You will not have a rupee in your pocket"
"Sinulla ei ole rupiaakaan taskussasi"
He called his palanquins to come.
Hän kutsui kantajansa tulemaan.
And he ordered them to take the girl away.
Ja hän käski heidän viedä tytön pois.
"Leave her in the midst of a forest"
"Jätä hänet keskelle metsää"
The girl begged to be allowed one thing.
Tyttö pyysi hartaasti, että hänelle sallittaisiin yksi asia.
"Please let me take my work-box"
"Anna minun ottaa työlaatikkoni"
"In the box are my needles and threads"
"Laatikossa ovat neulani ja langani"
Her father allowed her to take her box.
Hänen isänsä antoi hänen ottaa laatikkonsa.
She got into the seat of the palanquins.
Hän nousi palanquinien istuimelle.
And the bearers lifted her up.
Ja kantajat nostivat hänet ylös.
And they put her onto their shoulders.
Ja he nostivat hänet harteilleen.
As the bearers ran they chanted.
Kantajien juostessa he lauloivat.
"hoon! hoon! hoon! hoon! hoon!"
"Huu! hau! hau! hau! hau!"
But they didn't get very far.
Mutta he eivät päässeet kovin pitkälle.
An old woman stood in their way.
Vanha nainen seisoi heidän tiellään.
She came up to the carriage.
Hän tuli vaunujen luo.
"Where are you taking my daughter?"

"Minne viet tytärtäni?"
She was the maid of the child.
Hän oli lapsen piika.
"We have been given orders by the merchant"
"Kauppias on antanut meille määräyksiä"
"He told us to take her away"
"Hän käski meidän viedä hänet pois"
"We will leave her in a forest"
"Jätämme hänet metsään"
"We are going to do his bidding"
"Aiomme tehdä hänen tahtonsa mukaan"
"I must go with her," said the old woman.
"Minun täytyy mennä hänen kanssaan", sanoi vanha nainen.
But the bearers were not sure.
Mutta kantajat eivät olleet varmoja.
Bearers run when they carry a sedan chair.
Kantajat juoksevat, kun he kantavat sedan-tuolia.
"How will you be able to keep pace with us?"
"Miten te pystytte pysymään meidän vauhdissamme?"
The old woman was not deterred.
Vanha nainen ei lannistunut.
"It does not matter how I do it"
"Sillä ei ole väliä, miten sen teen"
"I must go where my daughter goes"
"Minun täytyy mennä sinne minne tyttäreni menee "
The youngest daughter begged the bearers.
Nuorin tytär aneli kantajia.
"Please carry my mother with me"
"Ole hyvä ja vie äitini mukanani"
And the bearers gracefully agreed.
Ja kantajat suostuivat arvokkaasti.
They carried mother and child to the forest.
He kantoivat äidin ja lapsen metsään.
"hoon! hoon! hoon! hoon! hoon!"
"Huu! hau! hau! hau! hau!"
In the afternoon they reached a dense forest.
Iltapäivällä he saapuivat tiheään metsään.

They went deeper and deeper into the forest.
He menivät yhä syvemmälle metsään.
Towards sunset they reached their goal.
Auringonlaskun aikaan he saapuivat määränpäähänsä.
They stopped at the foot of an old tree.
He pysähtyivät vanhan puun juurelle.
They lowered the girl and the old woman.
He laskivat tytön ja vanhan naisen alas.
And they left them in the forest.
Ja he jättivät heidät metsään.
Then they retraced their steps home.
Sitten he palasivat takaisin kotiin.

The merchant's youngest daughter looked around.
Kauppiaan nuorin tytär katseli ympärilleen.
You would not have wanted to be in her shoes.
Et olisi halunnut olla hänen kengissään.
Her situation was truly pitiable.
Hänen tilanteensa oli todella säälittävä.
She was hardly fourteen years old.
Hän oli tuskin neljätoistavuotias.
She had grown up in luxury.
Hän oli kasvanut ylellisyydessä.
But now there was no luxury for her.
Mutta nyt hänellä ei ollut ylellisyyttä.
She was in the heart of a dark forest.
Hän oli pimeän metsän sydämessä.
She had not a rupee in her pocket.
Hänellä ei ollut rupiaakaan taskussaan.
And she had nothing for protection.
Eikä hänellä ollut mitään suojaa.
Nothing except an old, decrepit, woman.
Ei mitään muuta kuin vanha, rähjäinen nainen.
Even the trees of the forest pitied her.
Metsän puutkin säälivät häntä.
The young girl and old woman sat together.
Nuori tyttö ja vanha nainen istuivat vierekkäin.

They were at the foot of an old tree.
He olivat vanhan puun juurella.
And together they cried over their situation.
Ja yhdessä he itkivät tilannettaan.
I should say this all happened long ago.
Minun täytyy sanoa, että kaikki tämä tapahtui kauan sitten.
In these times the trees could talk.
Näinä aikoina puut osasivat puhua.
And the old tree spoke to the girl.
Ja vanha puu puhui tytölle.
"Unhappy women, I much pity you"
"Onnettomat naiset, minä säälin teitä kovasti"
"There are wild beasts in this forest"
"Tässä metsässä on villieläimiä"
"Soon they will come out of their lairs"
"Pian ne tulevat ulos pesistään"
"They will roam about for prey"
"Ne vaeltelevat saalista etsien"
"And they are sure to devour you two"
"Ja ne varmasti ahmivat teidät kaksi"
"But I can help you, if you want"
"Mutta voin auttaa sinua, jos haluat"
"I will make an opening for you"
"Teen sinulle avauksen"
"When you see the opening, go into it"
"Kun näet aukon, mene sisään"
"And then I will close the opening up"
"Ja sitten suljen aukon"
"As long as you are in me you'll be safe"
"Niin kauan kuin olet minussa, olet turvassa"
"This way the wild beasts can't touch you"
"Tällä tavalla villieläimet eivät pääse koskemaan sinuun"
And then the tree split itself in two.
Ja sitten puu halkesi kahtia.
The two women went inside the tree.
Kaksi naista meni puun sisään.
And the old tree resumed its natural shape.

Ja vanha puu palasi luonnolliseen muotoonsa.

The shade of night darkened the forest.
Yön varjo pimensi metsän.
Everything the tree had said was true.
Kaikki, mitä puu oli sanonut, oli totta.
The wild beasts came out of their lairs.
Villieläimet tulivat esiin pesistään.
The fierce tiger came out at night.
Raivoisa tiikeri tuli esiin yöllä.
The wild bear left his lair.
Villikarhu jätti pesänsä.
The rhinoceros roamed the forest.
Sarvikuono vaelteli metsässä.
The bushy bear was there that night.
Tuumainen karhu oli siellä sinä yönä.
The great elephant could be heard.
Suuren norsun ääni kuului.
And there was the horned buffalo.
Ja siellä oli sarvipäinen puhveli.
They all growled as they circled the tree.
Ne kaikki murisivat kierrellessään puun ympäri.
They had gotten the scent of human blood.
He olivat haistaneet ihmisveren hajun.
They could hear the growls of the beasts.
He kuulivat eläinten murinat.
The beasts came dashing against the tree.
Pedot ryntäsivät puuta vasten.
They broke the old tree's branches.
He katkoivat vanhan puun oksia.
Their horns pierced the tree's trunk.
Niiden sarvet lävistivät puun rungon.
They scratched its bark with their claws.
Ne raapivat sen kuorta kynsillään.
But all their efforts were in vain.
Mutta kaikki heidän ponnistelunsa olivat turhia.
The girl and woman were safe in the tree.

Tyttö ja nainen olivat turvassa puussa.
Towards dawn the wild beasts went away.
Aamunkoittoa kohti villieläimet lähtivät tiehensä.
After sunrise the good tree spoke again.
Auringonnousun jälkeen hyvä puu puhui taas.
"The wild beasts have gone back"
"Villieläimet ovat palanneet"
"They are in their lairs again"
"Ne ovat taas pesissään"
"But they did their best to torment me"
"Mutta he tekivät parhaansa kiusatakseen minua"
"The sun has risen up again"
"Aurinko on noussut taas"
"So you can come out now"
"Joten voit nyt tulla ulos"
The tree split itself into two again.
Puu halkesi taas kahtia.
The girl and the old woman came out.
Tyttö ja vanha nainen tulivat ulos.
They saw the extent of the damage.
He näkivät vahingon laajuuden.
The tree's branches had been broken off.
Puun oksat olivat katkenneet.
The tree's trunk had been pierced.
Puun runkoon oli tullut reikä.
The bark had been stripped off.
Kuori oli kuorittu pois.
"Good mother, we thank you"
"Hyvä äiti, kiitämme sinua"
"You have been very kind to us"
"Olette olleet meille hyvin ystävällisiä"
"You gave us shelter from the beasts"
"Annoit meille suojan pedolta"
"But it was at a great cost to yourself"
"Mutta se tuli kalliiksi sinulle itsellesi"
"You have many wounds from the wilds beasts"
"Sinulla on paljon haavoja villieläinten aiheuttamia"

"You must be in great pain?"
"Sinulla täytyy olla kovat tuskat?"
Close by there was a flowing river.
Lähellä virtasi joki.
The young girl went to the river bank.
Nuori tyttö meni joen rannalle.
At the bank of the river she found mud.
Joen rannalta hän löysi mutaa.
She covered the tree with the mud.
Hän peitti puun mudalla.
She especially covered the damaged parts.
Hän peitti erityisesti vaurioituneet osat.
The tree thanked her for the treatment.
Puu kiitti häntä hoidosta.
"My good girl, I thank you"
"Hyvä tyttöseni, kiitos"
"I am greatly relieved of my pain"
"Olen huomattavasti helpottunut tuskastani"
"I am, however, more concerned for you"
"Olen kuitenkin enemmän huolissani sinusta"
"You must be hungry"
"Sinun täytyy olla nälkäinen"
"You have not eaten since yesterday"
"Et ole syönyt eilisestä lähtien"
"But what can I give you?"
"Mutta mitä minä voin sinulle antaa?"
"I have no fruit of my own"
"Minulla ei ole omaa hedelmää"
"But I do have some advice"
"Mutta minulla on kyllä neuvoja"
"Give the old woman whatever money you have"
"Anna vanhalle naiselle kaikki rahat, mitä sinulla on"
"Let her go into the city"
"Anna hänen mennä kaupunkiin"
"In the city she can buy some food"
"Kaupungissa hän voi ostaa ruokaa"
They explained their situation to the tree.

He selittivät puulle tilanteensa.
"We have been sent out with no money"
"Meidät on lähetetty pois ilman rahaa"
But she searched through her work-box anyway.
Mutta hän penkoi työlaatikkoaan joka tapauksessa.
And in the box she found five cowries.
Ja laatikosta hän löysi viisi kauriita.
The tree continued to give its advice.
Puu jatkoi neuvojensa antamista.
"Go with your cowries to the city"
"Mene kauriidesi kanssa kaupunkiin"
"Use the cowries to buy some fried rice"
"Käytä cowrieja ostaaksesi paistettua riisiä"
So the old woman went to the city.
Niinpä vanha nainen meni kaupunkiin.
Fortunately the city was not far away.
Onneksi kaupunki ei ollut kaukana.
She went to the first shopkeeper she found.
Hän meni ensimmäisen vastaantulevan kauppiaan luo.
"Please give me five cowries worth of rice"
"Antakaa minulle viiden cowrie'n arvosta riisiä."
The shopkeeper laughed at her.
Kauppias nauroi hänelle.
"Where can rice be had for five cowries?"
"Mistä saa riisiä viidellä kauriilla?"
"Be off, you old hag," he told her.
"Mene pois, vanha noita", hän sanoi hänelle.
So she tried to barter at another shop.
Niinpä hän yritti vaihtaa toisessa kaupassa.
This shopkeeper could see her distress.
Tämä kauppias näki hänen ahdinkonsa.
And the shopkeeper took pity on her.
Ja kauppias sääli häntä.
She gave her a large quantity of rice.
Hän antoi hänelle suuren määrän riisiä.
The old woman returned with the rice.
Vanha nainen palasi riisin kanssa.

And the tree gave further instructions.
Ja puu antoi lisäohjeita.
"Eat less than half of the rice"
"Syö alle puolet riisistä"
"Go to the embankments of the river bank"
"Mene joenpenkereille"
"Cast the remaining rice on the river bank"
"Heittäkää loput riisit joenpenkalle"
They did not understand the sense of it.
He eivät ymmärtäneet sen merkitystä.
"Why sow the riverbank with rice?"
"Miksi kylvää riisiä joenpenkalle?"
But they did as they were advised.
Mutta he tekivät niin kuin heitä neuvottiin.
And they threw their rice onto the ground.
Ja he heittivät riisinsä maahan.

They spent the day lamenting their fate.
He viettivät päivän surkien kohtaloaan.
Just as before the beasts came out at night.
Aivan kuten ennen kuin pedot tulivat esiin yöllä.
The tree housed them inside of its trunk again.
Puu majoitti ne jälleen runkonsa sisään.
Again they mutilated and tortured the tree.
Jälleen he silpoivat ja kiduttivat puuta.
But that night something else happened.
Mutta sinä yönä tapahtui jotain muuta.
The women only saw it the next day.
Naiset näkivät sen vasta seuraavana päivänä.
The rice had attracted hundreds of peacocks.
Riisi oli houkutellut paikalle satoja riikinkukkoja.
The peacocks competed for the rice.
Riikinkukot kilpailivat riisistä.
And their feathers fell on the floor.
Ja heidän höyhenensä putosivat lattialle.
The tree had known what would happen.
Puu tiesi kyllä, mitä tapahtuisi.

And the tree advised them what to do next.
Ja puu neuvoi heitä, mitä seuraavaksi tehdä.
"Go back to the bank of the river"
"Mene takaisin joen rannalle"
"Go to where you cast the rice"
"Mene sinne, minne heität riisin"
"There you will see many feathers"
"Siellä näet paljon höyheniä"
"Collect all the feathers you can find"
"Kerää kaikki löytämäsi höyhenet"
"Use the feathers to make a beautiful fan"
"Tee höyhenistä kaunis viuhka"
"And take the feather-fan to the city"
"Ja vie sulkaviuhka kaupunkiin"
The two women did as they were advised.
Kaksi naista tekivät niin kuin heitä oli neuvottu.
It was good the girl had taken her work-box.
Oli hyvä, että tyttö oli ottanut työlaatikkonsa mukaansa.
In her work-box was some string.
Hänen työlaatikossaan oli narua.
The tied the feathers together.
He sitoivat höyhenet yhteen.
And she had made a fan from the feathers.
Ja hän oli tehnyt höyhenistä viuhkan.
She took the feather fan to the city.
Hän vei höyhenviuhkan kaupunkiin.
The son of the king happened to be there.
Kuninkaan poika sattui olemaan siellä.
He admired the feathers greatly.
Hän ihaili höyheniä suuresti.
He paid a large sum of money for the feathers.
Hän maksoi höyhenistä suuren summan rahaa.
Each morning a quantity of feathers was collected.
Joka aamu kerättiin tietty määrä höyheniä.
And each day a feather fan was made and sold.
Ja joka päivä valmistettiin ja myytiin höyhenviuhka.
Within a short time the two women got rich.

Lyhyessä ajassa molemmat naiset rikastuivat.
The tree then advised them to build a house.
Sitten puu neuvoi heitä rakentamaan talon.
"Employ men to burn bricks for you"
"Palkkaa miehiä polttamaan tiiliä puolestasi"
"Get them to cut beams and rafters"
"Saada heidät sahaamaan palkkeja ja kattoparruja"
"Make them plaster the walls with lime"
"Saatan heidät rappaamaan seinät kalkilla"
In a few months a stately house was built.
Muutamassa kuukaudessa rakennettiin komea talo.
The tree was pleased for the women.
Puu oli iloinen naisten puolesta.
"You should add a garden to your house"
"Sinun pitäisi lisätä puutarha kotiisi"
"And you want to be able to store water"
"Ja haluat pystyä varastoimaan vettä"
"Dig a water tank in your garden"
"Kaiva vesisäiliö puutarhaasi"

The girl had not had much time.
Tytöllä ei ollut ollut paljon aikaa.
So she didn't think of her family.
Niinpä hän ei ajatellut perhettään.
The merchant's luck had taken a turn.
Kauppiaan onni oli kääntynyt.
The goddess of wealth frowned upon him.
Rikkauden jumalatar paheksui häntä.
He was struck by a sudden misfortune.
Häntä kohtasi äkillinen onnettomuus.
All at once he lost all of his money.
Yhtäkkiä hän menetti kaikki rahansa.
He was forced to sell his house.
Hänet pakotettiin myymään talonsa.
But he made a great loss on the property.
Mutta hän teki suuren tappion kiinteistöstä.
He and his family were left penniless.

Hän ja hänen perheensä jäivät rahattomiksi.
So they were forced to live elsewhere.
Niinpä heidät pakotettiin asumaan muualle.
They happened to move to a nearby village.
He sattuivat muuttamaan läheiseen kylään.
The palace was not far from their new house.
Palatsi ei ollut kaukana heidän uudesta kodistaan.
But the merchant was not rich anymore.
Mutta kauppias ei ollut enää rikas.
And he still had to support his family.
Ja hänen täytyi silti elättää perhettään.
He had been reduced to doing manual labour.
Hänet oli alennettu tekemään ruumiillista työtä.
He applied for the job at the palace.
Hän haki työtä palatsista.
He was going to dig the hole for the water.
Hän aikoi kaivaa kuopan vettä varten.
His wife also offered to work with him.
Myös hänen vaimonsa tarjoutui työskentelemään hänen
kanssaan.
But they got there too late to work.
Mutta he tulivat sinne liian myöhään työskennelläkseen.
The water tank had already been finished.
Vesisäiliö oli jo valmis.
And they did not know whose house it was.
Eivätkä he tienneet, kenen talo se oli.
The merchant's daughter was looking out the window.
Kauppiaan tytär katseli ulos ikkunasta.
She happened to see her parents in the garden.
Hän sattui näkemään vanhempansa puutarhassa.
She could see the rags they were wearing.
Hän näki heidän yllään olevat räävit.
Her eyes filled with tears at the sight.
Hänen silmänsä täyttyivät kyynelistä nähdessään sen.
She could not believe what she saw.
Hän ei voinut uskoa näkemäänsä.
Her parents had come to her for work.

Hänen vanhempansa olivat tulleet hänen luokseen töihin.
She immediately called her servants.
Hän kutsui heti palvelijansa luokseen.
"Outside in the garden are my parents"
"Ulkona puutarhassa ovat vanhempani"
"Please offer them these fine clothes"
"Tarjoathan heille näitä hienoja vaatteita"
"And ask them to come into the palace"
"Ja pyydä heitä tulemaan palatsiin"
Her servants did as they were told.
Hänen palvelijansa tekivät niin kuin heille oli käsketty.
But her parents were frightened beyond measure.
Mutta hänen vanhempansa olivat suunnattoman peloissaan.
They had seen that the tank was finished.
He olivat nähneet, että tankki oli valmis.
There used to be a strange tradition.
Olipa kerran outo perinne.
In those days human sacrifices were offered.
Noina päivinä uhrattiin ihmisuhreja.
One of those occasions was after digging a pool.
Yksi näistä tilanteista oli uima-altaan kaivamisen jälkeen.
You can imagine her parents' fear.
Voit kuvitella hänen vanhempiensa pelon.
They had come to dig the water tank.
He olivat tulleet kaivamaan vesisäiliötä.
But now servants were calling them.
Mutta nyt palvelijat kutsuivat heitä.
They thought they going to be sacrificed.
He luulivat joutuvansa uhratuksi.
"Throw away your rags" they said.
"Heitä pois riepujasi", he sanoivat.
"Here, wear these fine clothes"
"Tässä, pue nämä hienot vaatteet"
And their fears increased even more.
Ja heidän pelkonsa kasvoivat entisestään.
But they did not have to fear for long.
Mutta heidän ei tarvinnut pelätä kauan.

Their rich daughter came out to meet them.
Heidän rikas tyttärensä tuli heitä vastaan.
She hugged and kissed her parents.
Hän halasi ja suukotti vanhempiaan.
And she told them everything that had happened.
Ja hän kertoi heille kaiken, mitä oli tapahtunut.
The father felt that she had been right.
Isä tunsi, että nainen oli ollut oikeassa.
"You do live from your own fortune"
"Elät kyllä omalla omaisuudellasi"
The daughter did not blame her father.
Tytär ei syyttänyt isäänsä.
And she gave him a large fortune.
Ja hän antoi hänelle suuren omaisuuden.
With the money he moved back to the city.
Rahoilla hän muutti takaisin kaupunkiin.
Soon he became a merchant again.
Pian hänestä tuli jälleen kauppias.
And he went to distant countries for trade.
Ja hän meni kaukaisiin maihin kauppaa tekemään.

One day he got ready for another business venture.
Eräänä päivänä hän valmistautui uuteen liiketoimintaan.
But that day something strange happened.
Mutta sinä päivänä tapahtui jotain outoa.
The ship was ready to leave the port.
Laiva oli valmis lähtemään satamasta.
But for some reason the ship did not move.
Mutta jostain syystä laiva ei liikkunut.
No one could explain what was happening.
Kukaan ei osannut selittää, mitä tapahtui.
But the merchant had an idea.
Mutta kauppiaalla oli idea.
"Perhaps my daughters would like presents"
"Ehkä tyttäreni pitäisivät lahjoista"
"I need to ask them what they would like"
"Minun täytyy kysyä heiltä, mitä he haluaisivat"

He went to see his daughters.
Hän meni katsomaan tyttäriään.
He asked them what they would like.
Hän kysyi heiltä, mitä he haluaisivat.
And he promised to bring them presents.
Ja hän lupasi tuoda heille lahjoja.
But the ship would still not move.
Mutta laiva ei vieläkään liikkunut.
He had not asked all his daughters.
Hän ei ollut kysynyt kaikilta tyttäriltään.
His youngest daughter was not there.
Hänen nuorin tyttärensä ei ollut paikalla.
She was living in a different city.
Hän asui eri kaupungissa.
So he ordered his servants go to her palace.
Niinpä hän käski palvelijoitaan menemään hänen palatsiinsa.
The messenger came at the wrong time.
Lähetti tuli väärään aikaan.
The young girl was engaged in devotions.
Nuori tyttö oli mukana hartaustilaisuuksissa.
But the messenger asked her anyway.
Mutta viestinviejä kysyi häneltä joka tapauksessa.
She just told him"sobur"
Hän vain sanoi hänelle "sobur"
The meaning of this was"wait"
Tämän tarkoitus oli "odota"
But the messenger didn't know this.
Mutta viestinviejä ei tiennyt tätä.
He thought she wanted something called"sobur"
Hän luuli, että nainen halusi jotain nimeltä "sobur" (sobur)
So he went back to the city of the merchant.
Niinpä hän palasi kauppiaan kaupunkiin.
And he delivered the message he received.
Ja hän välitti vastaanottamansa viestin.
"Your daughter wants something called 'sobur'"
"Tyttäresi haluaa jotain nimeltä 'sobur'"
This time the ship could move again.

Tällä kertaa laiva pääsi taas liikkeelle.
So the merchant started on his travels.
Niinpä kauppias aloitti matkansa.
He visited many ports on his journey.
Hän vieraili matkansa aikana useissa satamissa.
And he made good profits from his trades.
Ja hän teki kaupoistaan hyvää voittoa.
Finding the presents was not difficult.
Lahjojen löytäminen ei ollut vaikeaa.
He found everything his oldest daughters wanted.
Hän löysi kaiken, mitä hänen vanhimmat tyttärensä halusivat.
But his youngest daughter's wish was difficult.
Mutta hänen nuorimman tyttärensä toive oli vaikea toteuttaa.
He could not find the thing called"sobur"
Hän ei löytänyt sitä, mitä kutsuttiin "soburiksi".
He asked at every port he came to.
Hän kysyi jokaisessa satamassa, johon tuli.
"Do you have something called 'sobur'?"
"Onko teillä jotain nimeltä 'sobur'?"
But the merchants all shook their heads.
Mutta kaikki kauppiaat pudistivat päätään.
"We've never heard of 'sobur'"
"Emme ole koskaan kuulleet sanasta 'sobur'"
His voyage had almost come to its end.
Hänen matkansa oli melkein päättymässä.
He was soon going to head back home.
Pian hän aikoi palata kotiin.
But he wanted"sobur" for his daughter.
Mutta hän halusi "soburin" tyttärelleen.
So he went calling through the streets.
Niinpä hän huusi katuja pitkin.
"Sobur, does anyone have sobur?!"
"Sobur, onko kenelläkään soburia?!"
The son of the King was in his castle.
Kuninkaan poika oli linnassaan.
He happened to be looking out the window.
Hän sattui katsomaan ulos ikkunasta.

And the calls attracted his attention.
Ja puhelut herättivät hänen huomionsa.
Because his name happened to be Sobur.
Koska hänen nimensä sattui olemaan Sobur.
He came to the merchant to speak with him.
Hän tuli kauppiaan luo puhuakseen tämän kanssa.
"I have the Sobur that you want"
"Minulla on haluamasi Sobur"
"Take this box, but be careful with it"
"Ota tämä laatikko, mutta ole varovainen sen kanssa"
"In the box is a magical feather fan and mirror"
"Laatikossa on taianomainen höyhenviuhka ja peili"
"This is the Sobur your daughter wishes for"
"Tämä on se Sobur, jota tyttäresi toivoo"
The merchant thanked the prince for the box.
Kauppias kiitti prinssiä lippaasta.
And he returned back to his country.
Ja hän palasi takaisin kotimaahansa.

He gave the box to his daughter.
Hän antoi laatikon tyttärelleen.
But the daughter didn't think about it.
Mutta tytär ei ajatellut sitä.
She thought it was just a common box.
Hän luuli sen olevan vain tavallinen laatikko.
She had forgotten about the messenger.
Hän oli unohtanut viestinviejästä.
But one day she decided to open the box.
Mutta eräänä päivänä hän päätti avata laatikon.
Inside the box she found a beautiful fan.
Laatikon sisältä hän löysi kauniin viuhkan.
In the feather fan there was a beautiful mirror.
Höyhenviuhkassa oli kaunis peili.
She waved the feather fan to cool herself.
Hän heilutti höyhenviuhkaa viilentääkseen itseään.
And Prince Sobur appeared before her.
Ja prinssi Sobur ilmestyi hänen eteensä.

"You called me, so here I am," he said.
"Soitit minulle, joten tässä minä nyt olen", hän sanoi.
"What is it you wish for?" he asked.
"Mitä oikein toivot?" hän kysyi.
She was astonished at what she saw.
Hän oli hämmästynyt näkemästään.
A handsome prince had suddenly appeared!
Yhtäkkiä oli ilmestynyt komea prinssi!
"Who are you?" she asked the prince.
"Kuka sinä olet?" hän kysyi prinssiltä.
"And how did you suddenly appear?"
"Ja miten sinä yhtäkkiä ilmestyit?"
The Prince explained what had happened.
Prinssi selitti, mitä oli tapahtunut.
"Your father was looking for 'sobur'"
"Isäsi etsi sanaa 'sobur'"
"I am prince Sobur," he explained.
"Olen prinssi Sobur", hän selitti.
"I gave your father a box"
"Annoin isällesi laatikon"
"In this box there is a feather fan and mirror"
"Tässä laatikossa on höyhenviuhka ja peili"
"When you shake the feather fan I will appear"
"Kun ravistat viuhkaa, minä ilmestyn"
She asked the prince to stay as a guest.
Hän pyysi prinssiä jäämään vieraaksi.
And for two days the prince stayed with her.
Ja prinssi viipyi hänen luonaan kaksi päivää.
And she entertained him in her palace.
Ja hän viihdytti häntä palatsissaan.
During that time the two fell in love.
Tuona aikana kaksikko rakastui.
They made their vows to each.
He tekivät lupauksensa toisilleen.
And they became husband and wife.
Ja heistä tuli aviomies ja vaimo.
After this the prince returned to his father.

Tämän jälkeen prinssi palasi isänsä luo.
He told him that he had selected a wife.
Hän kertoi valinneensa vaimon.
The day for the wedding was decided.
Hääpäivä oli päätetty.
All the family was invited.
Koko perhe oli kutsuttu.
And they had a beautiful wedding.
Ja heillä oli kauniit häät.

But there was a death in the marriage bed.
Mutta aviovuoteessa tapahtui kuolema.
The six daughters of the merchant were envious.
Kauppiaan kuusi tytärtä olivat kateellisia.
They were jealous of their sister's success.
He olivat kateellisia siskonsa menestyksestä.
So they decided to destroy her happiness.
Niinpä he päättivät tuhota hänen onnensa.
They broke several glass bottles.
He rikkoivat useita lasipulloja.
And they ground the glass into fine powder.
Ja he jauhoivat lasin hienoksi jauheeksi.
Then they scattered the powder on the bed.
Sitten he ripottelivat jauheen sängylle.
The prince suspected no danger.
Prinssi ei epäillyt vaaraa.
He laid himself down in the bed.
Hän asettui makuulle sänkyyn.
Soon he felt an acute pain.
Pian hän tunsi voimakasta kipua.
All of his whole body ached.
Koko hänen kehonsa särki.
The powder had gone through his skin.
Jauhe oli läpäissyt hänen ihonsa.
The prince became restless through pain.
Prinssi tuli levottomaksi tuskan vuoksi.
And he started to kick and scream.

Ja hän alkoi potkia ja huutaa.
He was taken away to his own country.
Hänet vietiin pois omaan maahansa.
The king and queen were very worried.
Kuningas ja kuningatar olivat hyvin huolissaan.
They consulted all the kingdom's physicians.
He kysyivät neuvoa kaikilta valtakunnan lääkäreiltä.
But their efforts were in vain.
Mutta heidän ponnistelunsa olivat turhia.
Day and night the young prince was screaming.
Yötä päivää nuori prinssi huusi.
No one could ascertain the disease.
Kukaan ei pystynyt selvittämään tautia.
So they had no way of knowing the remedy.
Joten heillä ei ollut mitään keinoa tietää parannuskeinoa.
You can imagine the grief of his wife.
Voit kuvitella hänen vaimonsa surun.
The marriage knot had only just been tied.
Avioliiton solmu oli vasta sidottu.
She thought a terrible disease had attacked him.
Hän luuli, että joku kamala tauti oli iskenyt häneen.
Then he was carried hundreds of miles away.
Sitten hänet vietiin satojen kilometrien päähän.
She had never been to his country.
Hän ei ollut koskaan käynyt hänen kotimaassaan.
But she was determined to go there.
Mutta hän oli päättänyt mennä sinne.
And she was determined to nurse him better.
Ja hän oli päättänyt hoitaa häntä paremmin.
She put on the garb of a Sannyasi.
Hän pukeutui sannyasin vaatteeseen.
And she carried a dagger in her hand.
Ja hän kantoi tikaria kädessään.
And then she set out on her journey.
Ja sitten hän lähti matkaansa.

The princess was still relatively young.

Prinsessa oli vielä suhteellisen nuori.
She was unaccustomed to long journeys.
Hän ei ollut tottunut pitkiin matkoihin.
And she wasn't used to walking so far.
Eikä hän ollut tottunut kävelemään niin pitkiä matkoja.
She soon got weary of walking.
Hän kyllästyi pian kävelemään.
So she sat under a tree to rest.
Niinpä hän istuutui puun alle lepäämään.
On the top of the tree there was a nest.
Puun latvassa oli pesä.
It was the nest of two divine birds.
Se oli kahden jumalallisen linnun pesä.
Bihangami and Bihangama lived here.
Bihangami ja Bihangama asuivat täällä.
They were not in their nest at the time.
Ne eivät olleet pesässään tuolloin.
But two of their chicks were in the nest.
Mutta kaksi heidän poikasiaan oli pesässä.
Suddenly the chicks gave a scream.
Yhtäkkiä tiput päästivät kirkaisun.
This roused the half-drowsy princess.
Tämä herätti puoliuneliaan prinsessan.
The little birds had seen huge serpent.
Pienet linnut olivat nähneet valtavan käärmeen.
The snake was about to climb the tree.
Käärme oli kiipeämässä puuhun.
This would have been the end of the birds.
Tämä olisi ollut lintujen loppu.
But the Sannyasi took out her dagger.
Mutta sannyasi otti tikarinsa esiin.
And she cut the serpent in two.
Ja hän halkaisi käärmeen kahtia.
Of course even this frightened the young birds.
Tietenkin tämäkin pelotti nuoria lintuja.
And they flew from the nest screaming.
Ja ne lensivät pesästä kirkuen.

Bihangama and Bihangami were on their way back.
Bihangama ja Bihangami olivat paluumatkalla.
They came sailing through the air.
Ne tulivat purjehtien ilmassa.
They thought they already knew what had happened.
He luulivat jo tietävänsä, mitä oli tapahtunut.
"I don't expect to see our children"
"En odota näkeväni lapsiamme"
"The nest will be empty again"
"Pesä on taas tyhjä"
"All our previous children were eaten"
"Kaikki edelliset lapsemme syötiin"
"They were eaten by our great enemy the serpent"
"Suuri vihollisemme, käärme, söi heidät"
"They will have met the same fate"
"He kohtaisivat varmasti saman kohtalon"
"I do not hear the cries of my young ones"
"En kuule lasteni itkua"
The two birds got to their nest.
Kaksi lintua pääsi pesälleen.
And as predicted, the nest was empty.
Ja kuten ennustettiin, pesä oli tyhjä.
This seemed to confirm their suspicions.
Tämä näytti vahvistavan heidän epäilyksensä.
But soon the young birds returned.
Mutta pian nuoret linnut palasivat.
The divine birds were pleasantly surprised.
Taivaalliset linnut olivat positiivisesti yllättyneitä.
The young birds told them what had happened.
Nuoret linnut kertoivat heille, mitä oli tapahtunut.
"There was a young Sannyasi under the tree"
"Puun alla oli nuori sannyasi"
"He destroyed the serpent"
"Hän tuhosi käärmeen"
"He cut the snake in two with his dagger"
"Hän leikkasi käärmeen kahtia tikarillaan"
The parents went to foot of the tree.

Vanhemmat menivät puun juurelle.
Two halves of the snake were still there.
Käärmeen kaksi puoliskoa oli yhä paikallaan.
"The young Sannyasi has saved our offspring"
"Nuori sannyasi on pelastanut jälkeläisemme"
"I wish we could do him some service in return"
"Toivoisinpa, että voisimme tehdä hänelle jonkin palveluksen vastapalveluksena"
The divine bird Bihangama replied.
Jumalallinen lintu Bihangama vastasi.
"We shall do our service to HER"
"Teemme palveluksemme HÄNELLE"
"The Sannyasi under the tree is not a man"
"Puun alla oleva sannyasi ei ole mies"
"The Sannyasi under the tree is a woman"
"Puun alla oleva sannyasi on nainen"
"Last night she got married to Prince Sobur"
"Eilen illalla hän meni naimisiin prinssi Soburin kanssa"
"Shortly after their marriage he was poisoned"
"Pian heidän avioliittonsa jälkeen hänet myrkytettiin"
"His skin was pierced with small shards of glass"
"Hänen ihoonsa oli puhkaistu pienillä lasinsirpaleilla"
"His sisters-in-law envied his wife"
"Hänen kälynsä kadehtivat hänen vaimoaan"
"Her sisters spread the powder over the bed"
"Hänen sisarensa levittivät puuteria sängyn päälle"
"He is still suffering from his pain"
"Hän kärsii edelleen kivustaan"
"But he is in his native land"
"Mutta hän on kotimaassaan"
"And now he is at the point of death"
"Ja nyt hän on kuoleman partaalla"
"Beneath the tree is his heroic bride"
"Puun alla on hänen sankarillinen morsiamensa"
"She is wearing the garb of a Sannyasi"
"Hänellä on sannyasin puku"
"And she is going to nurse him"

"Ja hän aikoo imettää häntä"
The Bihangami asked the Bihangama.
Bihangami kysyi Bihangamalta.
"Is there no cure for the prince?"
"Eikö prinssille ole parannuskeinoa?"
"Yes, there is a cure" replied the Bihangama.
– Kyllä, parannuskeino on olemassa, vastasi bihangama.
"There is hardened dung lying on the ground"
"Maassa on kovettunutta lantaa"
"She must take this hardened dung"
"Hänen täytyy ottaa tämä kovettunut lanta"
"Then she must reduce the dung to powder"
"Sitten hänen täytyy jauhaa lanta tomuksi"
"And then she must bathe the prince"
"Ja sitten hänen täytyy kylvettää prinssi"
"She must bathe him in seven jars of water"
"Hänen täytyy pestä hänet seitsemässä vesiruukussa"
"Then she must bathe him in seven jars of milk"
"Sitten hänen täytyy kylvettää hänet seitsemässä
maitoruukussa"
"Then she must apply the powder to his body"
"Sitten hänen täytyy levittää puuteria hänen vartalolleen "
"After this Prince Sobur will get well"
"Tämän jälkeen prinssi Sobur paranee"
"I have no doubts about this remedy"
"Minulla ei ole epäilystäkään tästä lääkkeestä"
The Bihangami saw a problem though.
Bihangami näki kuitenkin ongelman.
"The princess is but a young girl"
"Prinsessa on vasta nuori tyttö"
"She cannot walk such a distance"
"Hän ei pysty kävelemään niin pitkää matkaa"
"The journey would take her many days"
"Matka kestäisi häneltä monta päivää"
"By that time the poor prince will have died"
"Siihen mennessä köyhä prinssi on kuollut"
"I can," replied the Bihangama.

"Voin", vastasi bihangama.
"I will take the young lady on my back"
"Otan nuoren naisen selkääni"
"I will fly her to Prince Sobur's city"
"Lennätän hänet prinssi Soburin kaupunkiin"
"If she takes no presents, I will fly her back"
"Jos hän ei ota lahjoja vastaan, lennätän hänet takaisin"
The merchant's daughter heard this conversation.
Kauppiaan tytär kuuli tämän keskustelun.
She begged the Bihangama to take her on his back.
Hän pyysi Bihangamaa ottamaan hänet selälleen.
And of course the bird willingly consented.
Ja lintu tietenkin suostui mielellään.
First she gathered some of the birds dung.
Ensin hän keräsi lintujen lantaa.
And then she reduced the dung to fine powder.
Ja sitten hän jauhoi lannan hienoksi jauheeksi.
She was armed with this potent drug.
Hän oli aseistautunut tällä voimakkaalla lääkkeellä.
And she got on the back of the kind bird.
Ja hän nousi kiltin linnun selkään.

The Bihangama flew as fast as lightning.
Bihangama lensi salaman vauhdilla.
They soon reached Prince Sobur's city.
Pian he saapuivat prinssi Soburin kaupunkiin.
The young Sannyasi went up to the palace.
Nuori sannyasi meni palatsiin.
And she spoke to the guards at the gate.
Ja hän puhui portinvartijoille.
"Send word to the king that I have a drug"
"Lähettäkää sana kuninkaalle, että minulla on huumeita"
"This drug will save the prince's life"
"Tämä lääke pelastaa prinssin hengen"
"Within hours I will have cured the prince"
"Muutamassa tunnissa olen parantanut prinssin"
The king had tried all the best doctors.

Kuningas oli kokeillut kaikkia parhaita lääkäreitä.
But no doctor had been able to cure his son.
Mutta kukaan lääkäri ei ollut pystynyt parantamaan hänen poikaansa.
So he didn't believe the Sannyasi's words.
Joten hän ei uskonut sannyasin sanoja.
But his councilors advised him otherwise.
Mutta hänen neuvonantajansa neuvoivat häntä toisin.
The Sannyasi ordered for seven jars of water.
Sannyasi tilasi seitsemän ruukkua vettä.
And seven jars of milk were ordered.
Ja tilattiin seitsemän purkkia maitoa.
He poured a jar of water on the prince.
Hän kaatoi ruukun vettä prinssin päälle.
And he poured a jar of milk on the prince.
Ja hän kaatoi purkillisen maitoa prinssin päälle.
He had a feather from the divine bird.
Hänellä oli sulka jumalalliselta linnulta.
And he used the feather to apply the powder.
Ja hän käytti höyhentä puuterin levittämiseen.
All of the prince's body was covered.
Prinssin koko ruumis oli peitetty.
This was repeated another six times.
Tämä toistettiin vielä kuusi kertaa.
The last treatment did the magic.
Viimeinen hoitokerta teki taikojaan.
The prince started to feel well again.
Prinssi alkoi taas voida hyvin.
The king was happier than words can describe.
Kuningas oli onnellisempi kuin sanat pystyvät kuvailemaan.
"Give the Sannyasi the finest treasures"
"Anna sannyaseille parhaat aarteet"
But the Sannyasi refused to take presents.
Mutta sannyasi kieltäytyi ottamasta vastaan lahjoja.
"Let me have the ring on the prince's finger"
"Anna minun pukea sormus prinssin sormeen"
The king and the prince were happy.

Kuningas ja prinssi olivat onnellisia.
And they gave him what he wanted.
Ja he antoivat hänelle mitä hän halusi.
The merchant's daughter hastened back.
Kauppiaan tytär kiiruhti takaisin.
The Bihangama was waiting at the sea-shore.
Bihangama odotti meren rannalla.
They reached the tree of the divine birds.
He saapuivat jumalallisten lintujen puulle.
The young bride walked back to her palace.
Nuori morsian käveli takaisin palatsiinsa.

The following day she shook the magical feather fan.
Seuraavana päivänä hän ravisti taianomaista viuhkaa.
Just as before, her husband appeared.
Aivan kuten ennenkin, hänen miehensä ilmestyi.
Of course he was happy to see his wife.
Tietenkin hän oli iloinen nähdessään vaimonsa.
But he was infinitely surprised.
Mutta hän oli äärettömän yllättynyt.
She had his ring on her finger.
Hänellä oli hänen sormuksensa sormessaan.
His own wife was his doctor.
Hänen oma vaimonsa oli hänen lääkärinsä.
It was his wife that had cured him!
Hänen vaimonsa oli hänet parantanut!
The prince took his bride to his palace.
Prinssi vei morsiamensa palatsiinsa.
He forgave his sisters-in-law.
Hän antoi anteeksi kälyilleen.
They lived happily for many years.
He elivät onnellisina monta vuotta.
And they were blessed with children.
Ja heitä siunattiin lapsilla.

The Origins of Opium
Oopiumin alkuperä

Once upon on a time there lived a Rishi.
Olipa kerran Rishi.
He lived on the banks of the holy Ganges.
Hän asui pyhän Gangesin rannalla.
This Rishi was a very religious man.
Tämä Rishi oli hyvin uskonnollinen mies.
He spent his days performing religious rites.
Hän vietti päivänsä suorittaen uskonnollisia rituaaleja.
From sunrise to sunset he sat on the river bank.
Auringonnoususta auringonlaskuun hän istui joen rannalla.
For the whole time he sat engaged in devotion.
Koko ajan hän istui hartauteen uppoutuneena.
At night he took shelter in his hut.
Yöksi hän lepäsi mökissään.
His hut was made from palm-leaves.
Hänen majansa oli tehty palmunlehdistä.
The palms he had grown from saplings.
Palmut, jotka hän oli kasvattanut taimista.
There was no one around for miles.
Ketään ei näkynyt kilometrien säteellä.
However, in the hut there was a mouse.
Mökissä oli kuitenkin hiiri.
She lived from what the Rishi left for her.
Hän eli sillä, mitä rishit jättivät hänelle.
The Rishi was a kind-hearted man.
Rishi oli hyväsydäminen mies.
He would not hurt any living thing.
Hän ei vahingoittaisi ketään elävää olentoa.
So our mouse never ran away from him.
Joten hiiremme ei koskaan karannut häneltä.
In fact, our mouse went to him.
Itse asiassa hiiremme meni hänen luokseen.
She touched his feet when he was sitting.
Hän kosketti hänen jalkojaan tämän istuessa.

And she enjoyed playing with him.
Ja hän nautti leikkimisestä hänen kanssaan.
The Rishi also liked the little mouse.
Rishit pitivät myös pienestä hiirestä.
So he wanted to be kind to her.
Niinpä hän halusi olla hänelle kiltti.
And he wanted someone to talk to.
Ja hän halusi jonkun, jonka kanssa puhua.
So he gave her the power of speech.
Niinpä hän antoi hänelle puhekyvyn.

One night the mouse stood up.
Eräänä yönä hiiri nousi seisomaan.
She got onto her hind legs.
Hän nousi takajaloilleen.
And she stood in front of the Rishi.
Ja hän seisoi Rishin edessä.
And she put her front paws together.
Ja hän laittoi etutassunsa yhteen.
"Holy Sage, you have been kind to me"
"Pyhä viisas, olet ollut minulle ystävällinen"
"And you have given me human language"
"Ja sinä olet antanut minulle ihmiskielen"
"I hope it doesn't displease your reverence"
"Toivottavasti se ei ole teidän kunnianarvoisuutenne mieleen"
"But I have one more boon to ask"
"Mutta minulla on vielä yksi pyyntö"
The Rishi listened to his mouse.
Rishi kuunteli hiirtään.
"What is it?" asked the Rishi.
"Mikä hätänä?" kysyi Rishi.
"Say what you want, little mouse"
"Sano mitä haluat, pikku hiiri"
The mouse answered the Rishi.
Hiiri vastasi Rishille.
"By day your reverence goes to the river"
"Päivällä kunnioituksesi kohdistuu jokeen"

"And there you practice your devotions"
"Ja siellä harjoitat hartauttasi "
"During this time a cat comes to the hut"
"Tänä aikana kissa tulee mökkiin"
"This cat has been trying to catch me"
"Tämä kissa on yrittänyt saada minut kiinni"
"She still has some fear of your reverence"
"Hän pelkää vieläkin kunnioitustasi"
"Otherwise she would have eaten me long ago"
"Muuten hän olisi syönyt minut jo kauan sitten"
"But I fear the cat will eat me someday"
"Mutta pelkään, että kissa syö minut jonain päivänä"
"So I have one prayer to ask of you"
"Joten minulla on yksi rukous pyydettävänä sinulta"
"Please may I be changed into a cat!"
"Saanko muuttua kissaksi, kiitos!"
"Then I would be a match for my foe"
"Sitten olisin vastustajani vastine"
The Rishi understood the mouse's plight.
Rishi ymmärsi hiiren ahdingon.
He threw some holy water on the mouse.
Hän heitti pyhää vettä hiiren päälle.
And the mouse instantly turned into a cat.
Ja hiiri muuttui heti kissaksi.

She had lived as a cat for some days.
Hän oli elänyt kissana joitakin päiviä.
One night she went to the Rishi again.
Eräänä iltana hän meni taas Rishin luo.
And the Rishi spoke to his pet.
Ja rishi puhui lemmikilleen.
"Well, little kitty, how are you!"
"No, pikku kissa, mitä kuuluu!"
"How do you like your present life!"
"Mitä mieltä olet nykyisestä elämästäsi!"
The cat thought about what to say.
Kissa mietti, mitä sanoisi.

But she didn't have to say anything.
Mutta hänen ei tarvinnut sanoa mitään.
The Rishi could tell by her expression.
Rishi pystyi päättelemään sen hänen ilmeistään.
"Why don't you like it?" asked the sage.
"Miksi et pidä siitä?" kysyi viisas.
"Are you not as strong as the other cats!"
"Etkö olekaan yhtä vahva kuin muut kissat!"
"Yes, I am strong enough," answered the cat.
"Kyllä, olen tarpeeksi vahva", vastasi kissa.
"Your reverence has made me a strong cat"
"Kunnioituksesi on tehnyt minusta vahvan kissan"
"As strong as any cat in the world"
"Yhtä vahva kuin mikä tahansa kissa maailmassa"
"Now I do not fear cats anymore"
"Nyt en enää pelkää kissoja"
"But now I have got a new foe"
"Mutta nyt minulla on uusi vihollinen"
"By day your reverence goes to the river"
"Päivällä kunnioituksesi kohdistuu jokeen"
"During this time dogs come to the hut"
"Tänä aikana koirat tulevat mökille"
"These dogs have been barking at me"
"Nämä koirat ovat haukkuneet minua"
"And I have been frightened for my life"
"Ja minä olen pelännyt henkeni edestä"
"So I have one more prayer to ask of you"
"Joten minulla on vielä yksi rukous pyydettävänä sinulta"
"Please may I be changed into a dog!"
"Saanko muuttua koiraksi, kiitos!"
The Rishi understood the cat's plight.
Rishi ymmärsi kissan ahdingon.
He threw some holy water on the cat.
Hän heitti kissan päälle pyhää vettä.
And the cat instantly became a dog.
Ja kissasta tuli heti koira.

She lived as a dog for some days.
Hän eli koirana muutaman päivän.
But one night she spoke to the Rishi.
Mutta eräänä iltana hän puhui rishille.
"I cannot thank your reverence enough"
"En voi tarpeeksi kiittää kunnioituksestanne"
"You have been most kind to me"
"Olet ollut minulle todella kiltti"
"I was but a poor mouse"
"Olin vain parka hiiri"
"You not only gave me speech"
"Et ainoastaan antanut minulle puhetta"
"But you also turned me into a cat"
"Mutta sinä muutit minut myös kissaksi"
"And your kindness didn't end there"
"Eikä ystävällisyytesi loppunut siihen"
"Then you changed me into a dog"
"Sitten muutit minut koiraksi"
"As a dog, however, I suffer greatly"
"Koirana minä kuitenkin kärsin suuresti"
"I do not get enough to eat"
"En saa tarpeeksi syötävää"
"My only food is what you leave me"
"Ainoa ruokani on se, mitä sinä minulle jätät"
"That was fine when I was a mouse"
"Se oli ihan ok, kun olin hiiri"
"But you have made me much larger"
"Mutta sinä olet tehnyt minusta paljon suuremman "
"And it is not enough to fill my mouth"
"Eikä se riitä täyttämään suuni"
"OH your reverence, how I envy those monkeys"
"Voi teidän kunnioituksenne, kuinka kadehdinkaan noita apinoita"
"They jump about from tree to tree"
"Ne hyppivät puusta puuhun"
"They eat all sorts of delicious fruits!"
"Ne syövät kaikenlaisia herkullisia hedelmiä!"

"Please may reverence not get angry"
"Älköön kunnioitus suuttuko"
"I pray to be changed into an monkey"
"Rukoilen, että muuttuisin apinaksi"
The sage was a very understanding man.
Viisas oli hyvin ymmärtäväinen mies.
His heart was filled with patience.
Hänen sydämensä oli täynnä kärsivällisyyttä.
He was happy to grant his pet's wish.
Hän oli iloinen voidessaan toteuttaa lemmikkinsä toiveen.
He threw some holy water on the dog.
Hän heitti koiran päälle pyhää vettä.
And the dog instantly became an monkey.
Ja koira muuttui heti apinaksi.

Our monkey was at first wild with joy.
Apinamme oli aluksi ilosta villi.
She leaped from one tree to another.
Hän hyppi puusta toiseen.
She sucked every luscious fruit.
Hän imi jokaista herkullista hedelmää.
But her joy was short-lived again.
Mutta hänen ilonsa oli jälleen lyhytaikaista.
Summer had brought with it its drought.
Kesä toi mukanaan kuivuuden.
Monkeys find it hard to climb down.
Apinoiden on vaikea kiivetä alas.
So she couldn't drink from the river.
Joten hän ei voinut juoda joesta.
She saw how the wild boars lived.
Hän näki, miten villisiat elivät.
All day they splashed in the water.
Koko päivän ne polskivat vedessä.
She envied their life now.
Hän kadehti heidän elämäänsä nyt.
"Oh how happy those wild boars are!"
"Voi kuinka onnellisia nuo villisiat ovat!"

"All day their bodies are cooled"
"Heidän ruumiinsa viilenevät koko päivän"
"All day they are refreshed by water"
"Koko päivän he virkistyvät vedellä"
"How I wish I were a wild boar"
"Kuinka toivoisinkaan olevani villisika"
That night she went to the Rishi.
Sinä iltana hän meni Rishin luo.
She recounted her troubles to him.
Hän kertoi hänelle vaikeuksistaan.
She told him all about the wild boars.
Hän kertoi hänelle kaiken villisioista.
"Oh how pleasant their lives must be"
"Voi kuinka ihanaa heidän elämänsä mahtaa olla"
And she begged to be changed again.
Ja hän pyysi, että hänet vaihdettaisiin uudelleen.
"I pray to be changed into a wild boar"
"Rukoilen, että muuttuisin villisiaksi"
The sage's kindness knew no bounds.
Viisaan ystävällisyys ei tuntenut rajoja.
and he complied with his pet's request.
ja hän noudatti lemmikkinsä pyyntöä.
He threw some holy water on the monkey.
Hän heitti pyhää vettä apinan päälle.
And the monkey instantly became a wild boar.
Ja apinasta tuli heti villisika.

Our boar was now very content.
Villisikamme oli nyt erittäin tyytyväinen.
She kept her body soaking wet.
Hän piti vartalonsa litimärkänä.
Every day she went to the river.
Joka päivä hän meni joelle.
She splashed about in her favorite element.
Hän roiski ympäriinsä lempielementissään.
But life is not safe for wild boars.
Mutta villisikojen elämä ei ole turvallista.

One day the king was out hunting.
Eräänä päivänä kuningas oli metsästämässä.
He was riding on an adorned elephant.
Hän ratsasti koristellulla norsulla.
Only by luck did our wild boar escape.
Vain onnen kautta villisiamme pääsi pakoon.
She thought a lot about her experience.
Hän mietti paljon kokemustaan.
She dwelt on the dangers of her life.
Hän mietti elämänsä vaaroja.
And she envied the stately elephant.
Ja hän kadehti majesteettista norsua.
The elephant was more fortunate than her.
Norsu oli onnekkaampi kuin hän.
He got to carry the king on his back.
Hän sai kantaa kuningasta selässään.
Now she longed to be an elephant.
Nyt hän halusi olla elefantti.
And at night she besought the Rishi.
Ja yöllä hän pyysi Rishiä.

Our elephant was roaming the wilderness.
Norsumme vaelteli erämaassa.
On her adventures she saw the king.
Seikkailuillaan hän näki kuninkaan.
Our elephant went towards the king's suite.
Norsumme meni kohti kuninkaan sviittiä.
She had every intention of being caught.
Hänellä oli täysi aikomus jäädä kiinni.
The king saw the elephant from a distance.
Kuningas näki elefantin kaukaa.
He couldn't help but admire her beauty.
Hän ei voinut olla ihailematta hänen kauneuttaan.
He gave his orders to his servants.
Hän antoi käskynsä palvelijoilleen.
"Catch and tame this elephant"
"Ota kiinni ja kesytä tämä norsu"

Our elephant was easily caught.
Norsumme saatiin helposti kiinni.
She was taken into the royal stables.
Hänet vietiin kuninkaallisiin talleihin.
And she was tamed without any trouble.
Ja hänet kesytettiin ilman mitään vaikeuksia.

One day the queen had a wish.
Eräänä päivänä kuningattarella oli toive.
She wished to go to the holy Ganges.
Hän halusi mennä pyhälle Gangesille.
She wished to bathe in the holy waters.
Hän halusi kylpeä pyhissä vesissä.
The king wanted to accompany his wife.
Kuningas halusi seurata vaimoaan.
So he made his orders to his servants.
Niin hän antoi määräyksensä palvelijoilleen.
"Bring us the newly caught elephant"
"Tuo meille juuri pyydystetty norsu"
The king and queen mounted on her back.
Kuningas ja kuningatar nousivat hänen selälleen.
Our elephant had gotten her wish.
Norsumme oli saanut tahtonsa läpi.
Well... she seemed to have gotten her wish.
No... hän näytti saaneen tahtonsa läpi.
The king had mounted on her back.
Kuningas oli noussut hänen selälleen.
But no, the elephant didn't get her wish.
Mutta ei, elefantti ei saanut toivettaan.
She looked upon herself as a lordly beast.
Hän piti itseään ylhäisenä eläimenä.
She could not a woman riding on her back.
Hän ei voinut ratsastaa naisen selässä.
It wasn't enough that she was a queen.
Ei riittänyt, että hän oli kuningatar.
She could not bear the idea of it.
Hän ei kestänyt ajatustakaan siitä.

She felt she had been degraded.
Hän tunsi tulleensa alennetuksi.
She jumped up as violently as elephants can.
Hän hyppäsi ylös niin rajusti kuin norsut pystyvät.
Both the king and queen fell to the ground.
Sekä kuningas että kuningatar kaatuivat maahan.
The king carefully picked up the queen.
Kuningas nosti kuningattaren varovasti syliinsä.
He took the queen in his arms.
Hän otti kuningattaren syliinsä.
He asked her whether she had been hurt.
Hän kysyi, oliko tämä loukkaantunut.
He wiped off the dust from her clothes.
Hän pyyhki pölyt pois hänen vaatteistaan.
And he tenderly kissed her a hundred times.
Ja hän suuteli häntä hellästi sata kertaa.
Our elephant witnessed the king's caresses.
Norsumme todisti kuninkaan hyväilyjä.
And she scampered off to the woods.
Ja hän juoksi metsään.
She ran as fast as her legs could carry her.
Hän juoksi niin lujaa kuin jalkansa kantoivat.
As she ran, she thought within herself;
Juostessaan hän ajatteli mielessään;
"I have experienced many different lives"
"Olen kokenut monia erilaisia elämiä"
"And I have experienced different happiness"
"Ja olen kokenut erilaista onnea"
"But those lives cannot be compared"
"Mutta noita elämiä ei voi verrata"
"A queen is the happiest creature of all"
"Kuningatar on onnellisin olento kaikista"
"Of what infinite regard is she the object of!"
"Mikä äärettömän kunnioituksen kohde hän onkaan!"
"The king lifted her off the ground"
"Kuningas nosti hänet maasta"
"And he carefully took her in his arms"

"Ja hän otti hänet varovasti syliinsä"
"He made many tender inquiries to her"
"Hän esitti hänelle monia hellästi kysyttyjä kysymyksiä"
"And he wiped off the dust from her clothes"
"Ja hän pyyhki pölyt pois hänen vaatteistaan"
"And he kissed her a hundred times!"
" Ja hän suuteli häntä sata kertaa!"
"Oh, the happiness of being a queen!"
"Oi, kuningattaren onni!"
"I must ask the Rishi to make me a queen!"
"Minun täytyy pyytää Rishiä tekemään minusta
kuningattaren!"

The sun was just about to set.
Aurinko oli juuri laskemaisillaan.
Our elephant made it back to the hut.
Norsumme pääsi takaisin mökille.
The Rishi had just finished his devotions.
Rishi oli juuri lopettanut hartaushetkensä.
She fell on the ground at his feet.
Hän kaatui maahan hänen jalkoihinsa.
She was still the little mouse.
Hän oli yhä pieni hiiri.
And he was still the holy sage.
Ja hän oli yhä pyhä viisas.
"What's the news?" inquired the Rishi.
"Mitä uutisia?" kysyi rishi.
"Why have you left the king's palace!"
"Miksi olet lähtenyt kuninkaan palatsista?"
Our elephant thought about her words.
Norsumme mietti sanojaan.
"What shall I say to your reverence!"
"Mitä minä sanoisin teidän kunnioituksellenne!"
"You have been very kind to me"
"Olet ollut minulle hyvin ystävällinen"
"You have granted every wish of mine"
"Olet toteuttanut jokaisen toiveeni"

"I was a mouse and you gave me speech"
"Olin hiiri ja sinä annoit minulle puhekyvyn"
"But as a mouse my life was in danger"
"Mutta hiirenä henkeni oli vaarassa"
"You saved me by turning me into a cat"
"Pelastit minut muuttamalla minut kissaksi"
"But as a cat my life was no safer"
"Mutta kissana elämäni ei ollut yhtään turvallisempaa"
"And you helped me become a dog"
"Ja sinä autoit minua tulemaan koiraksi"
"But as a dog I had not enough to eat"
"Mutta koirana minulla ei ollut tarpeeksi syötävää"
"You provided for me again"
"Sinä elätit minua taas"
"And you turned my into a monkey"
"Ja sinä muutit minut apinaksi"
"I had all I could wish to eat"
"Söin niin paljon kuin halusin"
"But I had no way of cooling my body"
"Mutta minulla ei ollut mitään keinoa viilentää kehoani"
"You helped me with this too"
"Autoit minua tässäkin"
"And you turned me into a wild boar"
"Ja sinä muutit minut villisiaksi"
"Wild boars have a comfortable life"
"Villisioilla on mukava elämä"
"But they don't live without danger"
"Mutta he eivät elä ilman vaaraa"
"And again you protected me"
"Ja taas sinä suojelit minua"
"And you turned me into an elephant"
"Ja sinä muutit minut elefantiksi"
"Being an elephant has increased my bulk"
"Norsun rooli on kasvattanut kokoani"
"But being an elephant has not increased my happiness"
"Mutta norsuna oleminen ei ole lisännyt onnellisuuttani"
"I have one more boon to ask of you"

"Minulla on vielä yksi siunaus pyydettävänä sinulta"
"It will be the last boon I ask for"
"Se on viimeinen siunaus, jota pyydän"
"I see now who the happiest creature is"
"Näen nyt kuka on onnellisin olento"
"A queen is the happiest in the world"
"Kuningatar on maailman onnellisin"
"Holy father, please make me a queen"
"Pyhä isä, tee minusta kuningatar"
"Silly child," answered the Rishi.
"Tyhmä lapsi", vastasi rishi.
"How can I make you a queen!"
"Kuinka voin tehdä sinusta kuningattaren!"
"Where can I get a kingdom for you!"
"Mistä minä voisin hankkia sinulle valtakunnan?"
"Where would I find a royal husband!"
"Mistä minä löytäisin kuninkaallisen aviomiehen!"
But the Rishi was still patient.
Mutta rishi oli edelleen kärsivällinen.
"There is one thing I can do for you"
"Yhden asian voin tehdä hyväksesi"
"I can change you into a beautiful girl"
"Voin muuttaa sinut kauniiksi tytöksi"
"You will be as beautiful as a queen"
"Sinusta tulee yhtä kaunis kuin kuningatar"
"You will possess all the charms you need"
"Sinulla on kaikki tarvitsemasi viehätysvoima"
"Your charms can captivate a prince's heart"
"Viehätysvoimasi voi valloittaa prinssin sydämen"
"But you must wait for what the gods decide"
"Mutta sinun täytyy odottaa, mitä jumalat päättävät"
"They will grant you an interview"
"He antavat sinulle haastattelun"
"Tou will have your chance with a prince!"
"Saat tilaisuutesi prinssin kanssa!"
Our elephant agreed to the change.
Norsumme suostui muutokseen.

The beast was transformed by the Rishi.
Rishit muuttivat pedon.
And now she was a beautiful young lady.
Ja nyt hän oli kaunis nuori nainen.
The holy sage named her Postomani.
Pyhä viisas antoi hänelle nimen Postomani.
Her name meant 'the poppy-seed lady'.
Hänen nimensä tarkoitti 'unikonsiemennainen'.

Postomani lived in the Rishi's hut.
Postomani asui Rishin mökissä.
She spent her time tending the flowers.
Hän käytti aikansa kukkien hoitamiseen.
And she watered the plants in the garden.
Ja hän kasteli puutarhan kasveja.
One day she was sitting at the hut.
Eräänä päivänä hän istui mökissä.
The Rishi was at the holy Ganges.
Rishi oli pyhällä Gangesilla.
A richly dressed man came towards the cottage.
Ylellisesti pukeutunut mies tuli mökkiä kohti.
She stood up to welcome the man.
Hän nousi seisomaan tervehtiäkseen miestä.
And she asked the stranger who he was.
Ja hän kysyi muukalaiselta, kuka hän oli.
"What have you come for?" she asked.
"Mitä varten tulit?" hän kysyi.
"I have been on a hunt"
"Olen ollut metsästysretkellä"
"But we chased the deer in vain"
"Mutta me ajoimme peuroja takaa turhaan"
"Now I am thirsty from the heat"
"Nyt minua janottaa kuumuus"
"I thought that a Rishi lives here"
"Luulin, että täällä asuu rishi"
"I had come to ask him for water"
"Tulin pyytämään häneltä vettä"

"But now I see you live here"
"Mutta nyt näen sinun asuvan täällä"
Postomani answered the stranger.
Postomani vastasi muukalaiselle.
"Look upon this hut as your own"
"Pidä tätä mökkiä omanasi"
"I am sorry, but we are poor"
"Olen pahoillani, mutta me olemme köyhiä"
"We cannot offer you any entertainment"
"Emme voi tarjota teille mitään viihdettä"
"But let me make your visit comfortable"
"Mutta anna minun tehdä vierailustasi mukava"
"Because, I believe you are a king"
"Koska uskon sinun olevan kuningas"
"If I am not mistaken," she added.
"Jos en erehdy", hän lisäsi.
The stranger smiled in recognition.
Muukalainen hymyili tunnistavasti.

Postomani then brought a pot of water.
Sitten Postomani toi kannullisen vettä.
She went to wash her royal guest's feet.
Hän meni pesemään kuninkaallisen vieraansa jalkoja.
But the visitor did not let her do this.
Mutta vieras ei antanut hänen tehdä tätä.
"Holy maid, do not touch my feet"
"Pyhä neito, älä koske jalkoihini"
"I am only a Kshatriya," he confessed.
"Olen vain kšatrija", hän tunnusti.
"And you are the daughter of a holy sage"
"Ja sinä olet pyhän viisaan tytär"
"Noble sir;" Postomani begun to confess.
"Arvoisa herra", Postomani alkoi tunnustaa.
"I am not the daughter of the Rishi"
"En ole Rishin tytär"
"And am I not a Brahmani girl either"
"Enkö minäkään ole brahmanityttö?"

"There is no harm in me touching your feet"
"Ei ole mitään pahaa, jos kosken jalkoihisi"
"Besides, you are my guest"
"Sitä paitsi, olet minun vieraani"
"And I am bound to wash your feet"
"Ja minun on pestävä teidän jalkanne"
"Forgive my impertinence," the king wished.
"Anna anteeksi röyhkeyteni", kuningas toivoi.
"What caste do you belong to?" he asked.
"Mihin kastiin sinä kuulut?" hän kysyi.
"I only know what the sage told me"
"Tiedän vain sen, mitä viisas minulle kertoi"
"I heard my parents were Kshatriyas"
"Kuulin, että vanhempani olivat kšatriyoja"
The stranger wanted to know more.
Muukalainen halusi tietää lisää.
"May I ask whether your father was a king!"
"Saanko kysyä, oliko isäsi kuningas!"
"You have an uncommon beauty," he said.
"Sinulla on epätavallinen kauneus", hän sanoi.
"And you possess a stately demeanor"
"Ja sinulla on arvokas olemus"
"These qualities cannot be worked for"
"Näitä ominaisuuksia ei voi työstää "
"It shows that you were born a princess"
"Se osoittaa, että olet syntynyt prinsessaksi"
Postomani avoided answering the question.
Postomani vältti vastaamasta kysymykseen.
Instead she went inside the hut.
Sen sijaan hän meni mökkiin sisälle.
She brought out a tray of delicious fruits.
Hän toi esiin tarjottimen herkullisia hedelmiä.
And she set the fruits before the king.
Ja hän asetti hedelmät kuninkaan eteen.
The king, however, did not touch the fruits.
Kuningas ei kuitenkaan koskenut hedelmiin.
He waited until his question was answered.

Hän odotti, kunnes hänen kysymykseensä vastattiin.
"I only know what the holy sage says"
"Tiedän vain mitä pyhä viisas sanoo"
"He says that my father was a king"
"Hän sanoo, että isäni oli kuningas"
"But he was overcome in a battle"
"Mutta hänet voitettiin taistelussa"
"So he, with my mother, fled into the woods"
"Niinpä hän pakeni äitini kanssa metsään"
"My poor father was eaten by a tiger"
"Tiikeri söi raukan isäni"
"My mother closed her eyes as I opened mine"
"Äitini sulki silmänsä, kun minä avasin omani"
"There was a bee-hive on the tree"
"Puussa oli mehiläispesä"
"I lay at the foot of that tree"
"Makasin tuon puun juurella"
"Drops of honey fell into my mouth"
"Hunajapisaroita putosi suuhuni"
"The honey maintained the spark inside me"
"Hunaja piti sisälläni kipinän yllä"
"And then the kind Rishi found me"
"Ja sitten sellainen Rishi löysi minut"
"The holy sage brought me into his hut"
"Pyhä viisas vei minut mökkiinsä"
"This is the simple story of this wretched girl"
"Tämä on tämän kurjan tytön yksinkertainen tarina"
"The girl who now stands before the king"
"Tyttö, joka nyt seisoo kuninkaan edessä"
"Call not yourself wretched," replied the king.
– Älä kutsu itseäsi kurjaksi, vastasi kuningas.
"You are the most beautiful of women"
"Olet naisista kaunein"
"And you are the loveliest of women"
"Ja sinä olet naisista kaunein"
"You would adorn the grandest palaces"
"Sinä koristelisit mahtavimmat palatsit"

Postomani had gotten her interview.
Postomani oli saanut haastattelunsa.
She fell in love with the king.
Hän rakastui kuninkaaseen.
And the king fell in love with her.
Ja kuningas rakastui häneen.
The Rishi joined them in marriage.
Rishit liittyivät heidän kanssaan avioliitossa.
Postomani became the king's favourite queen.
Postomanista tuli kuninkaan suosikkikuningatar.
And the former queen was in disgrace.
Ja entinen kuningatar oli häpeässä.
But Postomani's happiness was short-lived.
Mutta Postomanin onni oli lyhytaikaista.
One day as she was standing by a well.
Eräänä päivänä hän seisoi kaivon vieressä.
She was overcome by a moment of giddiness.
Hänet valtasi hetken huimaus.
Fortune had her fall into the water.
Onni pudotti hänet veteen.
And she died in the water of the well.
Ja hän kuoli kaivon veteen.
The Rishi then came to the king.
Sitten rishi tuli kuninkaan luo.
"O king, grieve not over the past"
"Oi kuningas, älä sure menneitä"
"What is fixed by fate must come to pass"
"Mitä kohtalo on määrännyt, sen täytyy tapahtua"
"The queen drowned in your well"
"Kuningatar hukkui kaivoosi"
"But she was not of royal blood"
"Mutta hän ei ollut kuninkaallista sukua"
"She was born to a family of mice"
"Hän syntyi hiiriperheeseen"
"Each evening she came to my hut"
"Joka ilta hän tuli mökilleni"

"And I gave her the power of speech"
"Ja minä annoin hänelle puhekyvyn"
"With speech she could express her wishes"
"Puheella hän saattoi ilmaista toiveensa"
"I changed her according to her wishes"
"Muutin hänet hänen toiveidensa mukaan"
"As a mouse she feared the cat"
"Hiirenä hän pelkäsi kissaa"
"And so I changed her into a cat"
"Ja niin minä muutin hänet kissaksi"
"As a cat she feared the dogs"
"Kissana hän pelkäsi koiria"
"And so I changed her into a dog"
"Ja niin minä muutin hänet koiraksi "
"As a dog she had not enough to eat"
"Koirana hänellä ei ollut tarpeeksi syötävää"
"And so I changed her into a monkey"
"Ja niin minä muutin hänet apinaksi"
"As a monkey she couldn't bear the heat"
"Apinana hän ei kestänyt kuumuutta"
"And so I changed her into a wild boar"
"Ja niin minä muutin hänet villisiaksi"
"As a boar her life was not safe"
"Villisiana hänen elämänsä ei ollut turvallinen"
"And so I changed her into an elephant"
"Ja niin minä muutin hänet elefantiksi"
"That was the elephant you caught"
"Se oli se norsu, jonka sait kiinni"
"But as an elephant she was not loved"
"Mutta norsuna häntä ei rakastettu"
"And so I changed her one last time"
"Ja niin minä muutin hänet viimeisen kerran"
"I changed her into a beautiful girl"
"Muutin hänet kauniiksi tytöksi"
"That is the girl that you married"
"Tuo on se tyttö, jonka kanssa menit naimisiin"
"And that is the girl that drowned"

"Ja tuo on se tyttö, joka hukkui"
"Take into favor your former queen"
"Ota entistä kuningatartasi suosioon"
"And don't worry for my daughter"
"Ja älä huoli tyttärestäni"
"I will make her name immortal"
"Teen hänen nimestään kuolemattoman"
"Let her body remain in the well"
"Anna hänen ruumiinsa pysyä kaivossa"
"Fill the well up with earth"
"Täytä kaivo maalla"
"In her flesh there is a seed"
"Hänen ruumiissaan on siemen"
"From her bones a tree will grow"
"Hänen luistaan kasvaa puu"
"We will name this tree after her"
"Nimeämme tämän puun hänen mukaansa"
"The tree shall be called 'Posto'"
"Puuta kutsutaan nimellä 'Posto'"
"This means 'the Poppy tree'"
"Tämä tarkoittaa 'unikkopuuta'"
"From this tree there will come a drug"
"Tästä puusta tulee lääke"
"This drug will be called opium"
"Tätä huumetta kutsutaan oopiumiksi"
"Opium will be a powerful medicine"
"Oopiumista tulee tehokas lääke"
"People will consume opium in every epoch"
"Ihmiset kuluttavat oopiumia kaikkina aikakausina"
"Opium will either be swallowed or smoked"
"Oopiumia joko niellään tai poltetaan"
"And opium will be a wonderful narcotic"
"Ja oopiumista tulee ihana huumausaine"
"Opium will be used till the end of time"
"Oopiumia käytetään maailman loppuun asti"
"You will recognize the opium smoker"
"Tunnet oopiumin polttajan"

"He will have many different qualities"
"Hänellä tulee olemaan monia erilaisia ominaisuuksia"
"One quality for each of the animals"
"Yksi ominaisuus jokaiselle eläimelle"
"The animals which Postomani had lived as"
"Eläimet, joilla Postomani oli elänyt"
"He will be mischievous, like a mouse"
"Hän on ilkikurinen kuin hiiri"
"He will be fond of milk, like a cat"
"Hän pitää maidosta kuin kissa"
"He will be quarrelsome, like a dog"
"Hän on riitaisa kuin koira"
"He will be filthy, like a monkey"
"Hänestä tulee likainen kuin apina"
"He will be savage, like a boar"
"Hän on villi kuin villisika"
"He will be confident, like an elephant"
"Hän on itsevarma kuin norsu"
"And he will be high-tempered, like a queen"
"Ja hän on ärtyisä, kuin kuningatar"

Strike, but Listen First
Lyö, mutta kuuntele ensin

There was once a king who had three sons.
Olipa kerran kuningas, jolla oli kolme poikaa.
His royal subjects came to him one day and said;
Hänen kuninkaalliset alamaisensa tulivat hänen luokseen
eräänä päivänä ja sanoivat;
"Oh incarnation of justice! hear our plea"
"Oi oikeudenmukaisuuden ruumiillistuma! kuule
pyyntömme!"
"The kingdom is infested with thieves and robbers"
"Valtakunta on täynnä varkaita ja ryöstäjiä"
"Our property is not safe from their thievery"
"Kiinteistömme ei ole turvassa heidän varkauksilta"
"We pray your majesty to catch hold of these thieves"
"Rukoilemme, että majesteettinne ottaisi kiinni nämä varkaat"
"We beg you punish them to the full extent of the law"
"Pyydämme teitä rankaisemaan heitä lain täydellä
ankaruudella"
The king said to his sons, "Oh, my sons, I am old"
Kuningas sanoi pojilleen : "Voi, poikani, minä olen vanha"
"But you are all in the prime of manhood"
"Mutta te olette kaikki miehuuden parhaassa iässä"
"How is it that my kingdom is full of thieves?"
"Kuinka valtakuntani on täynnä varkaita?"
"I look to you to catch hold of these thieves"
"Odotan sinun ottavan kiinni nämä varkaat"
The three princes then made up their minds.
Sitten kolme prinssiä tekivät päätöksensä.
They were going to patrol the city every night.
Heidän oli tarkoitus partioida kaupunkia joka yö.
They set up a watch out in the outskirts of the city.
He pystyttivät vartioaseman kaupungin laitamille.
The early part of the night had arrived.
Yön alku oli koittanut.
So the eldest prince took on his duties.

Niinpä vanhin prinssi otti tehtävänsä hoitaakseen.
He rode upon his horse through the whole city.
Hän ratsasti hevosellaan läpi koko kaupungin.
But did not see a single thief anywhere he looked.
Mutta ei nähnyt ainuttakaan varasta missään minne katsoi.
He came back to the policing station.
Hän palasi takaisin poliisiasemalle.
The middle part of the night had arrived.
Yön keskiosa oli saapunut.
So the second prince took on his duties.
Niinpä toinen prinssi otti tehtävänsä hoitaakseen.
And he too rode through every part of the city.
Ja hänkin ratsasti kaupungin jokaisen osan läpi.
But he did not see or hear of a single thief.
Mutta hän ei nähnyt eikä kuullut yhdestäkään varasta.
He came also back to the policing station.
Hän palasi myös poliisiasemalle.
The latter part of the night had arrived.
Illan loppupuoli oli koittanut.
So the youngest prince took on his duties.
Niinpä nuorin prinssi otti tehtävänsä hoitaakseen.
He went near the gate of his father's palace.
Hän meni lähelle isänsä palatsin porttia.
There he saw a beautiful woman leaving the palace.
Siellä hän näki kauniin naisen poistuvan palatsista.
The prince asked the woman, "who are you?"
Prinssi kysyi naiselta: "Kuka sinä olet?"
"Where are you going at this hour of the night?"
"Minne sinä menet tähän aikaan yöstä?"
The woman answered the young prince.
Nainen vastasi nuorelle prinssille.
"I am Rajlakshmi, the guardian deity of this palace"
"Olen Rajlakshmi, tämän palatsin suojelusjumala."
"The king will be killed this night"
"Kuningas tapetaan tänä yönä"
"I am therefore not needed here"
"Siksi minua ei täällä tarvita"

"And that is why I am going away"
"Ja siksi minä lähden pois"
The prince did not know what to make of this message.
Prinssi ei tiennyt, mitä ajatella tästä viestistä.
After a moment's reflection he said to the goddess;
Hetken mietittyään hän sanoi jumalattarelle:
"But, suppose the king is not killed tonight"
"Mutta entä jos kuningasta ei tapeta tänä iltana"
"Have you any objection to return to the palace?"
"Onko teillä mitään vastalauseita palata palatsiin?"
"I have no objection," replied the goddess.
"Minulla ei ole mitään sitä vastaan", vastasi jumalatar.
The prince then begged the goddess to go back.
Sitten prinssi pyysi jumalatarta palaamaan.
And he promised to do his best to protect the king.
Ja hän lupasi tehdä parhaansa suojellakseen kuningasta.
Then the goddess entered the palace again.
Sitten jumalatar astui jälleen palatsiin.
Within a moment she disappeared into the palace.
Hetken kuluttua hän katosi palatsiin.

The prince went straight into the palace too.
Prinssi meni myös suoraan palatsiin.
And he went into the bedroom of his royal father.
Ja hän meni kuninkaallisen isänsä makuuhuoneeseen.
There his father lay immersed in deep sleep.
Siellä hänen isänsä makasi syvässä unessa.
The king had a second, younger wife.
Kuninkaalla oli toinen, nuorempi vaimo.
This woman was the stepmother of our prince.
Tämä nainen oli prinssimme äitipuoli.
She was sleeping in another bed in the room.
Hän nukkui toisessa sängyssä huoneessa.
There was a light that was burning dimly.
Siellä paloi himmeästi valo.
But then the prince saw something that surprised him!
Mutta sitten prinssi näki jotakin, mikä yllätti hänet!

A huge cobra going round and round the golden bedstead.
Valtava kobra juoksee ympäri kultaista vuoteenpäätyä.
The bedstead on which his father was sleeping.
Sänky, jolla hänen isänsä nukkui.
The prince with his sword cut the serpent in two.
Prinssi leikkasi miekallaan käärmeen kahtia.
But he was not satisfied with killing the cobra.
Mutta hän ei tyytynyt tappamaan kobran.
So he cut the cobra up into a hundred pieces.
Niinpä hän paloitteli kobran sadaksi palaksi.
And he put the pieces of the cobra inside a pan.
Ja hän pani kobran palat pannuun.
But while cutting the cobra a misfortune happened.
Mutta kobraa leikatessa tapahtui onnettomuus.
A drop of blood fell on the breast of his stepmother.
Veripisara putosi hänen äitipuolensa rinnalle.
The prince was in great distress by what had happened.
Prinssi oli tapahtuneen vuoksi hyvin hämmentynyt.
"I have saved my father, but killed my stepmother"
"Pelastin isäni, mutta tapoin äitipuoleni"
How could he remove the drop of blood from her breast?
Kuinka hän voisi poistaa veripisaran hänen rinnastaan?
He wrapped round his tongue a piece of cloth sevenfold.
Hän kietoi kielensä ympärille seitsemänkertaisen
kankaanpalan.
And with the cloth he licked up the drop of blood.
Ja liinalla hän nuoli veripisaran.
But his stepmother's sleep was not so deep.
Mutta hänen äitipuolensa uni ei ollut niin syvä.
And in his attempt to save her he awoke her.
Ja yrittäessään pelastaa hänet hän herätti hänet.
When opening her eyes she saw it was her stepson.
Avatessaan silmänsä hän näki, että se oli hänen
poikapuolensa.
The young prince rushed out of the room.
Nuori prinssi ryntäsi ulos huoneesta.
The queen, hated her stepson, the youngest prince.

Kuningatar vihasi poikapuoltaan, nuorinta prinssiä.
And she had every intention to ruin his reputation.
Ja hänellä oli kaikki aikomukset pilata hänen maineensa.
She called out to her husband, "My lord, my lord"
Hän huusi miehelleen: "Herrani, herrani"
"Are you awake? are you awake? Rouse yourself up"
"Oletko hereillä? Oletko hereillä? Herää itsesi"
"Here is a nice piece of news for you"
"Tässä on sinulle hyviä uutisia"
The king on awaking inquired what the matter was.
Herättyään kuningas kysyi, mikä oli hätänä.
"What the matter is, my lord, let me tell you"
"Mikä hätänä on, herrani, kerronpa teille"
"Your worthy son was just here in this room"
"Arvoisa poikasi oli juuri täällä tässä huoneessa"
"The youngest prince, of whom you speak so highly"
"Nuorin prinssi, josta puhut niin ylistävästi"
"I caught him in the act of touching my breast"
"Sain hänet kiinni itse koskettamassa rintaani"
"I don't doubt he came with wicked intents"
"En epäile, etteikö hän olisi tullut pahoin aikein"
The king was horror-struck by what he heard.
Kuningas kauhistui kuulemastaan.
The prince went back to where his brothers kept watch.
Prinssi palasi takaisin sinne, missä hänen veljensä pitivät
vahtia.
But he told them nothing of what had happened.
Mutta hän ei kertonut heille mitään siitä, mitä oli tapahtunut.

Early in the morning the king called his eldest son.
Varhain aamulla kuningas kutsui vanhimman poikansa.
"I entrust my life and my honor to men"
"Uskon elämäni ja kunniani ihmisten käsiin"
"But what if one of these men prove faithless?
"Mutta entä jos yksi näistä miehistä osoittautuu
uskottomaksi?"
"How should such a man be punished?"

"Miten tuollaista miestä pitäisi rangaista?"
The eldest prince replied to his father, the king.
Vanhin prinssi vastasi isälleen, kuninkaalle.
"Doubtless such a man's head should be cut off"
"Epäilemättä tuollaisen miehen pää pitäisi katkaista"
"But first you should establish the facts"
"Mutta ensin sinun pitäisi selvittää tosiasiat"
"You must see whether the man is really faithless"
"Sinun täytyy nähdä, onko mies todella uskoton"
"What do you mean?" inquired the king.
"Mitä tarkoitat?" kysyi kuningas.
"Let your majesty be pleased to listen"
"Teidän majesteettinne kuulkoon mielellään"
Once upon on a time there lived a goldsmith.
Olipa kerran kultaseppä.
This goldsmith had a son who had a wife.
Tällä kultasepällä oli poika, jolla oli vaimo.
His wife had the rare faculty of understanding beasts.
Hänen vaimollaan oli harvinainen kyky ymmärtää eläimiä.
But she never told anyone about her uncommon gift.
Mutta hän ei koskaan kertonut kenellekään epätavallisesta
lahjastaan.
Not even her husband knew she could understand animals.
Edes hänen miehensä ei tiennyt, että hän pystyi
ymmärtämään eläimiä.
One night she was lying in bed beside her husband.
Eräänä iltana hän makasi sängyssä miehensä vieressä.
From the river by their house she heard a jackal howl.
Hän kuuli sakaalin ulvonnan joesta heidän talonsa läheltä.
"There goes a carcass floating on the river"
"Tuolla kelluu ruho joessa"
"There's a diamond ring on the dead man's finger"
"Kuolleen miehen sormessa on timanttisormus"
"Will anyone take the ring and give me the corpse?"
"Ottaisiko joku sormuksen ja antaisi minulle ruumiin?"
The woman understood the jackal's language.
Nainen ymmärsi sakaalin kieltä.

She got up from bed and went to the river-side.
Hän nousi sängystä ja meni joen rannalle.
The husband had not been in deep sleep.
Mies ei ollut nukkunut syvää unta.
So with his wife's movements he woke up too.
Niinpä vaimonsa liikkeiden myötä hänkin heräsi.
And he followed his wife to see where she went.
Ja hän seurasi vaimoaan nähdäkseen, minne tämä meni.
But he kept his distance, so that he could observe her.
Mutta hän pysytteli etäällä, jotta pystyi tarkkailemaan häntä.
The woman went into the water next to their house.
Nainen meni veteen heidän talonsa vieressä.
She tugged the floating corpse towards the shore.
Hän veti kelluvan ruumiin rantaa kohti.
And she saw the diamond ring on the finger.
Ja hän näki timanttisormuksen sormessaan.
She was unable to loosen the ring with her hand.
Hän ei pystynyt löysäämään rengasta kädellään.
Because the fingers of the dead body had swelled.
Koska kuolleen ruumiin sormet olivat turvonneet.
So she bit off the finger with her teeth.
Niinpä hän puri sormen irti hampaillaan.
And she put the dead body upon land, for the jackal.
Ja hän laski ruumiin maihin sakaalia varten.
Then she returned to bed, where her husband already was.
Sitten hän palasi sänkyyn, missä hänen miehensä jo oli.
The young goldsmith lay almost petrified with fear.
Nuori kultaseppä makasi lähes kauhusta jähmettyneenä.
He was convinced he was lying next to a Rakshasi.
Hän oli vakuuttunut makaavansa rakshasin vieressä.
He spent the rest of the night tossing in his bed.
Hän vietti loppuyön pyörien sängyssään.
And early in the morning spoke to his father.
Ja varhain aamulla hän puhui isälleen.
"The woman thou hast given me is not a real woman"
"Nainen, jonka annoit minulle, ei ole oikea nainen"
"The woman thou hast given me to wife is a Rakshasi"

"Nainen, jonka annoit minulle vaimoksi, on rakshasi"
"Last night I was lying in bed with her"
"Viime yönä makasin sängyssä hänen kanssaan"
"By the river I heard the howl of a jackal"
"Joen varrella kuulin sakaalin ulvonnan"
"My wife too, heard the howl of the jackal"
"Vaimonikin kuuli sakaalin ulvonnan"
"Thinking I was asleep; she went towards the howl"
"Luullen minun nukkuvan; hän meni ulvonnan suuntaan"
"I was surprised to see her go out of bed alone"
"Yllätyin nähdessäni hänen nousevan sängystä yksin"
"Suspecting some sort of evil, I followed her outside"
"Epäillen jonkinlaista pahaa, seurasin häntä ulos"
"But she could not see that I had followed her"
"Mutta hän ei voinut nähdä, että olin seurannut häntä"
"What did she do, do you think? O horror of horrors!"
"Mitä hän teki, arveletko? Oi kauhujen kauhu!"
"From the stream she dragged a dead body out"
"Hän veti purosta ruumiin esiin"
"And what do you think she did with the dead body?"
"Ja mitä luulet hänen tehneen ruumiille?"
"She wasted no time devouring the dead man!"
"Hän ei tuhlannut aikaa ahmiessaan kuollutta miestä!"
"All this I had the misfortune to see with my own eyes"
"Kaiken tämän minulla oli epäonne nähdä omin silmin"
"While she feasted on the carcass I went back to bed"
"Hänen herkutellessaan ruholla minä menin takaisin
nukkumaan"
"In a few minutes she also returned to bed"
"Muutamassa minuutissa hänkin palasi sänkyyn"
"She bolted the door shut, and lay beside me"
"Hän paiskasi oven kiinni ja makasi viereeni"
"Oh my father, how can I live with a Rakshasi?"
"Voi isäni, kuinka voin elää Rakshasin kanssa?"
"She will certainly kill me and eat me up one night"
"Hän varmasti tappaa minut ja syö minut jonain yönä"
You can imagine the shock of the old goldsmith.

Voit kuvitella vanhan kultasepän järkytyksen.
Both father and son agreed about what should be done.
Sekä isä että poika olivat yhtä mieltä siitä, mitä pitäisi tehdä.
The woman should be taken deep into the forest.
Nainen pitäisi viedä syvälle metsään.
And she should be left for wild beasts to devoured.
Ja hänet pitäisi jättää villieläinten syötäväksi.
Accordingly, the young goldsmith spoke to his wife.
Niinpä nuori kultaseppä puhui vaimolleen.
"My dear love," he said to his wife.
"Rakas rakkaani", hän sanoi vaimolleen.
"You had better not cook much this morning"
"Sinun on parempi olla laittamatta paljoa ruokaa tänä aamuna"
"Boil a little rice and burn a brinjal"
"Keitä vähän riisiä ja polta brinjal"
"Because today we are going to see your parents"
"Koska tänään menemme tapaamaan vanhempiasi"
"Your mother and father are dying to see you"
"Äitisi ja isäsi odottavat innolla näkevänsä sinut"
The woman was full of joy at the unexpected news.
Nainen oli täynnä iloa odottamattomasta uutisesta.
She loved returning to her father's house.
Hän rakasti palata isänsä luokse.
And she finished the cooking in no time.
Ja hän sai ruoanlaiton valmiiksi hetkessä.
The husband and wife snatched a hasty breakfast.
Mies ja vaimo söivät kiireesti aamiaisen.
And soon after breakfast they started their journey.
Ja pian aamiaisen jälkeen he aloittivat matkansa.
The way to her father's house was through dense jungle.
Tie hänen isänsä luokse kulki tiheän viidakon läpi.
It was the perfect place to abandon his wife.
Se oli täydellinen paikka hylätä vaimo.
She was bound to be eaten up by wild beasts there.
Villieläimet söisivät hänet siellä varmasti.
But while they were walking the woman heard a snake.

Mutta heidän kävellessään nainen kuuli käärmeen äänen.
"Oh passer-by, in yonder hole there is a frog"
"Oi ohikulkija, tuolla kolassa on sammakko"
"How thankful I would be if you caught the frog"
"Kuinka kiitollinen olisinkaan, jos saisit sammakon kiinni"
"And the hole is full of gold and precious stones"
"Ja reikä on täynnä kultaa ja jalokiviä"
"Give me the frog, and take the treasure for yourself"
"Anna minulle sammakko ja ota aarre itsellesi"
The woman forthwith went to the frog's hole.
Nainen meni heti sammakonkoloon.
And she began digging the hole with a stick.
Ja hän alkoi kaivaa kuoppaa kepillä.
The young goldsmith was now quaking with fear.
Nuori kultaseppä vapisi nyt pelosta.
He thought his Rakshasi-wife was about to kill him.
Hän luuli Rakshasi-vaimonsa tappavan hänet.
And then his wife called for him to help her.
Ja sitten hänen vaimonsa huusi hänelle apua.
"Take all this gold and these precious stones"
"Ota kaikki tämä kulta ja nämä kallisarvoiset kivet"
The goldsmith did not understand her request.
Kultaseppä ei ymmärtänyt hänen pyyntöään.
Timidly he went to where she had dug the hole.
Arasti hän meni sinne, mihin nainen oli kaivanut kuopan.
But he was infinitely surprised by what he saw.
Mutta hän oli äärettömän yllättynyt näkemästään.
The hole was full of gold and precious stones.
Kuoppa oli täynnä kultaa ja jalokiviä.
"How did you know there was a treasure here?"
"Mistä tiesit, että täällä on aarre?"
And finally his wife told him of her gift.
Ja lopulta hänen vaimonsa kertoi hänelle lahjastaan.
"I can understand all the beasts in the forest"
"Ymmärrän kaikkia metsän eläimiä"
"Just over there, there is a snake coiled up"
"Tuolla tuolla on käärme kietoutunut"

"She had told me there was a treasure here"
"Hän oli kertonut minulle, että täällä oli aarre"
The husband now felt very blessed with his wife.
Mies tunsi nyt olevansa hyvin onnekas vaimonsa kanssa.
"My love, it has gotten very late today"
"Rakas, tänään on jo liian myöhä"
"I don't think we will reach your father's house"
"En usko, että pääsemme isäsi luo."
"Nightfall will catch us before we get there"
"Yö yllättää meidät ennen kuin pääsemme perille"
"If we stay we might be devoured by wild beasts"
"Jos jäämme, villipedot saattavat nielaista meidät"
"I propose therefore that we both return home"
"Ehdotan siis, että me molemmat palaamme kotiin"
You can imagine the wife's disappointment.
Voit kuvitella vaimon pettymyksen.
But she agreed with her husband's assessment.
Mutta hän oli samaa mieltä miehensä arviosta.
It took them a long time to reach home.
Heillä kesti kauan päästä kotiin.
They were laden with a large quantity of gold.
He olivat lastattuina suurella määrällä kultaa.
And they were carrying many precious stones.
Ja heillä oli mukanaan paljon kallisarvoisia kiviä.
But eventually the got close to their home.
Mutta lopulta he pääsivät lähelle kotiaan.
"My dear, go by the back door," said the goldsmith.
"Rakas, mene takaovesta", sanoi kultaseppä.
"I will go by the front door and see my father"
"Käyn etuovesta sisään ja tapaan isääni"
"And I will show him all this treasure"
"Ja minä näytän hänelle kaikki nämä aarteet"
So she entered the house by the back door.
Niinpä hän meni taloon takaovesta.
But the old goldsmith had reason to be there too.
Mutta vanhalla kultasepälläkin oli syy olla siellä.
He had gone there to collect a hammer.

Hän oli mennyt sinne hakemaan vasaraa.
The old goldsmith saw his Rakshasi daughter-in-law.
Vanha kultaseppä näki rakshasi-miniänsä.
He concluded she had swallowed up his son.
Hän päätteli, että nainen oli niellyt hänen poikansa.
And he therefore struck her with the hammer.
Ja siksi hän löi häntä vasaralla.
The blow immediately killed his daughter-in-law.
Isku tappoi välittömästi hänen miniänsä.
At that moment the son came into the house.
Sillä hetkellä poika tuli taloon.
But it was too late for him to explain.
Mutta hänen oli liian myöhäistä selittää.
And so the eldest prince's story concluded.
Ja niin vanhimman prinssin tarina päättyi.
"You might have to cut a man's head off"
"Saatat joutua katkaisemaan miehen pään"
"But first you should establish the facts"
"Mutta ensin sinun pitäisi selvittää faktat"
"You must see whether the man is really faithless"
"Sinun täytyy nähdä, onko mies todella uskoton"

The king then called his second son to him.
Sitten kuningas kutsui toisen poikansa luokseen.
"I entrust my life and my honor to men"
"Uskon elämäni ja kunniani ihmisten käsiin"
"But what if one of these men prove faithless?
"Mutta entä jos yksi näistä miehistä osoittautuu
uskottomaksi?"
"How should such a man be punished?"
"Miten tuollaista miestä pitäisi rangaista?"
The second prince replied to his father, the king.
Toinen prinssi vastasi isälleen, kuninkaalle.
"Doubtless such a man's head should be cut off"
"Epäilemättä tuollaisen miehen pää pitäisi katkaista"
"But first you should establish the facts"
"Mutta ensin sinun pitäisi selvittää faktat"

"What do you mean?" inquired the king.

"Mitä tarkoitat?" kysyi kuningas.

"Let your majesty be pleased to listen"

"Teidän majesteettinne kuulkoon mielellään"

Once upon a time there reigned a king.

Olipa kerran kuningas.

This king was very fond of going out hunting.

Tämä kuningas piti kovasti metsästyksestä.

One day his horse took him into a dense forest.

Eräänä päivänä hänen hevosensa vei hänet tiheään metsään.

He went far from his followers, deep into the woods.

Hän meni kauas seuraajistaan, syvälle metsään.

He rode on and on through the endless, quiet forest.

Hän ratsasti eteenpäin ja eteenpäin läpi loputtoman, hiljaisen metsän.

He saw neither villages nor towns, only trees.

Hän ei nähnyt kyliä eikä kaupunkeja, vain puita.

On the long, lonely journey he became very thirsty.

Pitkällä ja yksinäisellä matkalla hänestä tuli hyvin janoinen.

He could see no pond, nor lake, nor stream.

Hän ei nähnyt lampea, järveä eikä puroa.

But then he saw something dripping from a tree.

Mutta sitten hän näki puusta tippuvan jotain.

He concluded it was rainwater resting in a cavity.

Hän päätteli sen olevan onteloon leijuvaa sadevettä.

He stood on horseback beneath the tree, cup in hand.

Hän seisoi hevosen selässä puun alla, kuppi kädessään.

He caught the drops slowly dripping into the small cup.

Hän näki pisaroiden hitaasti tippuvan pieneen kuppiin.

The water, however, was not rain from the sky.

Vesi ei kuitenkaan ollut taivaalta satanutta sadetta.

A huge cobra sat on top of the tall tree.

Korkean puun latvassa istui valtava kobra.

The snake had struck the tree in rage with its sharp fangs.

Käärme oli raivoissaan lyönyt puuta terävillä hampaillaan.

The snake's poison came out and fell downward in heavy drops.

Käärmeen myrkky pursui ulos ja putosi alas raskaina
pisaroina.
The king thought the falling liquid was simple rainwater.
Kuningas luuli putoavan nesteen olevan yksinkertaista
sadevettä.
The horse sensed the danger and tried to warn him.
Hevonen aisti vaaran ja yritti varoittaa häntä.
The cup was nearly filled with the deadly snake-poison.
Kuppi oli melkein täynnä tappavaa käärmeenmyrkkyä.
The king raised the cup and prepared to drink.
Kuningas nosti maljan ja valmistautui juomaan.
But the horse moved wildly, with the king on its back.
Mutta hevonen liikkui villisti, kuningas selässään.
The cup fell from his hand, and the poison spilled.
Kuppi putosi hänen kädestään, ja myrkky läikkyi.
The king became angry and struck the horse's neck.
Kuningas suuttui ja löi hevosta kaulaan.
The blow from the sword immediately killed his horse.
Miekan isku tappoi välittömästi hänen hevosensa.
And so the second prince's story concluded.
Ja niin toisen prinssin tarina päättyi.
"You might have to cut a man's head off"
"Saatat joutua katkaisemaan miehen pään"
"But first you should establish the facts"
"Mutta ensin sinun pitäisi selvittää faktat"
"You must see whether the man is really faithless"
"Sinun täytyy nähdä, onko mies todella uskoton"

The king then called to him his third youngest son.
Sitten kuningas kutsui luokseen kolmanneksi nuorimman
poikansa.
"I entrust my life and my honor to men"
"Uskon elämäni ja kunniani ihmisten käsiin"
"But what if one of these men prove faithless?
"Mutta entä jos yksi näistä miehistä osoittautuu
uskottomaksi?"
"How should such a man be punished?"

"Miten tuollaista miestä pitäisi rangaista?"
"Doubtless such a man's head should be cut off"
"Epäilemättä tuollaisen miehen pää pitäisi katkaista"
"But first you should establish the facts"
"Mutta ensin sinun pitäisi selvittää faktat"
"What do you mean?" inquired the king.
"Mitä tarkoitat?" kysyi kuningas.
"Let your majesty be pleased to listen"
"Teidän majesteettinne kuulkoon mielellään"
Once long ago there reigned a wise and noble king.
Kauan sitten, kauan sitten, eli viisas ja jalo kuningas.
In his palace he kept a bird of Suka species.
Palatsissaan hän piti Suka-suvun lintua.
One day the bird went out flying into the fields.
Eräänä päivänä lintu lensi pellolle.
There he saw his father and mother calling from above.
Siellä hän näki isänsä ja äitinsä huutavan ylhäältä.
They asked him to come visit them in their nest.
He pyysivät häntä tulemaan käymään heidän pesässään.
The nest was far away in a distant hidden land.
Pesä oli kaukana kaukaisessa, kätketyssä maassa.
The Suka said, "I'll come if I get king's leave"
Suka sanoi: "Tulen, jos saan kuninkaalta luvan"
"I'll speak to the king today and return tomorrow"
"Puhun kuninkaan kanssa tänään ja palaan huomenna "
"Please wait at this same spot in the morning"
"Odota aamulla samassa paikassa"
That very day, Suka spoke with the gentle, kind king.
Juuri sinä päivänä Suka puhui lempeän ja ystävällisen
kuninkaan kanssa.
The king gave permission for the bird to leave.
Kuningas antoi linnulle luvan lähteä.
Although he was sad to part with his bird.
Vaikka hän oli surullinen erotessaan linnustaan.
The next morning, Suka met his parents again.
Seuraavana aamuna Suka tapasi vanhempansa uudelleen.
He flew with them to their nest on a tall tree.

Hän lensi heidän kanssaan pesäänsä korkeaan puuhun.
The three birds lived together happily in peaceful joy.
Kolme lintua eli onnellisina yhdessä rauhallisissa väleissä.
They stayed like this for a fortnight of lovely days.
He pysyivät näin kahden viikon ajan ihanien päivien ajan.
But even those quiet and pleasant days had to end.
Mutta jopa noiden hiljaisten ja miellyttävien päivien oli
loputtava.
Suka said, "Beloved parents, the king gave me two weeks"
Suka sanoi: "Rakkaat vanhemmat, kuningas antoi minulle
kaksi viikkoa"
"That time is now over, so I must return tomorrow"
"Se aika on nyt ohi, joten minun on palattava huomenna"
His father and mother agreed and blessed his decision.
Hänen isänsä ja äitinsä olivat samaa mieltä ja siunasivat hänen
päätöksensä.
They told him to carry a gift for the king.
He käskivät hänen viedä lahjan kuninkaalle.
After some talk, they chose some fruit as a gift.
Juteltuaan he valitsivat lahjaksi hedelmiä.
The fruit had grown from the Immortality Tree.
Hedelmä oli kasvanut kuolemattomuuden puusta.
Early the next morning, Suka went to the tree.
Seuraavana aamuna varhain Suka meni puun luo.
And he plucked a magical glowing fruit.
Ja hän poimi maagisen hehkuvan hedelmän.
He held the fruit gently in his beak, full of care.
Hän piteli hedelmää hellästi nokassaan, täynnä huolta.
The fruit was heavy and slowed his swift flying pace.
Hedelmä oli raskas ja hidasti hänen nopeaa lentovauhtiaan.
He could not reach the city before night arrived.
Hän ei ehtinyt kaupunkiin ennen yön tuloa.
Suka stopped to rest in a tree along the way.
Suka pysähtyi lepäämään puuhun matkan varrella.
He feared the fruit might drop while he slept.
Hän pelkäsi hedelmän putoavan hänen nukkuessaan.
If he kept the fruit in his beak, it could fall.

Jos hän pitäisi hedelmää nokassaan, se voisi pudota.
But he saw a hole in the trunk of the tree.
Mutta hän näki reiän puun rungossa.
He placed the fruit safely inside the dark tree.
Hän asetti hedelmän turvallisesti pimeän puun sisään.
But inside the hole, there lived a poisonous black snake.
Mutta reiän sisällä asui myrkyllinen musta käärme.
In the night, the snake bit the fruit with venom.
Yöllä käärme puri hedelmää myrkyllään.
And the fruit became smeared with deadly poison.
Ja hedelmä tahriintui tappavalla myrkyllä.
At dawn Suka took the fruit back in his beak.
Aamun koittaessa Suka otti hedelmän takaisin nokkaansa.
He flew again on his journey to the king's palace.
Hän lensi jälleen matkallaan kuninkaan palatsiin.
As he reached the palace the king was sitting with ministers.
Kuningas saapui palatsiin, jossa hän istui ministerien kanssa.
The king was overjoyed to see Suka return once more.
Kuningas oli riemuissaan nähdessään Sukan jälleen palaavan.
He greatly admired the beautiful, shining fruit gift.
Hän ihaili suuresti kaunista, kiiltävää hedelmälahjaa.
The fruit was lovely to look at and admire.
Hedelmät olivat ihania katsella ja ihailla.
It was the finest fruit found across the earth.
Se oli hienoin hedelmä, mitä maan päältä löytyi.
And anyone who ate the fruit was granted immortality.
Ja jokainen, joka söi hedelmää, sai kuolemattomuuden.
The king was about to eat the beautiful fruit.
Kuningas oli syömäisillään kaunista hedelmää.
But his ministers warned him the fruit might be poisoned"
Mutta hänen ministerinsä varoittivat häntä, että hedelmä
saattaa olla myrkytetty.
"It would be better to test the fruit before you eat it"
"Olisi parempi maistaa hedelmä ennen kuin syöt sitä"
He threw the fruit to a crow sitting on the wall.
Hän heitti hedelmän seinällä istuvalle varikselle.
The crow ate from the fruit, and dropped dead instantly.

Varis söi hedelmästä ja putosi kuolleena heti.
The king, thinking Suka tried to kill him, grew furious.
Kuningas raivostui luullen Sukan yrittävän tappaa hänet.
He seized the bird and killed him with his bare hands.
Hän otti linnun kiinni ja tappoi sen paljain käsin.
He ordered the seed to be planted outside the city.
Hän määräsi siemenet kylvettäväksi kaupungin ulkopuolelle.
The seed became a tree with the same glowing fruit.
Siemenestä tuli puu, jolla oli sama hehkuva hedelmä.
The king feared the fruit would bring more death.
Kuningas pelkäsi hedelmän tuovan lisää kuolemia.
So he had the tree fenced off and guarded.
Niinpä hän aitasi ja vartioi puun.

There lived in that city an old, poor Brahman man.
Tuossa kaupungissa asui vanha, köyhä brahmana.
He and his wife survived only on the town's charity.
Hän ja hänen vaimonsa elivät vain kaupungin
hyväntekeväisyysvarojen turvin.
One day the Brahman mourned his long, miserable, life.
Eräänä päivänä bramiini suri pitkää, kurjaa elämäänsä.
He said, "Instead of begging, I will eat poison fruit."
Hän sanoi: "Kerjäämisen sijaan syön myrkytettyä hedelmää."
"I'll end my life beneath that deadly tree in silence."
"Päätän elämäni hiljaisuudessa tuon tappavan puun alla."
That very night, he rose quietly and left his home.
Sinä samana yönä hän nousi hiljaa ja lähti kotoaan.
His wife suspected and followed behind in silence.
Hänen vaimonsa epäili ja seurasi hiljaa perässä.
She had decided to die too, alongside her sad husband.
Hänkin oli päättänyt kuolla, surullisen aviomiehensä rinnalla.
She loved him deeply and didn't wish to stay behind.
Hän rakasti häntä syvästi eikä halunnut jäädä jälkeen.
The palace guard was asleep that night, unaware of visitors.
Palatsin vartija nukkui sinä yönä tietämättä vierailijoista.
**The Brahman reached the garden and plucked a hanging
fruit.**

Brahmaani saapui puutarhaan ja poimi roikkuvan hedelmän.

He looked at it once and ate the entire fruit.

Hän katsoi sitä kerran ja söi koko hedelmän.

His wife cried, "If you die, my life becomes nothing"

Hänen vaimonsa huusi: "Jos sinä kuolet, elämästäni tulee tyhjää."

"I will also eat and die here with you now"

"Minäkin syön ja kuolen täällä kanssasi nyt"

So saying she plucked a fruit and ate it.

Niin sanoen hän poimi hedelmän ja söi sen.

They thought the poison would act slowly through the night.

He luulivat myrkyn vaikuttavan hitaasti läpi yön.

So they both went home and quietly lay down in bed.

Niinpä he molemmat menivät kotiin ja kävivät hiljaa vuoteeseen pitkäkseen.

They believed they would never again rise from sleep.

He uskoivat, etteivät enää koskaan heräisi unesta.

To their surprise, they woke up feeling full of life.

Yllätyksekseen he heräsivät tuntien olevansa täynnä elämää.

Not only were they alive, but they were young again.

He eivät olleet ainoastaan elossa, vaan he olivat jälleen nuoria.

And they were strong and had new found energy.

Ja he olivat vahvoja ja täynnä uutta energiaa.

Neighbors hardly recognized them, so changed they looked.

Naapurit tuskin tunnistivat heitä, niin muuttuneen näköiset he olivat.

The old Brahman was now handsome and full of youth.

Vanha brahman oli nyt komea ja täynnä nuoruutta.

His grey hair vanished, and had colour again.

Hänen harmaat hiuksensa katosivat ja saivat taas värin.

His wrinkled cheeks turned smooth, and his skin shone.

Hänen ryppyiset poskensa sileytyivät ja hänen ihonsa loisti.

And as for his wife, she became extremely beautiful.

Ja hänen vaimostaan tuli erittäin kaunis.

She looked as beautiful as any lady of the kingdom.

Hän näytti yhtä kauniilta kuin kuka tahansa kuningaskunnan nainen.

The king heard of their miraculous transformation.

Kuningas kuuli heidän ihmeellisestä muodonmuutoksestaan.

He asked his guards to send the Brahman to him.

Hän pyysi vartijoitaan lähettämään brahmaanin hänen luokseen.

And he asked the Brahman the source of his youth.

Ja hän kysyi brahmanilta nuoruutensa lähdettä.

The Brahman told the king every detail of the story.

Brahmaani kertoi kuninkaalle tarinan jokaisen yksityiskohdan.

The king then wept for his poor, loyal pet bird.

Sitten kuningas itki parkaa, uskollista lemmikkilintuaan.

He deeply regretted killing his faithful bird.

Hän katui syvästi uskollisen lintunsa tappamista.

And he wished he had known the bird's loyalty.

Ja hän toivoi tienneensä linnun uskollisuuden.

And so the second prince's story concluded.

Ja niin toisen prinssin tarina päättyi.

"You might have to cut a man's head off"

"Saatat joutua katkaisemaan miehen pään"

"But first you should establish the facts"

"Mutta ensin sinun pitäisi selvittää faktat"

"You must see whether the man is really faithless"

"Sinun täytyy nähdä, onko mies todella uskoton"

"I know Your Majesty suspects me of evil last night"

"Tiedän, että Majesteettinne epäili minua pahuudesta viime yönä"

"Please allow me to explain myself before punishing me"

"Sallikaa minun selittää itselleni, ennen kuin rankaiset minua"

"While making rounds I saw a woman leave the palace"

"Kiertäessäni ympäri näin naisen poistuvan palatsista"

"I stopped her, and she said her name was Rajlakshmi"

"Pysäytin hänet, ja hän sanoi nimensä olevan Rajlakshmi."

"She claimed to be the guardian deity of the palace"

"Hän väitti olevansa palatsin suojelusjumala"

"She said she was leaving because death was near"

"Hän sanoi lähtevänsä, koska kuolema oli lähellä"
"The king," she said, "would be killed later that night"
"Kuningas", hän sanoi, "tappaisiin myöhemmin samana yönä"
"I begged her to go back into the palace"
"Pyysin häntä palaamaan palatsiin"
"And I promised to do my best to protect you."
"Ja lupasin tehdä parhaani suojellakseni sinua."
"I ran quickly into Your Majesty's chamber without delay."
"Juoksin nopeasti Majesteettinne kamariin viipymättä."
"There I saw a cobra circling your golden bedstead."
"Näin siellä kobran kiertävän kultaista vuodettasi."
"I fought the snake and killed it with my blade."
"Taistelin käärmettä vastaan ja tapoin sen miekallani."
"I chopped the body into many exactly one hundred pieces."
"Pilkoin ruumiin tasan sataan osaan."
"I placed those pieces inside the pan for proof."
"Laitoin nuo palat pannuun todisteeksi."
"But something occurred as I was cutting up the snake."
"Mutta jotakin tapahtui, kun leikkasin käärmettä."
"A drop of blood fell onto the breast of your wife."
" Veripisara putosi vaimosi rinnalle."
"I feared I had saved my father, but killed my stepmother."
"Pelkäsin pelastaneeni isäni, mutta tappaneeni äitipuoleni."
"I wrapped my tongue tightly with cloth seven times."
"Käärin kieleni tiukasti kankaaseen seitsemän kertaa."
"Then I licked up the drop of venomous blood."
"Sitten nuolin myrkyllisen veripisaran."
"While I was licking the blood, my stepmother awoke."
"Kun nuolin verta, äitipuoleni heräsi."
"She saw me and opened her eyes with confusion."
"Hän näki minut ja avasi silmänsä hämmentyneenä."
"This is the truth of what I did last night."
"Tämä on totuus siitä, mitä tein eilen illalla."
"If Your Majesty commands, then cut off my head now."
"Jos Teidän Majesteettinne käskee, niin katkaiskaa pääni nyt."
The king, full of love and joy, embraced his son.

Rakkautta ja iloa täynnä oleva kuningas halasi poikaansa.
From that moment, he loved him more than ever before.
Siitä hetkestä lähtien hän rakasti häntä enemmän kuin
koskaan ennen.